O FOGO NA FLORESTA

MARCELO FERRONI

O fogo na floresta

Companhia Das Letras

Copyright © 2017 by Marcelo Ferroni

Grafia atualizada segundo o Acordo Ortográfico da Língua Portuguesa de 1990, que entrou em vigor no Brasil em 2009.

Capa e foto de capa
Milena Galli

Preparação
Silvia Massimini Felix

Revisão
Ana Maria Barbosa
Carmen T. S. Costa

Os personagens e as situações desta obra são reais apenas no universo da ficção; não se referem a pessoas e fatos concretos, e não emitem opinião sobre eles.

Dados Internacionais de Catalogação na Publicação (CIP)
(Câmara Brasileira do Livro, SP, Brasil)

Ferroni, Marcelo
    O fogo na floresta / Marcelo Ferroni. — 1ª ed. — São Paulo :
Companhia das Letras, 2017.

    ISBN 978-85-359-2976-8

    1. Ficção brasileira I. Título.

17-06526   CDD-869.3

Índice para catálogo sistemático:
1. Ficção : Literatura brasileira 869.3

[2017]
Todos os direitos desta edição reservados à
EDITORA SCHWARCZ S.A.
Rua Bandeira Paulista, 702, cj. 32
04532-002 — São Paulo — SP
Telefone: (11) 3707-3500
www.companhiadasletras.com.br
www.blogdacompanhia.com.br
facebook.com/companhiadasletras
instagram.com/companhiadasletras
twitter.com/cialetras

a Martha

Vida de sereia não é fácil.
Laura Erber

I.

O nome dele era Arthur Henrique, mas todo mundo o chamava de Big. Era mais alto do que os outros garotos, mas não apenas mais alto: era mais encorpado, largo e, quando se colocava em fila com os meninos franzinos na beira da piscina, era o único com o peito escuro de pelos, bem definido, pernas musculosas cravadas no granito como árvores, e vejam bem, ele não tinha nem quinze anos, vejam, as meninas, as menos populares, que ainda se escondiam em cavernas, elas se agarravam às grades da piscina, entre os vasos de concreto com plantas secas, e o viam saltar e mergulhar como um peixe criado na água clorada. Big tinha a barba aparada, rente ao queixo quadrado, a pele bronzeada, os cabelos castanhos caindo por cima das orelhas, quando ele ria duas covinhas se aprofundavam nas bochechas. Era bom no futebol e, apesar de não ser o atacante nem o artilheiro, era o capitão, porque todos o respeitavam, e era também o que passava as bolas mais difíceis naquele campo de areia fervente — eu me lembro, ela parecia entrar nos vãos das meias e dos shorts, se espalhava pelos cadernos depois do recreio. Big fazia todo mundo trabalhar em equipe. Era o capitão do vôlei e o líder do time de atletismo; competia, com mais ou menos sucesso, em todas as modalidades. Não era o que nadava melhor (Tomás o era), mas sempre fora indispensável no revezamento quatro por cem. Era o capitão do handebol. Heloísa jogava handebol com violência. O rosto rubro, enfiou uma bordoada na goleira tímida. A goleira se encolheu, a bola a atingiu no flanco, ela gemeu e soltou um brilho triste do aparelho fixo. À direita, gritos agudos — Vai perder, Bombril! —, Heloísa passou por instinto a mão nos cabelos, mordeu os lábios, vasculhou a arquibancada. Lá estavam elas, numa das pontas da primeira fileira, ao redor de Maria Vitória, uma lourinha de nariz arrebitado, burra, rica, magra, unhas perfeitas. Jogava os cabelos lisos de um lado para o outro. Heloísa disputou a bola com outra garota, o baque dos corpos, a bola para fora e a menina no chão com um grunhido. O monitor apitou e pediu calma. Mais gritos da arquibancada, que reverberavam pelo teto baixo de concreto. Heloísa limpou o ranho na manga, arfava e mal conseguia respirar. A camisa encharcada, desajustada no corpo, chegava quase até o joelho. Começou a correr de costas, acompanhando a equipe na volta à defesa. De relance viu Big, não muito longe dali, não muito longe de Maria Vitória, ah não, ele riu, ela ajeitou os cabelos. Heloísa de braços erguidos na defesa, pulinhos com a boca escancarada, o mundo para ela era esse pátio, com gritos e cheiros azedos, adrenalina, desprezo. Ela nunca parece se lembrar de momentos felizes.

Fátima naquela época odiava o mundo e, por extensão, o colégio. Preciso ainda dizer que fora por muitos anos a melhor amiga de Heloísa, mas naquele período passavam por um estremecimento. Ela se vestia apenas de preto, usava camisa de flanela no verão (Deus sabe como esta cidade é quente), uma franja preta no rosto, vivia com cara de enfado. Nunca fora tão magra e tão pálida como naquela época. Seria bonita — os olhos verdes chamavam a atenção —, não fossem a papada e o nariz recurvo, que lhe renderam o apelido de Onilda. Achava Big ridículo, seus amigos *mais* ridículos ainda, e simulou um gesto de vômito quando o viu sentado num círculo no gramado, naquela viagem que a escola fazia todos os anos ao sítio de Correias, tocando violão com um grupo que incluía jovens monitores — efebos de óculos de armação quadrada, colares com crucifixo de madeira, fala mansa dos padres, nos seus olhares um desejo difuso — Big dedilhava e cantava — além de tudo *tinha ouvido* e dominava o uso de alguns instrumentos — o rapaz era mesmo um fenômeno. Fátima desceu os olhos pelo gramado, cruzou-os com os de Heloísa. Heloísa baixou os dela, arrancou a ponta de uma folha. Sentada com duas meninas que nunca mais veria depois do colégio, as três fingiam se distrair *com alguma outra coisa*, na esperança de que Big em algum momento as notasse e chamasse para o grupo.

(Você pode ser alguém importante na vida, seu pai lhe dizia. Você pode ser o que você quiser.) Ossos de frango voavam entre as mesas do bandejão. Tia Marilda tentava conter os mais exaltados, o refeitório de azulejo reverberava de gritos e risadas, numa das extremidades de uma longa mesa Heloísa comia em silêncio com outras meninas, medo de ser notadas, uma delas era uma porca, misturava o arroz, o feijão, o macarrão e mastigava, bebia o suco ao mesmo tempo, era terrível estar ali enquanto os outros se divertiam. Depois, seguiu os alunos da quarta turma em grupos ao longo de uma trilha no bosque nos fundos do prédio principal. Tentou se aproximar de Fátima, mas Fátima e os garotos fugiram para fumar e ela ficou ali plantada, caminhou entre os grupos, sem realmente fazer parte de nenhum. Chutou pedrinhas no caminho. Quando Big se aproximou, Heloísa achou que ele havia se enganado de pessoa.

Não havia. Andaram um pouco em silêncio, o sol cruzava as copas esparsas de pinheiros. Ela sentia o rosto esquentar e ouvia risinhos à frente, dos lados, atrás dela. Não conseguia erguer o pescoço, tinha de ver cada passo para não tropeçar. A cabeça zunia — queria sair correndo dali, era o instinto —, mal escutou quando ele perguntou sobre sua mãe, se estava bem.

— Você me ouviu?

— Como?

— É verdade que sua mãe está no hospital?

Ela deu um sorriso e sentiu o coração derreter debaixo dos pés e se infiltrar pela terra. Ficou mais vermelha, fungou. Disse que sim, depois disse que não. Disse que não era nada. Olhava o chão com força e não tinha tempo de pensar no que dizia. Talvez pudesse falar mais coisas: a mãe voltara a ser internada, a quimioterapia não tinha dado resultado, além de deixá-la magra e debilitada. O pai havia se sentado com eles, na lanchonete do hospital, para explicar que os médicos estavam fazendo o possível para tirar a doença de dentro dela, mas que, sempre que iam procurar, os *bichinhos* estavam em mais lugares. Seu irmão queria saber se aquilo era a metástase. Me-*tás*-ta-se; havia aprendido com colegas na escola. O pai se sentiu um pouco tolo, nunca soube direito como tratá-los. A mãe tinha uma sonda no braço e as mãos geladas. O irmão talvez não tivesse notado a peruca que uma tia lhe comprara, mas ficara olhando abobado aquele rosto, um pouco afastado, protegido atrás de Heloísa. Você está cuidando bem do seu irmão?, quisera saber a mãe, seus olhos amarelados e úmidos, ela sacudiu a cabeça que sim, sim, e apertou a mão de Cláudio Mário com força. O menino tinha pesadelos quase todas as noites e acordava chorando. No quarto escuro, quando ficavam a sós, Heloísa tentava manter a respiração silenciosa, com medo de que ele quisesse conversar. O menino andava mais estabanado e qualquer coisa que lhe diziam já era motivo de choro. Era impressionante a quantidade de óculos que ele quebrava, mesmo os de plástico mais resistente, e perdia, apesar de estarem presos a uma cordinha no pescoço.

— Quer dizer então que ela está melhor?

— Está melhor, sim.

Ela quis perguntar, mas não teve forças, como foi que Big soube, já que o pai havia conversado apenas com o padre Dutra, quando fora chamado à diretoria para discutir a situação do filho mais novo — Cláudio Mário não assimilava nada do que lhe passavam em classe, um ano terrível, ele acabaria reprovado. E o padre Dutra... bem, poderia ter contado a alguns professores. Ela tentava pensar, sua cabeça apitava, sentia ao mesmo tempo uma dor, não sabia explicar, mas era como se todo mundo soubesse, e os risinhos estivessem relacionados a isso.

Caminharam mais um tempo em silêncio. Ela sentiu quando seus olhos se cravaram nela, sentiu também o pescoço muito duro, mesmo assim conseguiu erguer o rosto, ouviu mais risinhos, não sabia de onde, queria contar uma série de coisas a Big, queria chorar, ele parecia radiante e compreensivo, ela não precisava vê-lo para saber, nem precisava de muito esforço para sentir que ele se empenhava em dizer algo reconfortante, como haviam lhe ensinado, mas não sabia o quê.

— Sério, ela está bem, disse Heloísa, para se livrar do constrangimento dele.

Novos risinhos, dessa vez mais altos, e ambos olharam à frente. Os meninos haviam parado num tronco recoberto de musgos e se agrupavam ao redor da professora de biologia, que os ensinava a usar a lupa. Ela ficara de cócoras no meio deles, as pernas comprimidas nos jeans. Era magra, com quadris largos, cabelos longos e ressecados, um pouco ruivos — diziam que era divorcia-

15

da — os seios apertados na camisa branca — diziam também que Amaral, da terceira turma, fora visto uma vez entrando no carro dela — nas aulas no laboratório ela usava saltos e roupas justas por baixo do jaleco — a turma era dividida em duas, o professor da sala B era um sujeito com bafo — já ela tinha o olhar de animais mortos e — Meninos, disse ela (porque só havia meninos no círculo mais próximo), vejam os esporófitos e as cápsulas desses aqui. Um grito os interrompeu, a professora estendeu o pescoço, os outros se viraram. Vinicius, um gordinho leitoso de moletom cinza-mescla, se ergueu e esfregou a nuca com força — os garotos logo atrás dele mantinham as lupas estendidas e gargalhavam — a professora fingiu não notar o que acontecia e voltou a examinar seus espécimes (ela nunca se preocupara mesmo com aqueles sentimentos) e ouviram um brado — Ei, Borja, pare com isso. Era Big, que havia inflado o peito, brilhava na nesga de sol entre as agulhas, tinha tanta autoridade que mesmo Borja, o repetente, pareceu confuso. Os meninos se dispersaram e Vinicius se curvou de novo, o rego à mostra. Heloísa não tinha nem a própria lupa, Big não estava mais ali, ela ia ter de dividir com alguém.

Pensa no inferno e a cabeça pega fogo. Justamente ali, sozinha no posto de gasolina, a noite cor de poluição, mal pode respirar, não consegue ouvir o próprio corpo, ela se lembra do pai, de um colégio distante, de tudo o que poderia ter sido. Cheiro de gasolina; cheiro nauseante do rio, do outro lado da avenida. O celular do irmão está mudo. Tenta falar com Matias, depois em casa, no Rio. Ninguém atende. Tenta o número da babá. Ouve sua voz na segunda tentativa, muito ruído ao fundo. Onde vocês estão? No shopping? Com o Robertinho? Como? Rose, me passe o Matias, por favor — Matias, o que você está fazendo aí? Como? Mas você nunca faz isso, você nunca quer fazer isso quando estou aí, é só eu viajar que você fica todo animado, você não vai nem me perguntar como foi a apresentação? Não vai me perguntar como estou *me sentindo?* (Um carro negro sobe a rampa com os faróis em chamas, o motor ruge.) Não posso falar agora, Matias, minha carona chegou — não, não posso falar agora... Tá, tá, tá, a gente conversa amanhã. Do carro sai um sujeito de cabelo de lado e camisa bem passada, mangas dobradas até o meio do antebraço. Se apoia na porta e vasculha o entorno. Ela se levanta limpando a saia, segura a pasta debaixo do braço e sai apressada na sua direção, acenando com a mão frenética antes que ele vá embora.

Aceleram entre caminhões na Marginal carregada. Carlos Alberto tem o queixo quadrado, uma covinha que a faz se lembrar de garotos passados. A gente vai chegar atrasado, diz ele, esse trânsito me tira do sério, nas sextas fica ainda pior, seu irmão é louco de morar em Alphaville, antes era um sonho, agora as pessoas pegam um congestionamento monstro pra chegar e sair de São Paulo. Você é sortuda de morar no Rio, diz ele, onde tudo é mais relaxado. A seguir a observa, gira os olhos, pega uma ponta do decote antes de voltar sua atenção à estrada. Heloísa cruza as pernas, seu joelho branco aparece, tateia os cabelos para conferir se não estão muito armados e sorri. Ele sorri de volta, diz que ela não parece em nada com o irmão. Sério?, diz Heloísa; acho que somos idênticos. De jeito nenhum, diz ele; você não tem aqueles olhos esbugalhados. Riem. Aquela cara de louco. Você notou?, diz Heloísa, animada. Carlos Alberto diz que deve ter sido duro para ela crescer com um irmão mais velho tão autoritário quanto o Cláudio, e com tão pouco senso de humor. Irmão mais velho?, diz ela, gargalhando. Não, não, eu sou a mais velha. Jura?, eu nunca diria!

Ela se lembra e ainda é penoso lembrar, depois de tantos anos. De quando sentaram no chão de cimento encerado vermelho, os móveis arrastados para os cantos. Era o final da tarde, logo depois fariam um lanche e embarcariam de volta ao Rio. Os janelões davam para o gramado e o céu branco, os risos e as conversinhas ecoavam pelo salão. Numa das extremidades haviam instalado um quadro-negro e o padre César explicava, com a língua presa, a última atividade que haviam preparado para os alunos. Um pequeno jogo sobre cooperação e amizade. Heloísa não ouvia; havia caído no grupo de Big, que sorrira para ela. Sua cabeça martelava. No trabalho em equipe, dizia o padre César, os colegas precisam aprender a confiar um no outro. Só assim conseguimos identificar nossas forças e transformar as ameaças em oportunidades. Big sorriu de novo, ela levou a mão ao alto da cabeça para ver se o cabelo estava muito armado. Padre César falava de são Paulo; Quando sou fraco, então é que sou forte. Os jovens assistentes distribuíram papel e caneta, e o padre, depois de terminar sua preleção, esperava que cada um colocasse ali suas três maiores qualidades e seus três maiores defeitos. Heloísa até hoje não entende, e ainda sente dores, espreme os olhos, se pergunta como pôde ser tão idiota, achava que uma pessoa adulta não teria medo de revelar suas fraquezas e Big ficaria impressionado com a maturidade daquela menina, tímida e estúpida, que horas antes mal conseguira falar com ele. Não era tímida nem estúpida. Ela respira fundo, preferia interromper as lembranças aqui, mas elas se arrastam nessa corrente de objetos despedaçados e galhos partidos e cachorros mortos, e ela vê: escrevendo com muito cuidado primeiro suas qualidades, depois de espiar a lista de Mona, sentada ao seu lado no círculo. Inteligente, bondosa, compreensiva. Os defeitos — nenhuma menina queria mostrar os seus naqueles papéis dobrados, e Heloísa, vendo-se obrigada a pensar por conta própria, escreveu infiel, egoísta, *tachativa* — o coração era uma barata voadora, o

18

sangue espesso, o padre César disse a seguir que cada grupo deveria discutir e listar os defeitos e as qualidades numa cartolina que os assistentes iriam distribuir agora. Mas não eram secretos?, perguntou Mona para Angélica, que destampava a caneta de ponta grossa e se preparava para escrever pelo grupo. A seguir, Mona foi obrigada a desdobrar seu papel, onde tinha escrito, no alto, numa letrinha miúda: solitária, tímida, sonhadora. Quase chorava para explicar o significado daquilo. Heloísa queria fugir. Na sua vez, ela viu seus defeitos copiados na cartolina com a letra redonda de Angélica. Ela via e não acreditava. Começou a ficar rubra e a suar. O que você quis dizer com isso?, disse Big, seu sorriso havia desaparecido, Heloísa tentava falar e gaguejou, interrompeu a frase na metade, olhando aquelas palavras, e a expressão reprovadora de Angélica, que havia parado com a caneta no ar. Eu — disse Heloísa. Eu — acho que sou infiel com minhas amigas. Eu — porque eu acho — eu acho que também sou infiel com um namorado, eu — quero dizer, se eu tivesse um — quando eu *tiver* — Angélica trocou um olhar maldoso com Joana. João Marcos e Christian riram entre si, Mona fitava perdida o piso vermelho e os gêmeos estavam ocupados com uma brincadeira particular, que envolvia socos. Não adiantaria tentar se redimir com as qualidades, eram enfim todas iguais, variavam muito pouco mesmo entre os grupos, conforme os assistentes recolheram as cartolinas e o padre César as escreveu no quadro-negro. A humilhação poderia ter se encerrado aí, ela mexia no cadarço e notou tarde demais que a sala havia ficado em silêncio, ergueu o rosto e o padre se detivera na cartolina do grupo dela, perguntava quem tinha escrito aquela palavra ali. Angélica gritou que só copiara, apontou para Heloísa e disse que fora ela, o salão inteiro caiu na gargalhada enquanto o padre César corrigia no quadro-negro — Escreve-se *taxativa* —, depois perguntou que diabos ela queria dizer com aquilo, se por favor poderia explicar em voz alta. Ela se lembra ainda que teve de ficar em pé. Quando voltou a ouvir e a ver, e a tremedeira nas mãos diminuiu, estava no ônibus, numa poltrona ao lado de Verônica, a que nunca lavava o cabelo, Verônica olhava incomodada a paisagem, não queria aquela *menina* ao seu lado, ninguém parecia querer, os meninos no fundão batiam no teto e cantavam aos gritos, Fátima ria com eles, as garotas sussurravam que o Borja havia roubado uma garrafa de cachaça da cozinha, e lá na frente, na segunda fileira, logo atrás de tia Marilda e do padre Felipe, Maria Vitória dormia placidamente no colo de Big, ele entremeava os dedos naqueles longos cabelos dourados, ela era uma princesa com uma estrela de prata na testa e sorria no sonho. Mas chega disso. Chega, chega, chega disso.

Não enxerga nada além do painel iluminado, talvez tenha bebido demais. O motor ronca, ela sente o corpo colado no assento e cai de lado gargalhando, o carro vai levantar voo. Estão de volta à Marginal, é madrugada e ele costura entre os carros, ambas as mãos no volante. Ela fecha os olhos, tenta não pensar em nada, os abre de novo porque tudo roda. Está enjoada, ele avança pelo acesso do hotel e freia bruscamente, acordando o vigia encasacado. Carlos Alberto brincou de trocar a marcha na coxa dela desde que começou a parar nos sinais e nas esquinas, a saia está bem levantada, ela se ajeita. Tem dificuldade de tirar o cinto, agradece pela carona e pela noite, quando se dá conta ele avançou e lhe enfiou a língua, ela sente um pedaço áspero de carne girando na boca, estalos molhados, Heloísa se afasta para respirar, ele procura um dos seus seios, ela estende o pescoço de lado, diz que ele não entendeu nada e tateia a porta — quase cai ao sair do carro, está rindo e pisando firme, um pouco assustada, marcha determinada em direção à porta automática. Esfrega a boca na manga do terninho, o segurança a olha curioso, ela ri sem acreditar, puta merda, caminha e não olha para trás, nem mesmo ao ouvir os pneus cantando nas pedras da entrada, batendo de novo no asfalto. As portas automáticas se fecham. Ela para um momento no meio do saguão gelado do hotel, dá uma giradinha desequilibrada. Acha que ainda é cedo, não está preparada para dormir. O bar devassado da recepção está surpreendentemente aberto, sem nenhum garçom, o telão reproduz o VT de uma partida de futebol europeu e há uma única mesa ocupada, quatro sujeitos com uniformes de pilotos, mudos, olhos presos a ela. Tomam uísque com gelo, todos grisalhos, um bronzeado impossível. Um deles a chama com um forte sotaque português, ela ri de novo e dá pulinhos apressados até os elevadores, agora os quatro a estão chamando, gritando do saguão, Venha cá! Sente aqui! Aqui, ó! — risadas —, ela aperta o botão várias vezes até que a porta se abre, salta para dentro e se encolhe numa das quinas com medo de que a sigam, que aquelas mãos impeçam a porta momentos antes de se fechar, que entrem naquele cubículo, atirem os quepes para o alto e a sufoquem com socos, cravem os dentes até sangrar, até ela não poder mais, semiconsciente no limite das forças, pedindo e implorando num fiapo de voz enquanto avançam violentamente sobre ela contra as paredes de aço escovado, mas constata que não. O elevador sobe num silêncio metálico, uma tela plana no alto mostra imagens e legendas com notícias desse dia, alguém ganhou uma partida de tênis, é tudo tão calmo e tão triste.

Ela ainda acorda no meio da noite com falta de ar, como se fugisse, como se afogasse. Pensa no pai, no menino, no trabalho, em tantas outras coisas. Não importa o que faça, estão sempre contra ela. São como o fogo na floresta.

II.

Prezados colegas,

Hoje me desligo oficialmente do Grupo Editorial Guanabara, mas saio com o sentimento de dever cumprido. Tendo atingido todos os meus objetivos pessoais e profissionais na empresa, decidi que é hora de encarar novos desafios.

Nesse período em que estive à frente da minha unidade de negócios, pude consolidar metas importantes para a empresa, participei de momentos cruciais nessa história, busquei sempre o melhor de cada um no trabalho em equipe e sei que às vezes cobrei muito, mas sei também que fiz amizades. Agora é o momento de mudar, nessa longa jornada de aprimoramento pessoal. Sei que os caminhos são muitos, e que muitos desses caminhos acabam por se cruzar. Ao terminar esta mensagem, não vou dizer adeus, e sim até logo.

A partir de hoje, posso ser contatada no meu e-mail pessoal e blá-blá-blá-blá-blá.

Quer afundar numa câmara escura e flutuar no vazio.

Sonha com um hotel de dois andares todo feito de bambu e não sabe onde estacionou o carro. As chaves têm o formato de talheres. Matias abriu a porta do quarto e está sacudindo sua perna, O que você está fazendo aí debaixo? Ela o observa pela fresta do edredom. A barba negra em primeiro plano, as bochechas pálidas e chupadas, como as de um náufrago. Ele suspira. A Rose foi compreensiva, diz ele, falou que vai deixar o almoço pronto antes de ir embora, só precisa comprar umas coisas no mercado e depois ela se arruma. Será que você poderia pelo menos *olhar* seu filho enquanto ela estiver fora? — Heloísa se cobre de novo e vira para o outro lado — Você não pode se enfiar aí o dia inteiro, Heloísa.

Os móveis descascados do sindicato, as cadeiras manchadas com a marca de milhares de costas suadas, ela e aquela ruiva do RH que só trazia más notícias sentadas lado a lado, sem se falarem. Heloísa não tirou os óculos escuros mesmo ali, naquela sala cinzenta, de luzes fluorescentes queimadas, enquanto uma mulher de voz áspera como um liquidificador listava todas as coisas a que Heloísa tinha direito. Ela apenas acertou a armação no rosto, e a ruiva se mexia incomodada na cadeira bamba, mudava de posição a cada baque das gavetas de metal dos fichários verde-escuros, depois forçou um sorriso na assinatura dos papéis, Heloísa dobrou sua via com o valor da rescisão e olhou adiante, por sobre a menina, se aquelas pessoas da sua ex-empresa achavam que ela iria se sentir diminuída, estavam muito enganadas. Ainda olhou para a menina de cima a baixo, esperou ela ficar da cor de um tomate, pegaram o elevador juntas (ascensorista mal-humorado), atravessou sozinha o saguão escuro, passou as catracas sem se despedir e saiu dali para o calor malévolo da tarde com uma euforia que não conseguia esconder, acenou para o primeiro táxi sem olhar para trás, o ar gelado, os vidros roxos, pediu para ser deixada no Rio Sul — com aquele dinheiro poderia muito bem se sustentar por seis meses sem precisar de emprego e ainda lhe sobrava alguma coisinha. Quando foi a última vez que tivera uma tarde só para si? O menino ficara com Rose, com certeza estava bem, era só deixá-lo na frente da TV que podia passar horas quietinho. Ela não chegou a ligar para casa e na primeira loja comprou — meu Deus, pensando agora ela sente uma pontada — dois terninhos que ainda não saíram do armário, porque nas reuniões que fez nos dias seguintes usou as roupas a que estava mais acostumada, para dar sorte — no caso do seu café da manhã com o Fernandes, escolheu uma blusa de seda estampada que realçava o colo, sugeria algo com o decote — não que estivesse pensando nisso, mas fazia calor e o encontro era informal. Sim, sim, podemos conversar, claro, sussurrara o Fernandes, querendo desligar por algum motivo que ela não soube identificar. Ela propôs um almoço mas ele não podia; encontraram-se no Humaitá, antes de ele pegar o túnel Rebouças em direção ao trabalho. O Fernandes voltara para o ramo da panificação. Ele parecia afobado e havia mudado bastante; a barriga um pouco menor, os cabelos encaracolados mais ralos, era impressionante como tinha envelhecido. As orelhas estavam enormes, pendiam até quase a lapela como se fossem massa crua. Primeiro balançou o rosto flácido, disse que era um absurdo o que haviam feito com ela na Guanabara. Heloísa sorriu de maneira tímida, olhou a mesa. Sim, é verdade, disse o Fernandes; não é possível que tenham feito isso com você, que estava mudando tanto as coisas por lá. Ela ergueu as sobrancelhas, concordou, disse que a saída na verdade facilitara algumas coisas para ela. Eu já queria sair fazia tempo, Fernandes. Que bom, é ótimo saber que você está bem, disse ele. Estou ótima, falou ela. Que bom. Ele também havia aprendido muito na Guanabara, disse, mas passara tempo mais do que suficiente ali; foi um ponto fora da curva na minha carreira. Claro, claro, disse Heloísa. Ainda não estavam prontos pra assimilar sua metodologia, disse ela. É, talvez não, disse o Fernandes, adotando uma feição compenetrada, enquanto enchia o café de adoçante. Disse que seria difícil encaixar Heloísa no seu novo trabalho, com toda a experiência que ela tinha — Mas eu estou aqui para aprender, Fernandes — Sim, certamente, disse o Fernandes, nessa vida estamos todos aqui para aprender. Acontecia que o marketing ali era pequeno, no máximo redesenhar embalagens, anunciar em encartes, comprar pontos de gôndola, quem cuidava disso era a filha do dono. Heloísa perguntou da assessoria, o Fernandes lhe disse que era terceirizada. Heloísa comentou que não estava pedindo um emprego (Claro que não, respondeu o Fernandes), apenas retomando seu networking. Também trocou mensagens no Facebook com Bruno, o ex-editor da *Motores Possantes*. Fazia tempo que não se falavam, ela reclamou que ele andava sumido. *kkk*, respondeu Bruno. Alardeava nas redes sociais seu sucesso como empreendedor desde que saíra da Guanabara em busca de novos projetos. Administrava os próprios horários, trabalhava só para si e, o melhor, seu escritório era em casa. Nas fotos que havia postado, bebia feliz no meio de uma turma na mureta com vista para o mar da Urca, estirava-se numa cadeira de armar na praia de Copacabana (a barriga bronzeada), fazia sinais de joia com ambas as mãos ao lado de um chef de cozinha, com uma churrasqueira enorme ao fundo — não dava para saber se estava num rodízio ou na Argentina. Pessoalmente, não parecia tão viçoso. Estava um pouco mais gordo, com espinhas no pescoço e a barba irregular. O cabelo negro grudado na testa, óculos de lentes sujas. Sim, ele de fato trabalhava num esquema de home office, mas no momento não tinha planos de contratar uma equipe (Não, não, disse Heloísa, eu só estou refazendo meu networking). Bruno editava um boletim de odontologia e estava praticamente fechando a produção de folhetos promocionais de uma rede de farmácias. É um trabalho de formiguinha, disse ele. Quando Heloísa lhe perguntou como ela podia fazer para também trabalhar em home office, e se ele tinha algum contato para lhe passar — Afinal, as farmácias estão tomando conta de tudo, não estão? — Rá-rá-rá —, ele desconversou, disse que o mercado era muito competitivo, ele próprio ainda tentava abrir um caminho estável, era difícil ajudá-la naquele momento — a área médica, na qual ele estava se especializando, não era tão grande quanto parecia —, mas, claro, era importante terem mantido aquele contato, podiam ir batendo uma bola, no futuro quem sabe daria até para montar uma parceria, ele tinha uns projetos grandes no horizonte, poderiam sair a qualquer momento, se tivesse notícias positivas com certeza entraria em contato. Heloísa pensou em ligar para Gilberto Filho, seu chefe direto na Guanabara. Não estava mais tão bem na empresa depois das mudanças internas, talvez tivesse saído, nunca se sabe. Gilberto a entendia; quero dizer, eles se entendiam. E ele é esperto, não deixa ponto sem nó. Tentou duas vezes, deixou recado no celular, ficou na dúvida se ele havia mudado o número. Enviou até mesmo um e-mail para Natália, sua antiga chefe na CVS Comunicação, depois de passar alguns dias se debatendo (prometera a si mesma nunca mais trabalhar numa assessoria de imprensa), e quando o fez — Querida Natália, há quanto tempo! — ficou sabendo que sua chefe havia, nesta ordem, mudado de agência, se tornado diretora, ganhado parte da sociedade, se mudado para Nova York, se casado com um americano bonitão do mercado imobiliário,

29

completado uma maratona e — sonho antigo — tido filhos. Gêmeos, na verdade. Um casalzinho. Heloísa escreveu então para uma das sócias da CVS, com a qual mal tivera contato nos seus dois anos de empresa — Querida Solange, há quanto tempo — mas ainda não recebera uma resposta.

Chorando no táxi. A Lagoa brilhava com uma fina camada de ouro, refletida nos carros parados. Insulfilm descascado. O locutor no rádio culpava a presidenta pelo descaso nos hospitais públicos. O motorista sacudia a cabeça. Matar esses políticos. E depois: Eu acho que conheço a humanidade. A humanidade... é como se cada raça viesse de um planeta diferente.

Matias entra de novo no quarto, pergunta se ela não vai ao menos se despedir de Rose. É impressionante como o tempo é uma coisa elástica. O hoje vira ontem, depois se torna muito tempo atrás, depois apenas uma lembrança, e esse instante ínfimo do agora já virou passado. Ínfimos instantes a cada momento se transformando em passado, ela quase fica sem ar. Tenta se lembrar da Heloísa do passado, da Heloísa de meses atrás, de quando tudo parecia mais fácil. O par de tênis de corrida da Nike, que ela comprou com desejo de malhar todos os dias e ficar sarada, não saiu mais do banheiro, do lado da balança, depois que ela o descalçou pela primeira vez para se pesar. Fez o plano anual da academia perto de casa, porque daquela forma o valor mensal era menor, mas não se lembra de ter ido mais do que três vezes. Matias abre a porta de novo, suspira, diz que Rose está partindo, já arrumou suas coisas, há purê na geladeira para o menino, ela está na porta só esperando Heloísa aparecer e dizer adeus. Ele tem aquele jeito aflito, de quando está atrasado para o trabalho. Hoje está *muito* atrasado. Tem também aquele ar de vítima, de quando faz as coisas contra a vontade. Foi obrigado a demitir Rose, já que Heloísa não saía da cama — mas como *ela* ia demitir a menina, depois de lhe prometer que não o faria? Essa não era uma tarefa para homens? Ela diz que irá num instantinho. Matias fala que não há um instantinho; havia antes, agora não há mais. Diz que o menino vai ficar sozinho e ele tem de sair para o trabalho, está muito tarde.

— Isso, vai logo, pode sair, pra não chegar atrasado nesse seu empreguinho, ela diz, debaixo das cobertas, e ouve primeiro um silêncio pesado, depois a porta do quarto bater.

Ela escuta o som do DVD lá fora. Matias está no telefone. Quando a porta de entrada se fecha ela atira as cobertas de lado, abre o quarto sem fazer ruído e atravessa o corredor, deságua na sala onde o menino morde um pato de plástico na frente da TV. O menino a encara por um momento, depois diz a única coisa que aprendeu. Poderia ter sido ma-mã. Poderia até ter sido pa-pá, tudo bem, ela aprenderia a conviver com isso, não é ciumenta nem possessiva. O menino no entanto a encara e diz: Ba-bá, como se a provocasse.

Sozinha com o menino pelas manhãs, tem de assumir algumas tarefas de Rose, como levá-lo ao parquinho perto de casa. Olheiras horríveis, unhas descascadas, cabelos brancos sem tintura na raiz, parece um bicho. Abre o portão rangente, recoberto de camadas sucessivas de tinta, não responde ao cumprimento do vendedor de balas. Avança com o carrinho entre os quadrados de areia em meio ao concreto pintado de verde, gangorras enferrujadas, árvores mortas. Mãe e menino se abrigam debaixo de um cogumelo de cimento e detêm o olhar numa fossa entre duas pontes, onde garotos mais velhos, francamente violentos, chutam a bola de um canto para o outro. Uma criança bem mais nova chora sentada entre eles. Três babás no cogumelo ao lado estavam numa conversa animada, silenciaram quando Heloísa se aproximou. Agora cada uma verifica seu próprio celular. Mulheres gordas, algumas de branco, havaianas presas aos pés inchados.

No dia seguinte, Robertinho se enfia na areia com cheiro de xixi de gato, enquanto Heloísa circula ao seu redor, Não ponha isso na boca, filho, não mexa aí — na outra extremidade, sentada na areia com um menininho, há outra mãe como ela, muito branca e magra, pintas grossas nas pernas e nos braços, cabelos castanhos compridos, uma carinha boa, olheiras de quem passa tempo demais com crianças. Sorriem uma para a outra. As babás conversam nos cogumelos. Um menino chora com o joelho sangrando, dois brigam por um patinete, outro come punhados de areia.

Ao terceiro dia, mãe e filho se arriscam num dos três balanços. Ela acomoda o menino na cadeirinha, o empurra, dá um gritinho para animá-lo, o empurra de novo, o menino muito sério, não dá para saber se está gostando. Quatro babás se puseram de lado quando ela entrou ali e Heloísa pode *de fato* sentir que está sendo medida dos pés à cabeça. A mãe magra com pintas está sempre sozinha no tanque de areia. Uma menina puxa a barra da camiseta de Heloísa e ordena que tire Robertinho dali. Heloísa sorri para ela, pergunta seu nome. A menina diz apenas que quer usar o balanço *já*. Heloísa pergunta por que ela não usa outro, se dois estão livres. Porque esse é *meu*, diz a menina. Uma das babás se aproxima, seus seios são como dois sacos de açúcar na camiseta baby look. Vem aqui, meu amor, ela diz à menina, mas a menina ergue os bracinhos para agarrar Robertinho no ar.

Heloísa empurra o balanço com mais força para manter a pirralha afastada, o menino se solta no vácuo, o balanço gira no eixo, a corrente se afrouxa, num momento é um astronauta, no outro é puxado de novo pela força da gravidade e lá está ele, transcrevendo um novo arco, ainda muito sério. Segure na corrente, querido, diz Heloísa. A babá comenta que Rose costumava amarrar o menino à cadeira com uma fralda. Hum..., diz Heloísa, ainda balançando o menino. A Rose não vem mais?, pergunta a babá. Elas não se olham. Heloísa está surpresa pela intromissão, não deu licença para ser abordada assim com tanta naturalidade. Quando se dá conta está respondendo que não, ela não vai voltar, pelo menos por agora. Ah..., diz a babá. É uma pena, diz Heloísa. Como a babá não diz nada, ela prossegue: A Rose teve uns problemas sérios de família e não pode mais trabalhar conosco. Ah..., diz a babá, como se acreditasse.

Os dias se repetem, o menino se enfia no tanque e rola na areia, Heloísa o cerca, se agacha, joga galhos e folhas para os lados. Uma babá ressecada e magra, de cabelos de piaçaba e óculos fotossensíveis, diz que a areia é limpinha. Heloísa se assusta de novo, agradece e vai com o menino até a outra ponta, onde está a mãe magra. Outras babás vêm surgindo com suas crianças, de Batman, Homem de Ferro, Hulk, Ariel, Elza, Darth Vader, Princesa Anna. Robertinho não tem fantasia, nunca teve, uma das moças conhece um lugar bem barato em Santa Cruz onde as vendem de todos os tipos, ela pode comprar uma. Heloísa agradece mas seu filho ainda é pequeno, não se interessa por super-heróis.

Ao final da semana, mal sai do tanque de areia. A outra mãe se chama Renata, cuida de casa porque o marido tem um bom salário e não quer que ela trabalhe. A família toda é de Belo Horizonte; ela não consegue se adaptar ao Rio, ainda mais longe dos conhecidos. Eles têm uma moça para ajudar em casa, vai dois dias na semana faxinar, diz, mas o Mauro (meu marido) não admite que outra pessoa (menos instruída) cuide do nosso Herbert. Veja que lindo. Mostra no celular as fotos do menino dormindo, sorrindo, bocejando, vestido de sapinho no teatro infantil, enfiando o dedo no nariz, se lambuzando com chocolate. Na areia, Herbert e Robertinho disputam um restelo vermelho.

Uma pilha de roupas na máquina de lavar. A máquina geme, a espuma se acumula no chão. O ralo da área de serviço está entupido e a água avança pela cozinha. O purê que Heloísa fez para o menino ficou empelotado, ele se recusa a comer. Agora ela está com uma fralda suja nas mãos, o menino tentou tirá-la sozinho ainda no berço e limpou os dedos nas reentrâncias do gradil, o menino chora com violência. O cocô está mole, acabaram-se as batatas. Robertinho se recusa a experimentar iogurte nos sabores morango, banana e frutas vermelhas. Ela põe o menino no chão e puxa os lençóis sujos. Meu Deus, vai precisar de um cotonete para limpar aquilo. A máquina está cheia de roupas úmidas, ela as joga no tanque de qualquer jeito. O menino rolou na sala e deixou o tapete carimbado de cocô. Ela corre até ele, depois corre de volta até a área de serviço. A máquina geme só mais uma vez, molemente, como se estivesse com febre e se recusasse a sair da cama. Ela põe um DVD e telefona para a assistência técnica. Uma mulher com voz de fumante atende e a deixa esperando na linha. Conheça a nova geladeira Consul Bem Estar com Horta em Casa, pensada para quem busca uma vida mais saudável para toda a família. A ligação cai. O menino ainda tem cocô entre as pernas, há pinceladas amarronzadas no sofá. Vamos tomar banho, querido? Quando ele ouve a palavra banho se atira no chão, esperneia e se agarra aos móveis. Não há como fazê-lo ficar na banheira, ainda mais agora, ensaboado, escorrega como um peixe.

Sim, ainda há cocô nas dobrinhas. Ela tenta de novo na assistência da Consul. A atendente com voz de fumante tem horário para daqui a três semanas. Mas é quase um mês. Silêncio do outro lado da linha. Alô, *alô?* Três semanas, minha senhora.

Toda manhã parece a mesma. Ela gostaria de finalmente se apoiar na mochila e dormir debaixo de um dos cogumelos. Renata mostra vídeos de Herbert rolando no chão emborrachado de um espaço educativo entre o Flamengo e Laranjeiras, onde o leva duas tardes por semana. Ele rola até se deter na parede acolchoada. Uma das assistentes o vira para o outro lado e ele rola até parar num pufe. Não é uma gracinha?, diz Renata.

Heloísa volta a colocar o menino no balanço. Quando ninguém está olhando, tira uma fralda da mochila e passa ao redor da sua barriga.

— A Rose arrumou um ótimo emprego no Leblon.

Ela se vira para trás. Estão falando com ela? Não, a gordinha se dirige à babá de óculos fotossensíveis. Está ganhando o dobro, diz a gordinha para a outra babá.

Como? A *sua* Rose? Em outro emprego? Mas ela não vai perguntar.

Volta para casa um pouco antes do almoço, o porteiro lhe diz que o técnico da Consul esteve lá mas não pôde esperar. Ela sobe apressada; havia combinado com a atendente que ele viria na parte da tarde. No telefone, a mulher com voz de fumante diz que meio-dia é a parte da tarde.

— Mas ele veio antes!

A atendente não pode fazer nada e permanece em silêncio, Heloísa exige falar com o gerente. Diz que conhece jornalistas, trabalha numa revista e vai denunciar tudo na imprensa. Ameaça processá-los, diz que o marido é advogado. No final, agenda um novo horário e a atendente avisa que, se não houver ninguém da próxima vez, o técnico será obrigado a cobrar pela visita.

Depois ela está insistindo com Matias no telefone, ele diz que não pode falar, está ocupado, ela diz que vai ser rápida, ele responde que agora não pode, está com outras pessoas na sala — Heloísa fala assim mesmo, quer que seu Nilo, o pai dele, passe as tardes, ou pelo menos algumas tardes, com o menino, porque ela vai ter de se reciclar, fazer algumas entrevistas de trabalho, restabelecer antigos contatos, enfim, arrumar um emprego. Matias está tentando ser ponderado, diz que não pode falar agora mas não acha uma boa ideia. Ele no entanto não consegue explicar por que o pai, um sujeito aposentado que vive na frente da TV — Me desculpe, Matias, mas é isso o que ele faz —, enfim, por que o pai não pode passar algumas — Só algumas! — tardes com o menino. O pai, diz Matias entredentes, tem os horários muito rígidos, uma dieta restrita por conta dos problemas de saúde, o pai não gosta de mudar a rotina, não se sente bem, e aliás não tem jeito para cuidar de uma criança, Como você espera que ele fique sozinho com o Roberto por tanto tempo? É só pôr um DVD, Matias. Essa é sua ideia de educação? Matias, não me venha com essa conversa, eu não sou uma idiota.

Na sala o menino começou a balbuciar algo, só quando ela desliga é que se dá conta. Babá-babá-babá-babá-babá.

Matias mostra como se deve fazer com o menino: um pouco mais de ar livre, um pouco mais de sol. No café da manhã de sábado, depois de uma noite maldormida, ele diz que deveriam fazer algo *diferente*. Diferente como, Matias?, diz ela, já sem paciência. O jornal traz uma longa reportagem sobre os encantos do jardim zoológico, ele já viu documentários sobre a importância do convívio de crianças com animais, então é isso, vão ao zoológico.

Um povo feio e flácido, mulheres nas suas roupas apertadas de oncinha gritam, riem, mexem umas com as outras. Filhos obesos, Heloísa odeia barulho. Este é o país em que vivemos, pensa ela. O sol bate forte, apesar da época do ano, e os pássaros do viveiro, logo na entrada, se refugiaram na sombra do alambrado. Há uma galinha boiando na lagoa que pode estar morta.

— Olá, patinhos!, diz Matias, sacudindo o braço da criança no colo, como se ela acenasse. Não adianta. Robertinho está aos urros, no estacionamento foram obrigados a comprar um avião inflável de um ambulante, o avião já havia murchado quando chegaram à bilheteria e o menino está mortalmente ofendido. Um garoto ao lado deles atira jujubas pela grade para atingir os pássaros, que se abrigam em poleiros mais altos.

— Olha que macaco engraçado de bumbum vermelho pra fora!, grita Heloísa no setor dos primatas. Percebem, tarde demais, que a protuberância vermelha no traseiro do orangotango é uma doença de pele. Gorilas dormem na sombra; bonobos disputam um pacote de fritas. O menino, estirado no carrinho, olha apenas o padrão quadriculado da capota.

As jaulas seguintes parecem ainda menos animadoras. São as feras — tigres, leopardos, jaguatiricas — refugiadas do sol e das crianças nas suas tocas quentes de fibra de vidro. O leão, sobretudo, está cercado de sujeitos presos à grade que o chamam para a briga. O elefante numa relva seca se recusa a virar, tudo o que veem é seu rabo esquálido no traseiro craquelado. As duas girafas estão curvadas sob uma lona de plástico; o hipopótamo tem a aparência de um tronco podre. Os pinguins agonizam. No poço das serpentes, o rio artificial foi tomado de tartarugas, Heloísa nunca viu tantas juntas. O recanto dos jacarés e — que inusitado — o lar dos ursos também foram tomados por elas.

Heloísa estaciona o carrinho debaixo de uma árvore, tira o pote de purê enquanto Matias sai em busca de víveres. Ele demora, volta apenas com duas garrafas d'água. Diz indignado que só vendem coisas feitas em casa, em caixas de isopor, nem batatinhas ele conseguiu. E a minha Coca?, pergunta ela. Nem isso; encontrou apenas garrafas pet com um líquido escuro, no fundo de uma geladeira desligada. Heloísa se irrita, Matias diz que não é culpa dele. Robertinho grita. Ela os deixa por um momento, vai ao banheiro e no caminho pretende encontrar algo para comer; o problema de Matias é que ele nunca procura as coisas direito. As moscas saem aglutinadas dos vasos entupidos e negros. Não há papel, as torneiras estão sem água. Ela transpira mas não se desespera. Sai para o ar puro, dá passadas apressadas e absorve o bafo quente do final da manhã. Encontra um carrinho de sorvete com rissoles de camarão. Uma velha à sombra vende cocadas numa cesta plástica. Ela volta irritada até onde deixara pai e menino mas não os encontra mais. Puta merda. Vasculha as alamedas e os recantos das tartarugas. Deixou o celular na bolsa, a bolsa apoiada no carrinho, teme que Matias o tenha esquecido em algum canto. Está zonza. Na mureta que margeia a fazendinha — onde são expostos os animais domesticados — parece que aconteceu algo, o coração dela acelera. O menino grita, segurado pelo pai, quase caindo dentro do areal.

— *Matias!*

Entre o boi e o vira-lata, as galinhas-d'angola e o carneiro com falhas na pelagem, há um pangaré cinzento ruminando na cocheira, criatura sem nenhuma glória. Ô, ô, ô, grunhe o menino, não se cansa de apontar. Heloísa no começo acha até bonitinho. Depois se torna engraçado, a seguir preocupante. O menino ainda grunhe, grita com o menor movimento do pangaré (ruminação, abanar de orelhas). Quando fazem menção de ir embora, ele se lança de cabeça para o fosso, Matias o prende pelo elástico da calça, gritam, enfim, não foi nada, mas que susto passaram.

Está no telefone com Fátima, deitada de atravessado na cama. Sabe que na sala as coisas estão sob controle porque o som do DVD continua a toda e não há choro do menino. Seu Nilo é uma esfinge sorridente, sentado sempre na mesma ponta do sofá. No primeiro dia até veio de camisa polo, sapatênis e meias brancas, mas agora se acomodou de camisa regata do Fluminense e chinelos. A gente é de casa, né?, diz ele com um sorriso tímido. Heloísa não se importa, desde que apareça todas as tardes. É careca e tampinha, vê enfeitiçado os desenhos, braços cruzados sobre a barriga redonda, pernas abertas. Ela não tem certeza se ele cochila com os olhos abertos. Às vezes ri junto com o menino. Bem que disseram que na velhice a gente fica um pouco criança; já ela vê aquelas baboseiras e não entende nada, fica com enxaqueca, não sabe como o menino pode gostar daquela esponja engravatada que fica o tempo todo gritando. Fátima, no telefone, continua a falar do novo namorado, ela diz que agora a coisa é *realmente* pra valer. Ele se chama Renan, é engenheiro de formação mas trabalha há anos no ramo imobiliário. Heloísa pergunta se ele tem filhos. Não, diz Fátima, nunca se casou. Heloísa diz que acha aquilo estranho... Quantos anos ele tem? Cinquenta e dois, mas não parece, diz Fátima. E nunca se casou? Não sei, responde Fátima, quero dizer, já teve namoradas, algumas até de longa duração, acho que ele inclusive chegou a morar junto com uma delas, não sei, hoje ele mora com a mãe, ela está meio doente, além do mais eu não pergunto sobre coisas do passado, entende? Você sabe, eu sou muito ciumenta, e ele foi incrível, me disse que a gente tinha de começar do zero, deixar nossas histórias pra trás, foi super-romântico. Você precisa conhecê-lo. Sim, sim, diz Heloísa. A gente podia marcar um encontro de casais, diz Fátima, há tanto tempo não fazemos isso. Heloísa não pode; sua empregada está de férias e foi visitar a família no Nordeste. Ela até deveria contratar outra pessoa, a verdade é que é muito mole com a Rose. Então podemos fazer algo na sua casa, diz Fátima. Aqui?, diz Heloísa. Por que não?, diz Fátima. Não não não não, aqui não vai dar. E aliás, diz Fátima, o Renan pode te ajudar a vender a casa da sua família, você não está pensando em vender? Ele conhece o mercado como ninguém.

Sim, papai, estou pensando em vender, falei com o Cláudio, ele também concorda, vai ser o melhor pra todo mundo, aquela casa traz recordações muito boas, mas quem consegue sustentar tudo aquilo? Além do mais os inquilinos destruíram o quintal dos fundos, derrubaram a edícula, você precisa ver, me disseram que está de dar dó, o Cláudio não pode nem falar nisso e já fica nervoso. É, papai, agora tudo vai melhorar, o senhor não precisa mais se preocupar, estou vendo um horizonte. Estou pensando em ser dona do meu próprio negócio, você sabia? Eu decidi... as coisas não estavam dando muito certo no meu antigo trabalho. Não sei se você se lembra, você se lembra do meu trabalho? Pois bem, eu... eu não queria mais levar aquela vida, sem horário, só sacrifício por nada, eu não queria mais... (ela olha para fora, através do alambrado). Eu tive uns problemas por lá, umas lutas políticas, não sou dessa laia, não sou, odeio joguinhos e mentiras e sempre fui muito sincera, não é, papai? Pra se dar bem nesse mundo você deve ter algum desvio de caráter, não quero isso pra minha vida. (Num sussurro) É muita gentalha, sabe? Eu quero trabalhar em algo que seja realmente meu, ser dona do meu tempo. Eu quero... papai, a sua casa, a *nossa* casa... é justamente essa quantia de dinheiro que eu preciso. Acho que vai dar, é a verba que eu preciso para fazer esse negócio deslanchar e... já falei com o Cláudio Mário, ele concordou, ou vai concordar... ele está falando com um advogado, calculando um valor, você sabe como é, sempre apegado ao dinheiro, unha de fome, ele nunca foi fácil. Ficava se comparando comigo, queria as mesmas coisas que eu, você se lembra? Ele sempre foi mimado, né, papai?

Ela olha de novo lá fora. Através do aramado da varanda, o piso de pedras e limo, os canteiros do pequeno jardim morto. Árvores recurvadas sobre a terra dura, mais além o muro baixo, pintado recentemente de branco, com as grades verdes. Depois olha o velho. Está tão afundado na poltrona que parece o resto de margarina num pote. As pernas largadas, os braços pendentes nas laterais. Os pulsos exibem as marcas das fitas que tiveram de usar ao medicá-lo. O dr. Wagner já lhe disse que o pai tem se tornado violento às vezes. Agrediu outro paciente na hora do lanche. Ela se inclina sobre ele, o encara, tenta alguma reação daqueles olhos esfumaçados.

— Você me ouviu, papai?

Ele sorri, diz que sim, que ouviu. É uma história muito bonita. A filha dele também trabalha numa empresa grande, a filha dele, ela se chama Heloísa, deve vir visitá-lo um dia desses. Ela quase não vem. Vai achar muito bonita aquela história.

Convive há trinta e quatro anos com o irmão e ainda se espanta com ele. O irmão é mesmo uma coisa impressionante. É de dar pena. Ao saber que ela havia perdido o emprego — Perdido, não, Cláudio, *decidido sair* — deixou de atender seus telefonemas. Ela tenta três vezes no celular. Depois, no final da tarde, deitada na cama, faz uma rápida pesquisa na internet e liga para o número geral da sede do banco em São Paulo, passa da telefonista para uma secretária, depois para outra da vice-presidência — Diga por favor que é urgente, sim, é sobre o sr. Mário Peinado, o pai dele —, até ouvir sua voz do outro lado da linha. Ela pergunta se não ia mais atender, ele parece confuso por um momento; haviam lhe dito que era uma emergência, sobre o pai. Não, não há nenhum problema com o papai, diz ela, eu fui visitá-lo hoje — não, Cláudio, sua secretária deve ser surda, ou é você que está com isso na cabeça, deve ser a consciência pesada de não vir vê-lo no Rio — aliás ele perguntou de você, Cláudio Mário, e você aí, só pensando em ganhar dinheiro, não pode ser assim tão egoísta. Depois você me pergunta por que deixei de atender suas ligações, Heloísa. Ela diz que não ligou para brigar com ele e vai logo ao assunto que importa, a venda da casa. Você fica enrolando, mas eu preciso do dinheiro! Ele se mantém em silêncio na linha. Ela também fica calada, olhando o céu azul-escuro lá fora; luzes acesas dos apartamentos vizinhos. O quarto perdeu as formas, uma claridade âmbar vem do corredor. Ele finalmente diz que já explicou mais de uma vez que não é o momento de vender a casa dos pais. Sim, continua ele, está alugada por um valor baixo, mas a especulação imobiliária na região ainda não esquentou. Mas quando vai esquentar? Talvez nas Olimpíadas, diz ele. Mas isso é daqui a três anos! Cláudio Mário, em três anos podemos estar todos mortos. E além do mais eu agora tenho um consultor que pode nos ajudar a vender melhor, diz ela, é o conhecido de um contato meu, especialista no mercado imobiliário dessa região. Pintou um projeto para mim e não posso esperar, Cláudio Mário; não tenho dinheiro saindo pelo ladrão, não tenho conta na Suíça. Ele suspira do outro lado, diz que tampouco tem dinheiro saindo pelo ladrão, não tem conta na Suíça, não é milionário, nem ao menos rico. Sim, a rica aqui sou eu, diz ela nervosa. Precisa do dinheiro para ir em frente com suas ideias, tocar seus planos, ele nunca lhe dá apoio quando ela

42

precisa. Está andando de um lado para o outro no quarto escuro, atravessa o corredor e dá uma espiada na sala. Estão em outubro e no entanto o calor é mercurial; o ventilador que comprou na Casa & Vídeo não está dando conta, o sol bateu a tarde inteira direto na varanda, a sala é uma estufa em qualquer época do ano, o aparelho só espalha o bafo quente. O menino continua no tapete da sala só de fralda, deitado de lado, cheio de berebas no corpo. Seu Nilo vem da cozinha. Regata laranja fluorescente, ombros peludos. Quer lhe dizer alguma coisa, parece nervoso, ela pede que espere um pouco e volta ao quarto; não quer o velho ouvindo seus assuntos com o irmão.

— E então, Cláudio Mário, estou esperando.

Ele suspira de novo. Diz que vai pensar. Talvez ele possa comprar a parte dela, ficar com toda a casa para vender mais tarde. Mas depois não adianta reclamar, diz ele.

— Você já me viu reclamando?

Ele fica de novo em silêncio. Deve estar girando a caneta entre os dedos, um hábito ridículo que tem desde a adolescência. Ele diz, Vou pensar por aqui, calcular um valor, montar um contratinho.

— Desde quando a gente precisa de um contrato? Somos irmãos.

— Um contrato é sempre bom nessas horas.

Ela diz que então está certo, ele que faça como quiser, se não confia nela. Está deitada de novo, ouve uma porta batendo forte. O irmão está dizendo que não é nada contra ela, mas as coisas têm de ficar claras para todo mundo. Vai que o seu marido, ou sei lá, a minha mulher, no futuro decidam questionar — ela ouve a voz grossa de Matias na sala — E essas coisas não podem ficar apenas na palavra, diz o irmão, e — ela pede que espere um minuto na linha, cruza de novo o corredor até a sala, Matias está na cozinha, gritando desafinado com o pai, perguntando o que ele está fazendo ali *até aquela hora*. O pai estava no alto de um banquinho, olhando as prateleiras. Cadê a Heloísa?, diz Matias. Ele ainda não a viu na soleira. Cláudio, vou ter de desligar agora, diz ela. O marido avança na sua direção, ela se assusta e dá dois pulos para trás. Seu Nilo diz, do alto do banquinho, que não é nada, ele não liga de preparar algo para o Robertinho. Tem uma lata de milho nas mãos, não achou batatas, o resto do purê terminou no almoço, ele também não sabe onde guardam as panelas. O menino continua na sala. Cansou de brincar com o cavalinho que ganhou do avô e está vendo TV, um noticiário policial. Luzes do camburão num terreno baldio, um volume negro que pode ser um corpo no matagal. Cláudio, vou ter de desligar. Sim, sim, faça como quiser, depois a gente conversa. Caminhonetes negras passam com homens armados na caçamba, uma ruela mal iluminada onde, de cada lado, curiosos se equilibram uns sobre os outros. Robertinho está interessado. Matias fica lívido, desliga a televisão, o menino é pego desprevenido e começa a chorar, Matias estoura e grita junto com o menino, diz que o pai não pode ficar ali até tão tarde, o pai estava cansado, Heloísa passa o dia inteiro no telefone e é incapaz até mesmo de comprar batatas — Você vai querer pôr a culpa em mim por *tudo*, Matias?

— Você deveria fazer alguma coisa de útil se quer mesmo arrumar um trabalho, diz Matias, e não ficar pendurada no telefone

— Eu só estava no telefone agora! Resolvendo os meus projetos!

— Matias a deixa falando sozinha, acompanha o pai até a porta de entrada, o pai acena um pouco sem jeito para Heloísa, diz que ele poderia ter ido comprar as batatas, não queria criar uma situação… Situação nenhuma, papai, diz Matias, e depois fala em levá-lo de carro, o Rio de Janeiro não é seguro numa hora dessas — *Não são nem sete da noite, Matias*, grita Heloísa, mas ele finge não ouvi-la. Deixa o pai no hall e volta para pegar a chave do carro. Heloísa a procura na bolsa, repete que é um exagero ir de carro. Matias continua lívido. Não me espere, diz ele, olhando apenas a chave que ela lhe estende. Como? Não me espere, diz ele, finalmente a encarando. Como? Mas e o menino? E as batatas? Ele bateu a porta.

— Então não volte mais!
Ela se joga na sofá e cruza os braços olhando a tela negra. O menino, no chão, continua a espernear e a gritar. Calma, calma, diz ela, se agachando; o papai não fez por mal. O celular começa a tocar. Pronto, é ele de novo; Matias é incapaz de ficar meia hora fora de casa. Ela puxa o aparelho da mesinha, ainda agachada ao lado do menino, atende com um misto de ironia e condescendência. Alô, diz ela, recostando-se na base do sofá. Alô. Alô. Sim, é ela. Quem? Salta do chão, acerta a bermuda jeans, circula pela sala. Como? Como? Rá-rá-rá, problema nenhum. Tudo bem?
O menino choroso a observa sumir de novo pelo corredor. Ela acende a luz do quarto e se joga na cama. Não, diz ela, está tudo bem. Ri, rola sobre o colchão como uma foca. Não, tudo bem, posso falar, claro. É que estava no meio de uma reunião, mas consegui sair um pouquinho da sala. Ah, pois é, a gente não tem horário. É, faz muito tempo, mesmo. Quanto? Dois meses? Claro que me lembro. Não, imagina, não me importei, diz ela, a gente estava meio alto, né?, e se olha no espelho do armário aberto. Ah, bom, por aqui tudo bem... sim, tenho falado com meu irmão, uns assuntos de família. É, é verdade, ele continua tão cabeça-dura como sempre. É, a noite foi muito divertida, mesmo. Não, eu não fiquei chateada, sério, essas coisas acontecem. Não... por enquanto eu não devo voltar a São Paulo, não. É que peguei um projeto grande de reestruturação no meu departamento aqui no Rio e não devo viajar muito nos próximos meses. É, é bem complicado, nem me fale.

Carlos Alberto, por sua vez, diz que deve ir ao Rio por alguns dias, conversar com investidores sobre um projeto que ele tem. Enfim, não há relação nenhuma com o trabalho, é um projeto antigo dele, depois pode contar em detalhes, mas está pensando em investir no ramo hoteleiro, está cansado da rotina do banco, acha que chegou a hora de trabalhar para si mesmo. Eu sei bem como é isso, diz Heloísa. Riem os dois no telefone. Enfim, ele diz que ficou pensando, não sabia se devia ligar, não sabia como ela estava, se estava muito ocupada, mas queria saber se não gostaria de jantar ou almoçar com ele, ou algo do tipo. A cabeça dela está calculando, as bochechas quentes, ela se vê arrumando os cabelos no espelho, ela diz (não consegue pensar), ela diz que sim, está com os dias um pouco atribulados mas poderiam se encontrar para um almoço rápido. Ele está animado, ela pode notar pelo tom da voz. Meu Deus, meu Deus, o que acabou de fazer. Sirenes numa rua distante. O menino está começando a chorar alto de novo. Ela fecha a porta antes que Carlos Alberto o ouça. Olha, eu tenho de desligar, estão me chamando, mas sim, me mande uma mensagem com as datas e nós marcamos, sem dúvida.

Desliga o aparelho, cai com os braços abertos na cama, olhando para o teto. Não sabe quem é nem o que fez. Ri sozinha.

Renan é engenheiro químico, tem cinquenta e dois anos mas aparenta muito mais. Fátima e ele chegam dez minutos antes, trazem uma garrafa de vinho que Heloísa abre para comerem com a tábua de queijos que ela preparou. Matias ainda está se arrumando no quarto. Chegou em casa irritado; ela havia ligado para que comprasse alguns itens na volta do trabalho, ele detesta fazer qualquer coisa que não tenha sido programada de antemão. Acha que ela fica à toa, não entende como não pôde ter acertado tudo à tarde. Heloísa não conseguiu fazer as unhas, não conseguiu se arrumar. Queimou os dedos ao tirar o bolo de carne do forno, parecia seco, pegou na geladeira um pouco de molho de tomate e jogou sobre ele, derrubou molho no chão, começou a achar que não teria o suficiente para as duas bandejas de rondelli que comprara numa loja de importados perto de casa. Vasculhou as prateleiras acima da pia e encontrou uma lata de massa de tomate. Ligou o fogo, misturou os molhos numa panela, aquilo não tinha gosto de nada, estava ácido. Não ia se desesperar, não ia se desesperar. Viu um dia na TV que o açúcar eliminava a acidez do molho. Não sabia onde Matias enfiara o pote de açúcar, só podia ser ele, ninguém mais usava açúcar naquela casa, além de Rose, e Rose não estava mais lá para se defender. Heloísa só usa adoçante, açúcar é um veneno, destampou o tubinho e despejou umas gotas na panela, quem não tem cão caça com gato.

A blusa de Fátima é estampada com um padrão de onça ou girafa, jeans apertados, saltos pretos. Alisou os cabelos e tingiu as raízes, parece mais velha. Matias vem do quarto de camisa polo, bermuda cargo e descalço, Heloísa sabe que não vai fazer nada para tornar a noite mais agradável. Ela sai por um instante para terminar de se arrumar e quando volta os três estão em silêncio. Renan examina uma fileira de CDs na estante, fingindo interesse. É grande e barrigudo, cabelos grisalhos que formam pequenos caracóis, a pele esburacada, os olhos molhados e vermelhos, como se estivessem irritados. Heloísa serve o vinho que Matias fez o favor de deixar esquecido sobre a cômoda, Renan gira a taça com cuidado, observa o líquido negro escorrer pelas bordas, enfia o nariz ali dentro e puxa o ar como se estivesse dentro de um vinhedo.

Matias havia comprado o queijo para ralar; comprara duas garrafas de vinho no mercado. Trouxera também o sorvete — puta merda, ela tinha deixado a torta mousse de maracujá fora da geladeira — correu até as sacolas plásticas e lá estava ela, parcialmente pressionada pelas batatas, a cobertura porosa com mil sementes negras grudadas na tampa, ela queria chorar. O molho estava queimando. Matias felizmente não tem olfato, seu nariz foi corroído pelo uso sistemático de Privina, mas olhou com tom irônico o fogão e a pia, pratos e utensílios sujos, molho por toda parte.

— Está rindo de quê?

— De nada.

— Você não sabe a quantidade de coisas que tive de fazer.

Heloísa quer saber se Renan gostaria de um pouco mais de rondelli. Ele agradece, come pouquíssimo à noite, é um hábito que vem procurando cultivar. Matias lhe pergunta se esse é o melhor momento de vender um imóvel. Engraçado; o imóvel é *dela* — não entende como Matias pode de repente estar tão interessado. Renan pondera durante um momento. De fato, a especulação ainda não está muito alta naquela região, mas sim, Matias tem razão, a procura por terrenos deve crescer mais perto das Olimpíadas, ele sabe do projeto de pelo menos três hotéis de alto padrão nas redondezas do Riocentro. Heloísa não acompanha sua linha de raciocínio porque não consegue deixar de olhar para Matias, que acabou de arrebentar a rolha da segunda garrafa e tenta forçá-la para dentro com o dedo.

Discutem amenidades. Estão procurando uma creche para o menino, o pediatra diz que pode ser um estímulo para ele esboçar as primeiras palavras. Mas as creches são muito caras para o que oferecem e Heloísa até agora não ficou satisfeita com nenhuma. Não pode confiar naquelas professoras. Não quero ser preconceituosa, diz, mas as moças têm uma cara péssima... podiam estar faxinando aqui em casa, parecem as babás que eu vejo na pracinha.

— A educação nesses anos iniciais é fundamental, diz Renan. Fátima pergunta qual é a idade mínima para ingressar na escola americana.

— Ah, mas aí seria muito caro, diz Matias.

— Não é uma questão de *dinheiro*, corta Heloísa.

Tomam mais uma rodada de vinho. Heloísa fala que não faria sentido continuar presa à Guanabara apenas pelo salário. Fátima suspira, diz que nunca teria feito o que ela fez, foi muito corajosa de largar o trabalho, ainda mais com uma criança pequena. Ela mesma nunca deixou a Petrobras, nem nos momentos mais difíceis, e criou o Marquinhos praticamente sozinha. Renan a interrompe, fala que Heloísa está certa, não podemos nos tornar escravos do trabalho. Além do mais, você com certeza vai alcançar mais realizações se seguir sua verdadeira vocação. Heloísa concorda diversas vezes com a cabeça. Diz que tem planos de abrir o próprio negócio. Ih, diz Fátima, o irmão do Renan é um especialista em franquias, você devia falar com ele. De fato, ele é muito bom no que faz, diz Renan; o Sebrae não quer perdê-lo por nada. Pois eu acho que ele devia largar o Sebrae e montar uma empresa para dar seus próprios cursos, diz Fátima. Renan gira a taça pensativo. Meu irmão é muito reservado, muito excêntrico... como costumam ser as pessoas muito inteligentes. Ele é de fato muito inteligente, diz Fátima; é até difícil ter uma conversa normal com ele. Sim, diz Renan, ele entende tudo de estatística, mas ao mesmo tempo não tem paciência de lidar com dinheiro, com o dia a dia de uma empresa; prefere ficar lá no cantinho dele, com suas abstrações matemáticas. Parece até um pouco bobo, sabem?, diz Fátima. Renan vira os olhos para ela. Bobo não, diz ele. É, fala Fátima, de bobo ele não tem nada; eu quis dizer um pouco aéreo, né, Renan?; um pouco autista. Autista também não, diz Renan. Além disso, diz Fátima, o mercado de franquias é muito concorrido, não é, querido? Sim, diz Renan, ressabiado. São muitos franqueados disputando as mesmas regiões, as marcas mais populares, e isso gera uma saturação. O bom franqueado tem de pensar fora da caixa, né?, diz Fátima, como uma aluna que fez o dever de casa. Sim, diz Renan, para ter sucesso é necessário descobrir uma tendência antes dos outros. Pensei que fosse só abrir um McDonald's, diz Matias. Heloísa solta um riso de escárnio, balança a cabeça olhando para o alto. Fátima responde por Renan; esse é um pensamento que todo mundo tem, mas, na verdade, nesses casos as margens são muito pequenas, não são, querido? Para tirar algum lucro, diz Renan, o franqueado precisa de três, até quatro pontos da mesma franquia; para ganhar no volume. E de preferência em shoppings de subúrbio, diz Fátima. Matias ri, diz que não consegue nem imaginar Heloísa trabalhando numa praça de alimentação em Queimados. Heloísa ri de volta, diz que Matias não a conhece. Sim, diz Renan, é preciso saber onde investir; o dinheiro hoje está nas periferias, onde há poucas franquias, um enorme público consumidor — A classe C, diz Fátima —, isso, a famosa classe C, e aluguéis mais baratos. A outra opção é descobrir uma tendência antes dos outros, comenta Fátima; mas aí só alguns conseguem ter esse insight, não é, querido? E qual é a nova tendência?, diz Heloísa. Essas redes de sorvete de iogurte estão por toda parte, comenta Matias. Heloísa ri alto, olha para o casal à sua frente. Eles sorriem de volta, condescendentes. Matias ficou ofendido: Bom, Heloísa, eu só falei dessa rede de sorvetes como um *exemplo*; é claro que você *nunca* vai descobrir a nova tendência. E você, Matias, provavelmente iria abrir uma lojinha de sorvetes de iogurte depois que todo mundo já tivesse aberto uma, diz ela. Renan crava os olhos na sua taça. Ah, diz Fátima, o irmão do Renan é perfeito para descobrir esses novos negócios, não é, querido? É, de fato, diz Renan; foi meu irmão quem primeiro teve a ideia dessa rede de sorveterias aqui no Rio. Que incrível, diz Heloísa. Conte das temakerias, diz Fátima. Bem, sim, a história é um pouco mais complicada, mas foi dele a ideia de abrir uma rede onde servissem apenas temakis. Não acredito, diz Heloísa. Sim, diz Renan, mas aí teve um problema, porque ele decidiu participar do negócio, e parece que os sócios não eram lá muito corretos. Queriam sempre os piores produtos para baratear os custos, enfim, meu irmão não gosta de aporrinhações, acabou vendendo sua parte. Estaria milionário hoje, diz Fátima. Os quatro meneiam a cabeça, solenes.

— Mas, se ele é tão bom assim, por que não abre uma franquia sozinho?, diz Matias.

Renan ri sabiamente, troca com Fátima um olhar cúmplice. É uma coisa dele, diz, antes de mirar de novo a taça. Fátima, sem que ele a veja, envesga os olhos de um modo cômico e gira o indicador ao redor da orelha. É totalmente maluco, balbucia.

Seu Nilo chega um pouco depois do combinado, ela deixou o cardápio do chinês ao lado do telefone, está atrasada secando o cabelo, ele precisa tocar a campainha umas quatro vezes até ela ouvir. Obrigado pela ajuda, eu não teria pedido se não fosse uma coisa importante, tentei marcar pra uma outra hora mas eles só tinham o almoço livre e tenho de estar lá em quinze minutos. Seu Nilo franze todo o rosto para sorrir, diz que quando trabalhava na Engeplan ele... — não tem tempo de terminar, ela vira as costas e volta para o quarto, ele nem pôde mostrar o que trouxe na sacola plástica (um livro de colorir da Galinha Pintadinha), o menino está no chão da sala e o fita por um momento antes de se voltar de novo para a TV.

Sente-se gorda, branca, flácida, com olheiras, o terninho que ainda não usou não tem um caimento tão bom quanto na loja, devia sair com uma roupa que está mais acostumada mas agora não dá tempo. Sentada a uma mesa nos fundos do restaurante, apertando os dedos, pensa se deveria pedir um drinque, ao mesmo tempo não sabe se pegaria bem uma executiva beber num almoço de semana. Quando segura o copo gelado de água, nota que as mãos tremem um pouco. Olha ao redor com medo de reconhecer alguém. O Lounge Bubble Bar abriu há alguns meses e sua especialidade são os champanhes e espumantes. Costuma ser muito badalado à noite, mas mesmo durante o dia tem seu charme, com iluminação âmbar e difusa, os garçons de camisetas negras justas, a cozinha aparente através do vidro. (Precisa sair mais,

Matias nunca a leva nesses lugares.) Leu justamente algo sobre ele numa coluna recente de gastronomia, da crítica muito conhecida de todo mundo, que avisa sempre antes de ir (não quer ser mal atendida) e chama as amigas para comer de graça. A cotação desse, se Heloísa bem se lembra, foi de quatro garfinhos.

E lá está ele, falando com a hostess na entrada, procurando ao redor, finalmente a vê sentada na área mais recuada e acena de modo discreto, sorri, dá três saltinhos nos degraus do mezanino e se aproxima para lhe dar dois beijos. Está bem-vestido e ao mesmo tempo casual, um paletó claro de lapelas estreitas, camisa azul e jeans desbotados, os sapatos de camurça parecem italianos. Seu rosto é como ela se lembrava, forte de queixo quadrado com uma covinha, cabelos alourados e um pouco ralos, olhos cinzentos semicerrados. Pede desculpas, os aeroportos no Brasil estão calamitosos, teve ainda de deixar a mala no hotel, não esperava tanto trânsito. Ela sente uma onda de nervosismo e se pega perguntando se ele pretende ficar mais de um dia no Rio. Ele diz que sim, tem um jantar e outros compromissos. Hospedou-se num flat no Leblon e, enquanto pede a carta de vinhos, diz que escolheu o hotel pela localização, mas está muito incomodado com o serviço que oferecem. Não devem trocar o carpete dos apartamentos desde os anos 80, diz ele, com um sorriso contrariado.

Folheia a carta compenetrado. Vamos tomar algo?, diz. Ela fala que não sabe, tem uma série de reuniões à tarde (aliás, está com o horário bem apertado), no máximo uma tacinha. Quando o garçom se coloca ao lado dele, Carlos Alberto pergunta se costumam trabalhar com pequenos produtores. O garçom o observa desconfiado. Aponta algo na carta e diz, Essa aqui sai muito. Moët Chandon?, diz Carlos Alberto com um sorriso irônico. Ah, essa é uma delícia, diz Heloísa, mas ele não a ouve. E essa Taittinger 2005?, diz ele, sem tirar os olhos do garçom. Quando tem essa bolinha preta ao lado, responde o garçom, é porque está em falta. Ah, diz Carlos Alberto, e lança uma olhadela marota para Heloísa, que meneia a cabeça numa decepção divertida. O restaurante é especializado em champanhe, mas quase todas as garrafas estão em falta, e as taças, listadas em mais de sessenta rótulos, se restringem no momento a dois espumantes nacionais e duas cavas. Nunca ouvi falar dessa aqui, diz ele ao garçom. É muito boa, diz o garçom. Ele o avalia com uma sobrancelha erguida, como se tentasse fisgar algo no ar. Por fim, diz, Bem, vamos então de Moët Chandon, na falta de outra. Meu Deus, vai ser impossível trabalhar hoje, diz Heloísa. Você pode dizer que estava com um cliente muito exigente, diz ele.

— Aos clientes exigentes, propõe ela, batendo delicadamente as bordas de cristal. Aos clientes exigentes, ele responde, com um sorriso insinuante, olhar fixo nela.

Bolinhas subindo felizes na taça, ela toma um gole pequeno, que delícia, Matias é um caipira, se não é cerveja ele logo reclama de dor de cabeça, ou diz que é caro, mas não, não vai pensar nele agora, Carlos Alberto está falando dos seus projetos paralelos e o garçom vem com uma entrada, espécie de ceviche de mexilhões num molho agridoce, a aparência dos ouvidinhos amarelados no caldo negro cor de chorume não é exatamente das melhores, para não dizer funesta, e Carlos Alberto manda o prato de volta sem nem experimentar. Pede um carpaccio de lula, que virá empapado e ácido. O que interessa no entanto é beber aquele champanhe gelado, eles brindam ao reencontro, ele diz que se tudo der certo deverá vir mais ao Rio, então podem se ver outras vezes, Heloísa dá uma risadinha tímida. Carlos Alberto quer investir no ramo hoteleiro. Ele juntou um capital considerável, e por que não dizer, um capital que lhe permitiria deixar de trabalhar, mas não nasceu para isso, não sabe ficar parado, então pensou em se arriscar numa área diferente, que lhe traga uma recompensa pessoal, não só financeira.

54

Quer sair da zona de conforto, e o Rio de Janeiro deve crescer muito nesse setor, agora com a Copa do Mundo, depois as Olimpíadas, a cidade vai precisar de quinze mil novos quartos, isso representa quase uma centena de hotéis novos, uns dez cinco estrelas, vinte quatro estrelas, sem falar nos apart hotéis, nas pousadas de luxo e nos resorts, ele vê ali uma oportunidade. No mercado financeiro ele aprendeu a lidar com o risco e a pressão, criou-se num ambiente muito competitivo, e aquilo, para ele, é como um passeio no parque.

O risoto de camarões que Heloísa pediu está duro, quadrado, quase na forma de um tupperware. Carlos Alberto reclama do ponto do cherne e acena para o garçom, pede outra garrafa.

— Outra? Nossa. A gente já tomou uma inteira?

— Quase, diz ele, puxando a garrafa do gelo.

Está relaxada, um formigamento caloroso no corpo, ela ri, passam alguns segundos se olhando e a seguir ela diz, com uma voz de menina, O que foi?

— Nada. Estou te olhando. Só isso.

Ela ri, ele ri. Mas me conte de você. Eu?, diz Heloísa, vendo o garçom encher sua taça com a nova garrafa. Não há nada para falar de mim. O mesmo trabalho maçante, as mesmas decisões, os mesmos subalternos incompetentes. Ela adoraria trabalhar no ramo hoteleiro. É mesmo?, diz Carlos Alberto. Sim, diz Heloísa, ela sempre achou que tem jeito com as pessoas, essa sua faceta nunca foi bem aproveitada. No meu trabalho é sempre a mesma coisa, continua ela, os mesmos desafios, as mesmas viagens internacionais, a mesma luta para vender mais livros, mais revistas, a mesma briguinha e ciumeira dos editores.

— Então você cuida de tudo.

— Sim, diz ela com um sorriso triste. Não era fácil administrar tantos egos.

— Não *era* fácil? Você não administra mais?

Heloísa fica confusa e ri, diz que na verdade agora está numa outra área, é complicado explicar, a conta chega, graças a Deus, Carlos Alberto puxa a caderneta preta para si e ela, numa reação involuntária, estende também o braço, diz que pode pagar. Ele está compenetrado conferindo os valores, apenas sorri de lado, fecha a caderneta com a nota e procura a carteira no bolso da calça. Não, *sério*, eu pago, diz Heloísa. Imagina, diz Carlos Alberto. Ele abre uma carteira surrada e fica um momento indeciso, dedilhando seus cartões. Passo o cartão corporativo, diz ela. De jeito nenhum, diz Carlos Alberto. Sério, não tem problema, diz ela, tão feliz e segura. Tem certeza?, diz ele, fitando-a com a carteira congelada no ar. Claro, ela responde, com um sorriso inseguro. Então está certo; mas só dessa vez, hein?, diz ele, fechando a carteira, que aliás já está de novo no bolso traseiro, a caderneta foi parar nas mãos dela, que olha aqueles números sem entendê-los. Ela busca a carteira mecanicamente na bolsa, puta que o pariu, ri como se tivesse quebrado os dentes, ainda diz, Na verdade não sei se eles aceitam notas com bebidas alcoólicas, mas falou num sussurro ou Carlos Alberto deliberadamente não a ouviu — ele cruza as pernas de lado, ausente, e dobra o guardanapo num movimento elegante, Não sei se estou com o cartão aqui, ela diz, ele espana as migalhas da mesa, ela está estendendo um cartão ao garçom, prefere não ver o valor, meu Deus, foram duas garrafas e sente o rosto esquentar, depois sorri conforme descem juntos os degraus do mezanino, é como se a gravidade a esmagasse e lá fora as coisas são selvagens, o valet grita na rua por um táxi, as pessoas a encaram, ela tira os óculos escuros da bolsa, meu Deus, o coração está esmurrando a caixa de costelas e ela pensa no seu menino indefeso, no seu Robertinho, ela ama o seu menino, Carlos Alberto diz que gostaria de vê-la de novo, pergunta o que vai fazer agora, ela não sabe muito bem o que responder, diz que tem de voltar, esqueceu para onde vai e quase se trai, se enfia no táxi abafado e ele ainda faz um esforço para beijá-la antes que ela se cole do outro lado do assento e escape das dentadas do velocirraptor à solta num parque condenado.

Hélvio, o irmão mais novo de Renan, parece forjado do mesmo material, são semelhantes até nos buracos do rosto, nos caracóis apertados do cabelo, nos caninos pontudos. O mesmo olhar lacrimoso. Ele só é um pouco menor; Heloísa diria que mais compacto. A sala de aula está quente, iluminada por lâmpadas fluorescentes (uma delas pisca), o ventilador gira suas pás em câmera lenta. Ele tira as coisas de uma sacola de náilon mole, canetinhas, caderno desbeiçado, caixa de lenços de papel, garrafa d'água. Toma um susto quando ela para à sua frente e se apresenta, ele não parece identificá-la. Mas seu irmão falou que eu viria, não?, diz Heloísa. Ele dá uma gargalhada abrupta, diz que sim, o Renan falou dela. Os demais alunos a encaram desconfiados. Há quatro donas de casa com os braços gordos para fora de blusas floridas de crepe. Uma mulata, à parte, lembra sinceramente uma babá. Não que Heloísa seja preconceituosa. Há um garoto de cabelos muito finos e compridos, presos num elástico, e outro cheio de espinhas e casaco camuflado, que já olhou algumas vezes a bunda dela. Três aposentados sentaram-se na primeira fila e o do meio parece mais animado, tem uma careca polida circundada de chumaços brancos, um nariz grande e esponjoso. Hélvio, depois de ligar o laptop a uma tela de TV no canto da sala, o reconhece e sorri para ele. Olá, Almirante, diz ele. Olá, professor. Decidiu fazer mais um módulo, Almirante? A gente está sempre aprendendo, professor.

Heloísa não sabe mais se portar na sala de aula. A carteira é incômoda, ela não trouxe nem ao menos caneta e tem de pedir emprestada do sujeito de cabelos compridos, que fica desconcertado, buscando uma caneta adicional no estojo jeans, e a estende sem erguer os olhos. Ela depois pede uma folha e o sujeito, ainda mais constrangido, rasga uma do seu caderno pautado, para depois ficar tirando as pontas de papel presas à espiral. Um dos aposentados é surpreendido olhando seu decote. As pessoas ficam em silêncio, Hélvio escreve seu nome na fórmica branca e ela sente um sono incontornável; não são nem sete da noite e pensa no que Matias deve estar fazendo, se deu comida ao filho. Decide ligar e pega o aparelho, depois hesita e apenas checa as mensagens, mas se dá conta de que Hélvio está olhando seus dedos no celular e o guarda de volta na bolsa. Boceja. O termo franchising vem de *franchisage*, que designava o empréstimo de caravelas pelos reis para a descoberta de novas terras e rotas comerciais (ele escreve FRANCISHAGE no quadro, observa por um momento, volta atrás, apaga o H com a base da mão e o coloca antes do I). As primeiras franquias aparecem na história da humanidade já no século XII, em Londres, no chamado sistema de guildas (ele escreve GUILDAS no quadro). Olha a sala, Heloísa se acerta na cadeira e cruza as pernas, a saia sobe um pouco, Hélvio vira os olhos para o laptop. Na TV, exibe um diagrama de círculos e setas que ela não entende. Boceja de novo, cobre a boca com a mão, cruza as pernas para o outro lado, ajusta a barra da saia. De uma forma geral os historiadores consideram que o franchising surgiu nos Estados Unidos durante a Guerra de Secessão (imagem de um antigo filme histórico com Matthew Broderick e uma gangue de negros). Nessa época, a fábrica Singer, de máquinas de costura, estabeleceu a primeira rede de revendedores. O sistema de franchising vem evoluindo desde então, e hoje é considerado o melhor método ganha-ganha entre franqueadores e franqueados.

Sussurro nas carteiras; o tal Almirante está explicando às donas de casa no que consiste o método ganha-ganha. Hélvio o escuta meditativo, depois complementa com pequenas correções. Volta ao laptop, projeta na tela a imagem do globo, com setas se expandindo nas diagonais. Hoje, é o sistema que mais cresce no Brasil. Segundo o Provar, Programa de Administração e Varejo (ele escreve PROVAR no quadro), e a Piccini Consultores Associados, esse mercado vem crescendo desde 2007 a uma taxa de 4,1% a cada semestre.

— Muito acima do PIB, diz o Almirante para os outros. Hélvio sorri benévolo, diz que na verdade são números diferentes, a comparação não é tão direta assim.

— Claro, professor, eu estava apenas lançando uma questão. Heloísa se pergunta se já travaram esse diálogo em cursos anteriores.

Hélvio coloca um novo slide na tela. Frases e mais frases com as características da franquia no Brasil. Apresentação totalmente poluída; as de Heloísa eram muito superiores. A última que ela fez, inclusive, foi particularmente poderosa. Mas nem todos reconhecem o talento (cruza as pernas para o outro lado). Meritocracia. Sim, ela tem uma ou duas coisas a dizer sobre isso. Ah, se tem. (Cruza os braços, balança o pezinho.) Hélvio lê em voz alta o que ele mesmo escreveu no slide. Assim prejudica a atenção dos alunos. No coffee break ele comenta que soube pelo irmão que ela trabalhava numa editora de revistas, mas que havia deixado a empresa. Heloísa diz que sim. Está rodeada de um grupo tão compacto de curiosos que sente falta de ar. Sim, diz ela de novo; eu me sentia empacada ali. Eu sentia que os investimentos estavam todos migrando para os projetos de curto prazo, e eu tinha ideias mais consistentes, que necessitavam de um período de implantação, e —

— O empresário brasileiro nunca se preocupa com o longo prazo, diz o Almirante, colado nela.

— Eu senti que já havia desenvolvido todo o meu potencial na Guanabara e precisava de novos desafios.

— E você fazia revistas, é?, diz o garoto de jaqueta camuflada.
— Revistas e livros. Eu fazia livros. Era diretora de livros. Ohhh. Hélvio morde um pãozinho, toma um gole de café sem tirar os olhos dela. Que interessante, diz, com a boca cheia. Sem dúvida, complementa o Almirante. Mas como é exatamente esse trabalho de editar livros?, diz Hélvio, e faz força para engolir antes de continuar. Porque a pessoa, vamos dizer, o autor, escreve um livro, certo? Depois, esse livro, ele entrega para você. E você... (traçando círculos amplos no ar) você coloca isso no... no formato de um livro?

— Tem também de bolar a capa, diz um dos aposentados.
— É uma área fascinante, diz o Almirante, cortando o outro.
— Ai, eu adoro ler, diz uma dona de casa, mas hoje em dia falta tempo pra tudo.

— Eu faço palavras cruzadas, diz o outro aposentado.
— Mas é realmente muito interessante, diz Hélvio. É algo que me fascina há algum tempo; pegar uma ideia e a transformar numa coisa física, que fica para sempre.

— É um legado, diz o Almirante. Hélvio deve ter ideias excepcionais para colocar num livro. Os outros concordam. O professor meneia a cabeça com modéstia. Diz que não, não é bem assim, mas bem, sim, tem algumas ideias, uns projetos, depois podiam até conversar. Essa coisa de livro realmente me interessa.

— O senhor poderia fazer uma apostila, diz a dona de casa.

Hélvio faz a expressão de quem pondera. Sim, claro (pensa mais um pouco). Mas tenho em mente algo maior. Heloísa sorri, diz que tem todo o interesse em conversar. As portas continuam abertas para ela na Guanabara, tem recomendado autores, feito parcerias, possui experiência nessa área. Ajudou inclusive a publicar os livros do Roberto Yamato, sabem? Os da rodinha concordam com expressão ausente; com certeza nunca ouviram falar dele. O autor de *O egoísmo positivo?*, tenta ela de novo. Não, com certeza não.

❧

O telefone toca e é Carlos Alberto, ela toma um susto, estava pendurando os lençóis no varal. Você pode falar agora?, diz ele. Sim, sim, estou fechando uma planilha com meus editores, mas… espere… Ela tampa o celular e abaixa o som da TV na sala. O menino a olha surpreso. Pronto, diz ela, correndo para o quarto. Você está sempre ocupada, diz ele. Você não imagina como é cansativo, diz ela, depois ri de leve. Ele comenta que o encontro foi ótimo, pede desculpas se fez algo que não devia. Se desculpa também por ter demorado tanto tempo para ligar. Ela se deita na cama e o corpo formiga. Diz com a voz rouca que tudo bem, mas ele está se desculpando de novo, Heloísa diz que não há nada do que se desculpar, não consegue ficar parada e agora está andando no espaço estreito entre a cama e a janela. Ele diz que deve voltar ao Rio e gostaria de vê-la de novo. Ela fica parada se olhando, sorrindo para o espelho do armário. Ele repete, gostaria muito de vê-la de novo. Ela vê a figura pálida de cabelos duros cor de palha, as pernas brancas na bermuda jeans desfiada, ergue um pouco a camiseta para ver o umbigo e a barriguinha, observa essa figura no espelho sussurrar que sim, também gostaria de vê-lo. Ele fica um momento em silêncio, depois diz, É sério? Ela sente a vibração na voz dele, sente com mais força os silêncios, e sua voz de novo, repetindo a pergunta. É mesmo? Olha, eu não posso falar agora… Tá, tá, diz ele, estou em São Paulo, minha vontade era ir te encontrar aí agora, talvez eu programe a minha viagem este mês, eu…

— Não posso falar agora, não posso…

Ela cai de novo na cama e olha para o teto. O celular desligado sobre a barriga. Não demora muito e ele vibra com uma mensagem, ela o pega, ele diz que só pensa nela. Eu também só penso em você, ela escreve. Um minuto, nem isso, ele responde, Eu te quero agora. Ela fecha os olhos, abre-os e digita, a boca aberta, Eu também quero você, mas apaga o texto, volta ao começo, tenta outras coisas e apaga de novo. Envia por fim um emoticon sorridente. Ele escreve, Eu quero fazer tudo com você. Ela digita e apaga, digita e apaga. Vê a lista de emoticons sem saber qual usar. Carlos Alberto escreve: Eu te aviso quando for aí. E ela: O.k. (risos). Está soltando tanta eletricidade, tão agitada de um lado para o outro que o quarto é pequeno, a sala é ínfima, ela sufoca naquele ar abafado, precisa conversar com alguém mas não tem mais amigas, é impressionante como se distanciou das pessoas, Fátima não vale, não iria entender de qualquer forma, quando está namorando só pensa nela mesma. E Renata, na pracinha... não, não vai falar com ela sobre isso, a mulher mal sai de casa, faz tudo para o marido e o filho — ela também, meu Deus, vejam só no que se transformou em apenas alguns meses — a TV com as cores piscando, o sol queima o vidro da varanda, ela telefona para a casa dos sogros e quem atende é dona Inez, evita ligar para não ter de falar justamente com a mulher, mas agora é urgente, precisa sair de casa, diz à velha que é um imprevisto — a verdade é que não está se aguentando naquela sala quente com o menino —, o céu lá fora é de um azul límpido e um cinzento quase negro, tudo ali é violento e ela precisa sair, precisa se reciclar, diz à velha que surgiu uma oportunidade. Dona Inez responde que o marido está muito cansado, a pressão alta, ele andou se estressando na reunião de condomínio, Heloísa insiste, a velha estala a língua, Então está certo, diz Heloísa, eu deixo o Robertinho aí com vocês, e quando se dá conta está no shopping, tem sempre tantas coisas a fazer e tão pouco tempo, nunca sobra nenhuma horinha para si, da última vez ficou até com vergonha de mostrar o celular a Carlos Alberto, é velho e está com a tela trincada, a bateria não resiste meia hora, é isso, tira a senha numa loja da Claro, espera a velharada resolver seus problemas e depois, ao conversar com o atendente, um veadinho de cabelo descolorido chamado Vágner Betovem, ela opta pelo último modelo de iPhone, sim, ela deduz que é melhor comprar o modelo mais novo porque, se comprar o anterior, apesar de ser mais barato, não tem uma câmera com a mesma resolução, nem a mesma capacidade de armazenamento — da velocidade do processador nem se fala — e portanto os aplicativos novos que ela baixar deixarão em pouco tempo seu aparelho mais lento, ela logo terá de trocar por outro — É impressionante, ela diz, como essas empresas nos obrigam a comprar cada vez mais, mais e mais, e ficam atualizando os softwares e os deixando mais pesados, só para desatualizar os aparelhos e nos forçar a comprar os novos. Tudo hoje em dia é feito, enfim, para durar no máximo um ano.

— É mesmo verdade, diz o garoto.

Então é por isso que ela compra o mais caro e refaz seu plano com um pacote de dados maior, porque sua intenção é usar muito a internet, ela afinal não pode depender das redes wi-fi no Rio de Janeiro (dá uma risada de desprezo), é possível dividir em até doze vezes e além disso Vágner Betovem faz um bem-bolado, adicionou uma nova linha, criou duas fidelizações paralelas, tudo numa operação para lhe dar mais desconto na compra do aparelho novo, ele mexeu e remexeu no sistema de cadastro da Claro, foi realmente muito gentil e, nas suas próprias palavras, ela teria pagado uns quinhentos reais a mais se tivesse simplesmente trocado de aparelho sem alterar o plano.

Ela sai tão leve da loja da Claro que, quase em frente (tem pouco tempo), entra numa Ponto Frio, porque esse verão está de lascar. Fala com um funcionário que não entende nada de ares-condicionados e aliás não tem a menor vontade de vendê-los. Ela se convence, e convence o vendedor, de que sua sala, da maneira como foi projetada, só se torna habitável com um split potente, e talvez ela pudesse instalá-lo na parede acima da porta de correr da varanda, será que não caberia lá? O vendedor franze o queixo e concorda, acha que sim — de qualquer forma ela precisa de um split se for mesmo transformar a sala em home office, porque no Rio não se pode trabalhar com um calor desses — Isso é verdade, diz o vendedor — e termina por comprar — em doze vezes! — um split de dezoito mil BTUs da Consul. Ora, diz ela, se a Consul faz geladeiras, pode muito bem fazer um ar-condicionado, e o funcionário ri.

As notícias do antigo trabalho vêm em ondas. Numa manhã de céu desimpedido, jornal aberto na mesa do café da manhã, ela vê a manchete, no canto inferior do caderno de economia: Xica & Seus Amigos, de casa nova, expande marca para a Europa. A Panini, lê ela, deverá levar um dos quadrinhos mais emblemáticos do Brasil para outros países, como Itália e China, e já prepara para os leitores uma série de novos produtos, como um álbum de figurinhas e almanaques em novos formatos. Publicadas desde o início dos anos 70 pelo Grupo Editorial Guanabara, as histórias da turma da Xica se tornaram referência no gênero infantil. A família, detentora da marca e dos personagens criados por Sérgio Vianna, avalia, no entanto, que a parceria havia passado por uma estagnação nos últimos anos.

Rá-rá-rá, rá-rá-rá.

— A decisão da mudança foi tomada em conjunto pelos três irmãos, comenta Neusa Vianna, CEO da Vianna Produções. A expansão da marca para outros mercados era crucial.

CEO. Rá-rá-rá, rá-rá-rá.

A Guanabara não quis comentar a decisão.

O sistema moderno de franquias não nasceu da genialidade de só uma pessoa, mas da necessidade que os empresários tinham de distribuir seus produtos. Ray Kroc revolucionou o mercado não só dos Estados Unidos, como também global, ao criar um novo processo de produção de uma rede de lanchonetes chamada — Alguém sabe o nome? (O Almirante, na sua carteira, cruza os braços com sorriso maroto). Alguém sabe?

Próxima imagem na tela: uma curva de gráfico ascendente, com duas frases no centro: O verdadeiro bem de um empreendimento não é o que você vende, mas como você vende. Logo abaixo: O verdadeiro produto da empresa é a própria empresa. Hélvio termina de ler as frases como se fosse a primeira vez que as visse. Ele meneia de leve a cabeça, tentando assimilar aquelas verdades, e se volta aos alunos. O homem que escreveu isso era um visionário. Ele teve vários trabalhos, de pintor de paredes a vendedor de máquinas de milk-shake (Alguém sabe? Alguém?). Já na casa dos cinquenta anos — nunca é tarde para começar — transformou uma pequena lanchonete de dois irmãos americanos numa das maiores redes de fast-food do mundo. Hélvio vai até o quadro e escreve, com determinação: McDonald's. Heloísa escreve na agenda: McDonald's. O rapaz de jaqueta camuflada — hoje está com uma camiseta negra, múmia sangrenta com machado — rascunha também, ela espia seu caderno, ele finaliza o desenho de um elfo ou duende, ela não sabe a diferença. Ray Kroc revolucionou os processos de produção. Um sanduíche, para ele, deveria ter o mesmo sabor em Nova York ou Tóquio. Tudo isso sem abrir mão da qualidade. Era contra, por exemplo, pôr enchimento de soja nos hambúrgueres. Costumava dizer (passa outra imagem), Nada no mundo pode substituir a persistência. Os aposentados balançam a cabeça.

Nova imagem. Um sujeito de terno, cabelos brancos bem penteados, nariz vermelho. Vocês conhecem Fred Smith? Não?

Sua história é muito rica. Era controlador de voo do Exército dos Estados Unidos durante a Guerra do Vietnã (slide de Willem Dafoe ajoelhado na selva, braços ensanguentados ao alto). Participou de mais de duzentas missões, acompanhando o deslocamento de tropas. Ele não concordava com todas aquelas atrocidades, mas, como era um empreendedor por natureza, ficou fascinado com a logística militar, quero dizer, como conseguiam enviar e receber uma quantidade colossal de equipamentos em tão pouco tempo, com prazos impossíveis, e mesmo assim ser precisos na maior parte das vezes. Ele também entendia de operações aéreas, e foi então que decidiu juntar seu aprendizado na guerra com um antigo sonho e deu o salto para criar algo novo, atender uma demanda reprimida que estava aí. Foi assim que nasceu a... alguém sabe?

— Fedex, diz o Almirante.

Hélvio concorda a contragosto. É triste falarmos de guerra, diz ele, mas os empreendedores pensam de forma especial. Eles são como os artistas; encontram beleza nos lugares menos esperados, e até a guerra às vezes gera uma ideia criadora.

Voltou ao quadro, começou a escrever números. No Brasil, só catorze por cento dos empresários têm formação superior. Trinta por cento mal terminaram o ensino fundamental. Segundo a Global Entrepreneurship Monitor, em 2011 havia no país vinte e sete milhões de pessoas que já tinham ou estavam começando um negócio próprio. Ou seja, um entre cada quatro brasileiros tem o sangue de empreendedor nas veias (nova imagem, um bonequinho azul feliz e três vermelhos deprimidos), e os números mostram que não é preciso ser um especialista para abrir o próprio negócio. Depois do intervalo iremos discutir as características que fazem da pessoa uma empreendedora.

Encontra Heloísa na roda do filtro d'água e dos sanduíches de queijo. Pergunta o que achou do curso até agora, ela responde que está gostando muito. Os olhos de Hélvio lacrimejam, ele exibe os caninos ocres. Que bom, que bom. O módulo seguinte também vai ser muito interessante, ele tem certeza de que ela irá gostar. O intervalo é curto, devem recomeçar a qualquer momento, mas ele gostaria de aproveitar para dizer que tem um projeto que vem desenvolvendo há anos, uma coisa diferente, uma espécie de guia para o novo empreendedor. Que interessante, diz Heloísa. Pensei muito, diz Hélvio, nem gosto de falar para as pessoas, mas acho que poderíamos bolar um livro diferente de tudo o que está aí. Quero dizer, um livro que fale realmente a verdade sobre as franquias, que passe informações concretas, mas ao mesmo tempo evitando os termos mais técnicos. Tipo: dez passos para se tornar um empreendedor. Doze passos para se tornar um empreendedor de sucesso. Ou os dez erros mais comuns do empreendedor, mas focado apenas em franquias, entende? Ando pesquisando (o Almirante se aproxima deles como um abutre), ando pesquisando (o Almirante bebe água fazendo barulho), pois eu venho pesquisando, a gente poderia criar um diferencial, colocar no final do livro um teste para o próprio leitor avaliar se tem o perfil empreendedor, que é bem essa coisa que eu discuto nas aulas e que as pessoas costumam gostar muito. Tipo: você se considera uma pessoa ousada? Mas não assim, uma pergunta assim; teria de ser três alternativas, A, B e C, com um exemplo prático, como, A, você está sempre em busca de mudança, B, prefere a estabilidade, C, tem medo de fazer qualquer coisa fora do padrão, entende?

Ela sacode a cabeça, compenetrada. É uma ótima ideia, poderiam pensar em alguma coisa juntos. Heloísa não tem nenhum cartão ali naquele momento, mas sim, Vamos nos falar, vamos trocando umas figurinhas. Hélvio parece agitado, se confunde um pouco ao encher o copinho de água. Ela chega mais perto e sussurra, E a gente também pode falar um pouco mais das suas franquias, né? — Como?, diz Hélvio, copo congelado no ar. É, diz ela, seu irmão me disse que você está sempre por dentro do que rola no mundo das franquias, tem umas dicas boas (Hélvio dá um passo atrás), quem sabe a gente não empreende algo em parceria? O Renan exagera, diz ele, o rosto uma máscara mortuária. Tenho um dinheiro bom que vou receber essa semana, diz Heloísa, dando um passo à frente. É uma casa da família que a gente está prestes a vender — ela agora está falando sozinha e não sabe o que disse de errado. No curto caminho para a sala, a aglomeração ao seu redor é impossível. O Almirante tem um cheiro quente de colônia, diz que também tem uma ideia de livro, sobre longevidade. Como manter a vida saudável, diz ele. Os dez passos para a longevidade. Sim, sim, ela diz. Uma dona de casa barra sua entrada na sala e pede seu cartão. Esqueci os cartões. O rapaz de camisa de múmia lhe diz que também gostaria de receber seu cartão porque escreveu uma trilogia de fantasia, um pouco parecida com *Guerra dos tronos* mas diferente, pergunta se ela já leu Tolkien.

A toalha do restaurante cheia de migalhas — Matias raspou o molho do ravióli al quatro formaggio com pão, faz uma baita sujeira quando come. Cláudio Mário foi ao Rio expressamente para resolver a questão da casa. Matias havia proposto o Mamma Rosa, perto de onde moravam, Heloísa dissera que ele não podia opinar, já que não tinha olfato. Foram a um italiano na Lagoa, queria mostrar ao irmão que eles também tinham bom gosto. O rosto da sua esposa, Ana Beatriz, estava bordô brilhante, ela se mexia com muito cuidado e suspirou de dor quando se sentou, achara que o sol não fosse estar tão forte. Matias fez uma brincadeira desagradável sobre paulistas e praia, a mulher mal franziu o nariz arrebitado, ele depois falou que era uma pena que não tivessem avisado, poderiam ter passado o dia juntos. Cláudio Mário perguntou do pai, já que estavam no Rio haviam pensado em fazer uma visita. Queria saber como chegar até a casa de repouso, Heloísa explicou apressada o caminho, papai estava sendo bem tratado mas, que pena, não reconhecia mais ninguém — com exceção dela —, tinha na verdade vários projetos para lhe contar, depois podiam voltar a falar do pai. Não tinha certeza se dissera isso ao irmão, mas pensava em finalmente empreender. Matias comentou rindo que ela não tinha o menor jeito para o negócio. Ela rebateu, rindo também, que Matias falava isso porque gostava das suas coisas muito arrumadinhas, morria de medo de sair da rotina e achava que todas as pessoas pensavam como ele. Não tem nada a ver com medo, falou Matias; eu só estou dizendo que você não tem o menor perfil para empreender. Imaginem, falou Heloísa, ele passou a vida inteira perto dos pais, nunca saiu do bairro, e agora vem me falar de perfil empreendedor. Matias riu, disse que ela reclamava, mas bem que gostava quando o pai dele ficava com o menino. Ana Beatriz se levantou para fumar um cigarro. Os três ficaram um momento em silêncio, Matias esmagou algumas migalhas com a unha, olhou para os lados, se ergueu também, disse que ia ao banheiro. Heloísa sentiu-se uma náufraga quando o irmão colocou sobre a mesa as cópias de um contrato de quase vinte páginas. Mas para que um contrato?, disse ela. Nós já falamos sobre isso, respondeu Cláudio Mário, o rosto impenetrável. Mas eu preciso ler tudo isso? Um momento quietos, o irmão suspirou. Não precisa chorar, disse ele, amassando o guardanapo e olhando para o outro lado. Não estou chorando, falou ela, e enxugou uma lágrima.

— Se você achar melhor, eu rasgo o contrato agora mesmo e não falamos mais dessa venda.

— Não, não, disse ela, limpando a lágrima do outro olho. Você está certo, a gente tem de deixar as coisas claras.

Depois, dirigindo de volta para casa, foi Matias quem falou primeiro.

— Acho que você fez uma burrada.

— Pois eu não vou te dar uma gota desse dinheiro.

Ele disse que Heloísa podia gastar tudo aquilo em amendoins, não dava a mínima. Heloísa não dormiu; lembrou-se de todos os momentos felizes naquela casa; lembrou-se do pai (teve um calafrio). Quando a primeira parcela entrou, ela até chorou de alegria. Comprou na Fernando Jaeger um sofá novo de três lugares que estava em promoção, a estampa não combinava com a decoração da sala mas podia mudar o tapete, que estava desbotado. Comprou também duas poltronas disponíveis na pronta-entrega, não queria chegar em casa de mãos abanando. Se Matias perguntasse, ela diria apenas que havia reformado os estofados, ele não saberia a diferença. As paredes agora pedem uma pintura nova. O técnico da Consul chegou na hora combinada para instalar o split, é impressionante a eficiência da assistência técnica deles, com representantes autorizados em todo o Brasil. Um moreninho com sua caixa de ferramentas. Ela oferece um copo d'água — Calor, não? — que ele aceita sem dizer nada, e quando ela vem da cozinha com a água gelada ele está ali, no meio da sala, encarando a caixa de papelão no caminho. Ele diz que instala apenas ar-condicionado de parede. É a mesma coisa, diz Heloísa; esse vai na parede. Não, diz ele, o instalador de split é outra pessoa. Eu só faço de paredes.

Ela liga no pós-vendas da Consul e a deixam de molho, ouvindo a mesma musiquinha de refrigeradores, fogões e outras utilidades domésticas. Ela decide ligar na própria autorizada e quem atende é uma mulher rouca com voz de fumante, Heloísa suspeita que já falou com ela antes. Como a mulher não tem horário disponível nas próximas três semanas, ela exige falar com o gerente. O gerente não se encontra, meu amor. Heloísa ameaça ligar no pós-vendas. A mulher não diz nada. Heloísa grita que vai contar tudo no jornal, trabalha no *Globo*. A mulher dá boa-tarde e vai desligar, Espere, espere, espere!, a mulher aguarda, Heloísa aceita o primeiro horário livre.

A orelha está quente, colada ao celular, aguarda o retorno da moça da Claro. O menino está no tanque comendo areia, a mãe mineira ali ao lado com o filho poderia ajudar mas não, olha apenas o próprio aparelho, fotos postadas pelas amigas de Belo Horizonte dos seus pimpolhos felizes, ela vai descendo pelas imagens e sorri, Heloísa não entende como todo mundo vive feliz com o celular, só ela tem problemas.

— Querido, não coma areia. Querido — Renata, você me ajuda? — (em vez de ficar nessa *merda* de celular) Renata — o menino está chupando um graveto — Heloísa estala os dedos para a mãe, tenta chamar sua atenção, a atendente voltou à linha, Heloísa se vira para o outro lado, circula pelos cogumelos de cimento como uma abelha — Não, minha senhora, eu não fiz um plano adicional. Não, minha senhora, eu não tenho uma segunda linha no meu plano. Eu apenas comprei um aparelho novo — *Sim*, eu só queria comprar um aparelho novo, e foi o funcionário de vocês que me disse que faria umas alterações no meu plano para ter um preço melhor na compra do aparelho — Não, minha senhora, eu não lembro o nome dele — Vando, Vilson — mas fui a uma Claro do shopping, posso passar o endereço — Sim, minha senhora, o vendedor me garantiu que não haveria nenhum problema, mas aí, conforme eu já expliquei para a atendente anterior, a minha fatura veio com uma linha nova, que eu nunca tinha visto e pedi para cancelarem — Sim, *havia* essa linha, mas essa linha eu *não uso*, nunca usei. Sim, pedi para cancelar, mas isso não muda em nada o — me escute — eu só *troquei* o aparelho por um novo. Não, minha senhora, é a senhora que não está entendendo. O funcionário treinado por *vocês* fez essa merda, e agora me vem essa multa de dois mil reais, minha senhora, de um cancelamento antes do ano de carência, que eu não — Sim, eu *cancelei* uma linha, mas eu *nunca usei* essa linha.

Um menino começa a chorar.

— Não, minha senhora, eu não fiz *merda nenhuma de linha nova*, a senhora me escute, é a senhora que está faltando com o respeito, com o respeito à minha inteligência, dessa merda de plano e de merda de funcionários merda de linha de celular merda merda merda. Eu não *estou gritando*. É você que é surda.

Diversão das babás debaixo do cogumelo.

— Me passe o seu gerente, viu? Me passe para alguém que tenha algum poder de decisão aí, porque você não serve para nada e vai passar o resto dos seus dias sentada nessa cadeira, atendendo reclamações de pessoas que *podem* comprar celulares novos, caríssimos, porque *eu* posso, eu — alô? Alô? Filha da puta, desligou na minha cara.

Desaba sob o cogumelo azul, as babás estão olhando para ela com cara de riso. Ela ainda observa o celular antes de guardá-lo na bolsa. Depois corre até o tanque de areia porque Renata, a mãe mineira, está com Robertinho no banco de madeira e o menino ao que parece vomitou um pouco e agora chora. Ela corre até lá como se estivesse numa gincana. Faz calor e o menino está no seu colo, chorando no seu ombro, um choro sentido, vibrando as costelas, prendendo-se a sua camiseta com os dedinhos firmes. Pronto, pronto. As babás continuam olhando com cara de riso, Renata não para de falar ao seu lado, que é comum comer areia, as revistas dizem que dá anticorpos, o menino dela come uma quantidade abissal de areia, é difícil fazer tudo sem uma babá, mas olhe lá, todas aquelas moças rindo, à vontade, estão com a vida ganha, se acontece alguma coisa elas nunca contam às patroas, é assim mesmo, é difícil, e o Mauro, o meu marido, me disse que eu deveria cuidar do nosso filho, o Mauro é rígido, podia contratar uma babá, até duas se revezando, sabe?, mas ele vem de uma família tradicional e não quis que eu trabalhasse, e eu estudei, sabe?, fiz arquitetura e tenho umas ideias, sou boa em combinar cores, em Belo Horizonte eu tinha até montado uma parceria com uma amiga de infância, é, a gente fez primeiro o cartaz de uma tinturaria, depois uns cartões de visita de um escritório de advocacia da família de uma amiga, a gente diagramou o boletim de uma associação de ortodontia, essa é uma área que pode render bastante dinheiro, mas o Mauro não quer nem ouvir falar de eu voltar a trabalhar aqui no Rio, ele disse na minha cara que eu ia ganhar tão pouco que não daria nem para pagar o salário de uma moça, ele não confia nelas, já brigamos por isso, ele acha que é fácil ficar em casa mas eu tenho de fazer tudo, ou quase tudo, a senhora que vai lá duas vezes na semana pelo menos me ajuda na faxina, o Herbert, meu filho, ainda mama e tem uns horários bem certinhos, duas, cinco, nove, depois à tarde de novo, nem dormir direito eu consigo, às sete da manhã ele e o meu marido já estão de pé, um puxou o outro, ficam os dois me olhando com aquela cara, veja como a minha pele está ressecada, veja o meu cabelo, eu nem sei mais o que é fazer a unha, o Mauro quer que eu cuide da comida, das compras, do menino, e que ainda esteja bonita para quando ele chegar, é mimado, pudera, é filho único, na casa dele a mãe estava sempre arrumada porque tinha toda uma equipe, tinha uma cozinheira da família que fazia uns pratos maravilhosos, ele espera que eu faça o mesmo e se irrita quando ponho uma lasanha no micro-ondas. (Um respiro, pelo amor de Deus.) Era uma mulata gorda que nunca tirava férias, dizia que não tinha para onde ir, que se cansava se não tivesse nada pra fazer, pois então o Mauro quer também que as camisas fiquem todas muito bem passadas e engomadas, proibiu a dona

Maria de passá-las, vira um bicho quando eu perco alguma barbatana da gola, meu Deus, você nem acredita, um dia eu passei o ferro quente nela e a barbatana colou no tecido, tive de jogar a camisa fora, de tempos em tempos ele ainda pergunta por ela mas eu não fui louca de contar. Ele implica com os meus gastos, eu dependo dele pra tudo, qualquer coisa que eu queira comprar tenho de pedir a ele, até dinheiro trocado para a feira, ele fica emburrado como se eu esbanjasse, eu sou arquiteta, eu me formei, eu fiz uns trabalhos, eu tinha uma empresa em sociedade, eu sabia combinar as cores, além do mais sou boa em me relacionar com as pessoas, sim, se eu tivesse algum tempo para mim, tudo seria diferente. Aí eu poderia até pagar do meu bolso pra deixar o Herbert em algum lugar por umas horas, não mais do que isso, umas duas horas, três no máximo, não precisa ser uma creche, bastava ser um espaço recreativo, com algumas cuidadoras, uma aulinha de violão, às vezes uma capoeira, sabe? — Uma escolinha, interrompe Heloísa — Não, querida, não é uma escolinha nem uma creche, é mais um espaço para recreação, não muito caro, como o que tinha entre o Flamengo e as Laranjeiras, você conheceu? — Não — Pois é, menina, era um lugar ótimo, uma casinha de dois andares muito simpática, as crianças tinham aulinha de pintura, às vezes de culinária, elas decoravam brigadeiros com ajuda das cuidadoras, era realmente uma delícia e muito útil, não sei o que aconteceu para fechar, a dona era uma moça tão boa, tão cuidadosa, acho que ela ia se mudar de cidade, alguma coisa assim, e não podia mais continuar, estava louca para passar o ponto, que era ótimo — os olhos de Heloísa piscam três vezes, ela esfrega a mão no cabelo do menino enquanto pensa, as engrenagens do cérebro começam a ranger e atenção! Onde fica mesmo esse espaço recreativo? Fica numa daquelas transversais antes de chegar no largo do Machado. E fechou por quê, mesmo? A mineira vai responder, mas ela não presta mais atenção.

Dr. Israel, o pediatra, está meia hora atrasado para a consulta justamente no dia em que Matias decide acompanhá-los. Não para de olhar o relógio, tomou três copos d'água, pergunta à secretária — uma velha como tudo ali ao seu redor — se o doutor ainda demora, a secretária diz que o doutor teve uma urgência. Espero que não seja nada grave, diz Heloísa, muito gentil, para amenizar a grosseria do marido. A secretária é surda, não a ouviu; Heloísa repete: Espero que não seja *grave*. Ah, sim, é gravíssimo — a senhora sabe, esses pintores sempre fazem um trabalho porco, deixam qualquer um maluco — Matias faz cara feia e repete, *Pintores?*. Diz a Heloísa que vai chegar atrasado no trabalho, não entende como alguém pode não honrar os horários, é isso o que nos diferencia dos animais, o que nos torna *humanos*, os horários, ele diz, e anda de um lado para o outro — o menino está agarrado à mesinha de centro, rasgando edições de *Época* — enfia um cinzeiro de latão na boca — Não, não, não, querido — Heloísa se pergunta se esse é mesmo o melhor objeto para a recepção de um consultório pediátrico — o doutor entra sorridente pela porta — tem no mínimo oitenta anos, a cada dia mais velho — não se desculpa nem se justifica, Matias tem o queixo duro de raiva e o doutor some de novo, dessa vez para o consultório. Quando finalmente pede que entrem, Matias mal olha nos seus olhos, mas reparem, vejam só a ironia, em cinco minutos já são melhores amigos, o dr. Israel está dizendo que é bom o menino fazer mais programas ao ar livre, correr mais, ter contato com animais — Justamente, doutor, diz Matias, o Robertinho adora cavalos, descobrimos isso no zoológico — Pois então, diz o dr. Israel, não há nada melhor para um menino como ele do que o convívio com animais, especialmente cavalos — Sim, sim, doutor — e no sábado seguinte lá estão eles, todos no carro ainda cedo, cruzando São Conrado em direção ao Recreio, Matias dirige com seus óculos escuros de aviador, uma bermuda xadrez, está ridículo, está também sorridente, tentando ficar sorridente — saem do túnel sobre o elevado do Joá, o mar azul-marinho e anil se choca nas pedras lá embaixo, o horizonte se funde naquele céu sem nuvens, os tons mais negros que fazem a gente pensar em profundidades desconhecidas, em pedras violentas a palmos da superfície, a imensidão daquele mar, um clube dilapidado sobre uma pedra decadente — natureza latejante, antediluviana, à solta numa cidade como aquela, e no túnel seguinte Heloísa começa a falar que não descarta a possibilidade de ter o seu próprio negócio, um amigo está ganhando uma grana com boletins na área médica e ela poderia tentar algo parecido, existem várias especializações por aí, da oncologia à geriatria, todo mundo fazendo um dinheirão, ela andou pesquisando, de fato, a informação está cada dia mais segmentada, é o futuro da comunicação, ela talvez pudesse abrir um escritório pequeno, ela mesma faria um curso de design, um curso de Photoshop, ou contratar um estagiário para — Está ouvindo, Matias? Às vezes ela poderia até montar um jornal pediátrico, ou um blog para pais e médicos, um centro de referência com dicas de saúde, notícias e eventos, congressos, o dr. Israel poderia me passar uns contatos — eles saem na luz abrasiva na descida da Barra, um jet ski distante sobre a lagoa à direita, tons verde-oliva e esmeralda — Matias, você não ouve nada do que eu digo.

Robertinho dorme profundamente na cadeira ajustável. É um alívio quando entram com ele no carro; o único momento em que compartilham um pouco de silêncio. O silêncio, no entanto, está arruinado. Heloísa, contrariada com sua falta de atenção, falou umas verdades — todo mundo sabe como o trabalho dele é medíocre — e Matias, ofendido, dirige calado, os braços duros, olhando apenas à frente. Ela está só, pensa Heloísa, totalmente só, no mundo estão todos sós, cada pessoa é uma ilha, disse o Caetano Veloso, é verdade, ela depende somente de si mesma, é isso, se eles querem que ela fracasse, que ela se dê mal, vão todos ver uma coisa, todos, principalmente o Matias.

O site do haras anuncia que já serviu de cenário para mais de dezesseis novelas da Globo. Matias ajusta no cabeção do menino o boné do Hot Wheels, o menino joga o boné no chão com ira. Em breve está louco com os cavalos, com os rapazes de boné e botas de borracha arreando os cavalos, com a charrete lenta e rangente, puxada por uma égua velha no passeio que fazem ao redor da propriedade. Matias, que agora deu para dizer que sempre amou cavalos e a vida no campo, tenta puxar conversa com o garoto da charrete, depois fala em tom carinhoso com a égua. Meu sonho era ter feito biologia ou zootecnia, diz ele, com certa emoção na voz. Heloísa faz uma careta. Não fez biologia mas fez física, grande merda. Robertinho grita e aponta, diz pocotó, pula no banco de madeira. É tão bom ver o menino assim, diz Heloísa, e Matias concorda, trocam um sorriso rápido. Ela não se lembra de ter visto tanta ternura nos olhos do marido antes.

Caminham pela alameda central, entre os pastos, a sede e os estábulos. Ela se apoia na cerca de madeira branca, estilo vaqueiro, um dos pés na ripa inferior, e olha aquele campo, bucolicamente. Os arbustos ao fundo escondem o aramado e a estrada. Inspira o ar e fecha os olhos. Poderia caminhar pela grama até aquela árvore, logo ali, e se deitar com os braços abertos, sentindo cada raio de sol no seu rosto. Na primeira porteira eles de fato entram, olhando ao redor sem saber se é proibido pisar na grama, mas nenhum dos atendentes se importa. Heloísa vai na frente, até aquela mesma árvore, debaixo daquela sombra, mas não, de perto o mato é um pouco alto e pode ter carrapatos. Talvez ali, um pouco mais à frente; ela caminha, não, aqui há muitas pedrinhas. E nem ali, onde estão agora. Ela põe as mãos na cintura e examina ao redor. Matias e Robertinho estão de mãos dadas e olham para ela, que fecha os olhos e respira fundo, está certo, não vai deitar ali naquele momento, não faz sentido, vão achá-la patética, ali a grama também é alta, com formigas e outros insetos, deve haver um lugar melhor.

Sim, poderiam fazer aquilo mais vezes, comenta ela, quando voltam à recepção. Robertinho não quer se separar de dois pôneis negros sendo escovados no pátio. Matias conversa com um funcionário mais velho, ouve atento, parece se informar de algo. O menino ensaia uma caminhada desengonçada entre eles, geme e apita, os pais acham graça. Sim, poderiam fazer aquilo mais vezes.

Ela ensaiou na frente do espelho, não sabe escolher as palavras, a mulher que atende a ligação tem uma voz seca, custa a dizer o nome (Mônica), depois quer saber como ela obteve seu número. Enfim, Heloísa está interessada em conversar sobre a Castelinho de Papel, sim, está pensando em investir nessa área (treinou no espelho), tem alguns projetos, iria começar do zero mas um contato seu havia lhe indicado essa oportunidade e ela queria saber um pouco mais do negócio, se, quem sabe —

— É uma pena me desfazer da Castelinho, diz Mônica, a casa é um charme, superacolhedora, eu tinha um ótimo professor de capoeira para as crianças, um *teacher* que tocava violão, assistentes muito confiáveis, estava até conversando com um professor de informática, as mães gostam quando a gente oferece esse tipo de curso.

— Que ótimo, diz Heloísa. E por que você está —

— Passando o ponto? Estou me mudando com o meu marido para Curitiba. É uma tristeza, mas o trabalho dele exigiu e nós concluímos que valia a pena. Não porque a Castelinho não dava dinheiro, dava até demais, mas eu estava precisando mesmo de um tempo para repensar as coisas.

— Será que poderíamos marcar um café ou uma visita, eu queria conhecer —

— Preciso ver minha agenda, querida, ando viajando muito e quando fico no Rio tenho me encontrado com outros interessados —

— Interessados?

— Potenciais compradores, sim. Essa é uma área crescente no mercado.

— Eu sei; trabalhei no ramo editorial especializado.

— Que interessante. Então você sabe.

— Sim, estou a par.

— Aluguel viável para esse tipo de casa, instalações modernas, tudo que eu tenho aqui é novinho, o locador gostaria de manter o mesmo negócio no ponto, quem sabe. Mas você precisa ser rápida porque já tenho uma proposta financeira.

— Não estavam só interessados?

— *Duas* propostas, na verdade. Estou quase fechando uma.

— Quase fechando?
— Acho melhor você correr.

Hélvio aplica em cada um dos alunos o sistema de questões que ele mesmo criou e todos, segundo seus resultados, são empreendedores natos. O Almirante está feliz. Duas donas de casa, que pensaram em formar sociedade numa área qualquer, discordam sobre o nome da empresa e o futuro do negócio está em xeque. Cada um recebe um diploma multicolorido, impresso em papel fotográfico, com a assinatura de Hélvio digitalizada e o título em inglês: Management and Franchise Expertise. Como Matias está com o menino em casa, Heloísa acha que não fará mal tomar uma cervejinha com a turma, ela anda muito estressada nos últimos tempos. De qualquer forma liga para Matias, ele está vendo TV com o menino, ela diz que o curso esta noite vai demorar mais do que o previsto, vai chegar tarde, Heloísa acha que ele não está nem ouvindo, mas está. Matias suspira pesadamente, ela se defende dizendo que nunca tem tempo só para si, ele reclama que *tampouco* tem o próprio tempo, ela diz que nada o impede de sair com os amigos se quiser, ele suspira de novo, a verdade é que (ambos sabem) ele não tem amigos. Da última vez Heloísa perguntou por que não saía com os colegas do Dataprev. Bem, são colegas, como você bem disse, não amigos, eu nunca os convidaria para jantar em casa, por exemplo — Ah, isso com certeza não! — Está vendo, Heloísa? É só eu mencionar os meus amigos que você já reclama.

Não têm se falado muito desde que ela propôs investir tudo o que ganhou num negócio, segundo Matias, dúbio. É que você é medroso, Matias. Ele respondeu que estava só pedindo um pouco de cautela; as pessoas que entram num ramo que não conhecem acabam se dando mal. Não julgue os outros por *você*, Matias. A mesa do bar é comprida, ela chegou mais tarde e sentou numa ponta, o garçom mal-humorado, de summer e cabelos brancos, anota os pedidos, água, água com gás, Coca com limão, Coca só com gelo, água sem gás e sem gelo, Guaraná, água com gelo e limão espremido no copo, as donas de casa estão indecisas, uma pergunta se fazem suco natural — De laranja, senhora — Heloísa pede chope e um pastel de carne-seca, toma o copo quase num gole, faz tanto tempo que não bebe e deveria fazer isso mais vezes, pede outro, Hélvio deu um jeito de sentar perto dela e tenta acompanhá-la sem sucesso — quer forrar o estômago antes. Já que é para comemorar, o Almirante pede um garotinho, Hélvio comenta que ela é rápida, lá vem o segundo copo, seu celular vibra e Heloísa o tira da bolsa, abre um sorriso misterioso, digita algo e o guarda de novo. Carlos Alberto queria saber o que ela estava fazendo, ela disse que não era da conta dele. O celular vibra mais uma vez. Ele responde que gostaria que fosse. Ela diz rsrsrs, ele diz que está falando sério, gostaria de ouvir a voz dela, ela responde que também gostaria mas está no meio de um jantar e não pode falar agora.

A rua está movimentada, uma onda de calor, é a hora de os ratos saírem dos bueiros e de os bueiros explodirem, lançando suas tampas de ferro fundido pelos ares, ela ouve todas as conversas ao seu redor, ônibus desmontam pelo asfalto ondulado, cruzam os sinais vermelhos, um disque-pizza passa com escapamento furado, fumaça, buzina, o cheiro de urina, tudo converge de uma só vez sobre ela. A noite no botequim avança acima da velocidade do relógio, o celular dela vibra, ela o pega na bolsa, toca muito alto, é Carlos Alberto — Você está maluco?, me ligando a essa hora? Onde você está, ele pergunta. Você é maluco, ela diz, levantando-se sem jeito da mesa — Hélvio afasta a cadeira para que ela passe — Onde você está?, ele repete, autoritário. Desde quando eu preciso te dar satisfação? Estou indo aí para o Rio, diz ele. Me ligue num horário mais decente, ela responde, numa vozinha brava. Estou indo aí te ver, ele repete.

Ela vai se desviando das mesas e cadeiras, arrasta algumas consigo. Outro garçom mal-humorado lhe indica onde ficam os toaletes, ela atravessa o salão e passa pela entrada da cozinha. Uma luz fria incide sobre um mulato gordo, suado, imprensado entre a fritadeira e uma estante de travessas empilhadas. O brilho metálico, oleoso, ela se enfia num corredorzinho verde-escuro onde só passa uma pessoa, quase sufoca, aquilo ali está quente, passa a porta com a letra H, dá mais dois passos, na porta seguinte há um M pintado de vermelho e depois, no final do corredor, uma pia manchada, um espelho com a moldura de plástico, a porta não tem maçaneta, apenas uma mancha escura sobre a tinta fosca, está emperrada, ela faz força, vai entrar mas algo obscurece a luz que vem da cozinha e ela se vira. Um corpo roliço, ela vê cachos delineados contra a claridade, recua um passo porque já sabe quem é. Hélvio diz qualquer coisa como Eu também tinha de ir ao banheiro, mas não se detém na porta do masculino, não, continua a deslizar como a pedra gigante da caverna de Ali-Babá. A primeira coisa que ela sente é a ponta fria da sua barriga, Heloísa tenta recuar mas não há espaço, ela sente os dedos lambuzados, a pia contra os rins, um hálito gorduroso, sente falta de ar quando ele a aperta, lábios colados aos dela, ou quase, ela virou o rosto no momento exato. Volta a insistir até chegar aos lábios dela, força uma entrada com a língua viva, os dedos da outra mão se afundam na base da sua coluna, até a fronteira dos jeans, ele a puxa e a empurra, se continuar assim vai parti-la ao meio.

Agarra Hélvio pelos flancos moles e o empurra para longe, é como um passe de mágica porque ele cedc três ou quatro passos e já está pedindo desculpas. A luz redentora da cozinha os ilumina, é nessa luz que ela esfrega as mãos pelo rosto, para se limpar.

Você está maluco?, ela diz, numa voz cheia de autoridade. Ele agita as mãos para que ela faça silêncio, diz que não entendeu, não é bem isso, não é o que está pensando. Mas você tentou me agarrar! Shhh, diz ele, eu não *agarrei*, eu só — eu achava que — eu pensei que — Pensou errado, grita Heloísa, ele gesticula de novo mas ela entra no banheiro e bate a porta. O trinco é de arame, por um momento tem medo de que ele avance mas a presilha é resistente, e Hélvio, um covarde.

A saleta da diretoria da Castelinho de Papel fica logo na entrada à direita. Um cubículo quente em que Mônica, a dona, divide espaço com a mesa, um galão de água e um classificador de metal. Heloísa lhe diz que trabalhou muitos anos coordenando publicações como a *Revista do Neném*, além de ter editado um ou outro livro sobre o assunto. E, claro, tem um pestinha em casa, então conhece o tema *na prática* (rá-rá-rá). Mônica oferece a Heloísa um copo d'água. Pergunta se a amiga dela vai querer. Ao fundo, ouvem a voz de Fátima, na sala de entrada, que grita e ri no celular como se estivesse no palco.

Heloísa se arrepende de ter convencido a amiga a acompanhá-la. Mas estava insegura de ir sozinha. Se esquece de que antes, relutante na frente do portão, sem coragem de apertar o interfone, Fátima a encorajou; procurou lhe mostrar como o local era bonitinho. Um muro branco com a placa do espaço recreativo, casa de dois andares, tijolo aparente, duas janelas com as persianas abertas, grades verde-escuras. Tinha um quê de antiga, um quê de familiar. Que charme esses tijolinhos; as crianças vão se sentir na casa da vovó, disse Fátima. Sorriram; Matias era sempre do contra. Que bom que ela tinha finalmente um pouco de apoio.

Mônica lhes mostra o salão principal, um pouco escuro, de móveis gastos. Ai, como eu gostaria de trabalhar com crianças!, diz Fátima, apertando as mãos no coração. No andar de cima, Fátima bate palmas ao ver os colchonetes, pufes, prateleiras com material de pintura, as paredes recobertas de sulfites rabiscados, escorridos, rostos demoníacos e nuvens negras.

— Aqui nós estimulamos a criatividade dos mais velhos.

Descem ao térreo pela escada dos fundos, Heloísa e Fátima ficam conhecendo o parquinho, com todas aquelas peças pré-moldadas — castelo, escorregador, casinha, tanque de areia colorida — e a cozinha, com frigobar, micro-ondas e produtos de limpeza. As bochechas de Heloísa estão queimando. De volta ao carro, se confunde ao abrir a caixa dos óculos escuros, ao procurar a chave na bolsa. Pergunta o que a amiga achou, Fátima amou de paixão. É, diz Heloísa, acho que eu também adorei. Mas há duas ofertas na mesa.

— Outras propostas?

— Outras propostas, diz, e suspira como se tudo estivesse perdido.

Fátima pergunta se não é negociável. Heloísa diz que talvez seja. Tem de ser, diz Fátima, senão ela não te receberia. Talvez, diz Heloísa. Você devia fazer uma contraoferta ainda hoje, diz Fátima. Vou fazer, vou fazer; só preciso dar uma conversada com o Matias. Fátima pergunta se ela gosta de sofrer; é *claro* que o Matias — nada contra ele! — vai jogar um balde de água fria, a gente sabe que ele é meio roda presa. Roda presa é pouco, diz Heloísa. Fátima ri. De qualquer forma, não pode perder um negócio deslumbrante como esse.

Os sábados eram agora dedicados a Faísca, uma égua branca e pacata, o menino não aceitava outro cavalo — urrava, rolava no chão, dava cabeçadas na parede, não adiantava oferecer o malhadinho. Heloísa, caminhando mais atrás de óculos escuros, teclava, teclava e teclava (sente agora uma pontada de culpa). Matias puxava a égua pela rédea e o menino ia montado sozinho, era impressionante como aprendia rápido. Heloísa até teve um momento mais íntimo com o animal ao lhe estender pedaços de cenoura, que ele sugou e partiu com aquela boca mole e os dentes chatos, riram quando lambeu sua mão e ela gritou de nojo. Na volta para o carro, uma nova mensagem no celular, que ela respondeu sem que Matias visse. Pobre Matias, estava cansado e com fome, mas contente. Ela se lembra da cena e sente um aperto, avança no táxi pela Lagoa incandescente — o verão não vai terminar este ano. As pessoas correm na ciclovia, Heloísa se pergunta como ganham a vida. O táxi entra no acesso ao Leblon, passam pela fachada do Flamengo, de aspecto abandonado — ela se arrepende por um momento, pensa em voltar, em ficar muito abraçada ao menino por toda a tarde — Não exagere, você não cometeu *nada* de errado, vai apenas conversar — sente-se claustrofóbica e pede para descer dois quarteirões antes. Pôs as sandálias de corda, amarradas até acima dos tornozelos, uma saia florida, que deixa à mostra suas pernas, uma blusa ligeiramente decotada, ela se olha de relance na fachada de vidro de uma farmácia, depois na de uma loja de mate, sente o estômago virar do avesso e sair pela boca quando se aproxima do café. Vai só dar uma espiada, se ele não estiver ali está tudo resolvido.

É um lugar abafado, comprido e revestido de madeira escura, ela tira os óculos e o avista numa mesinha ao fundo, atrás da máquina de espremer laranja (um totem estranho, diria alguém). Ela se aproxima, desviando-se entre as mesas, um aposentado com o jornal aberto a olha carrancudo. Passa por outras mesinhas e senta na frente dele, põe a bolsa de lado. Ele toma uma cerveja e tem o rosto suado, sorri com dificuldade, não é o Carlos

Alberto que ela imaginava, esse aqui é real, com a camisa úmida, o cabelo ralo penteado de lado, olhos nervosos em cada movimento dela. Ela não sabe o que pedir — olha a moça parada ao lado com cardápios de plástico descolado — pede um café — Um café?, diz Carlos Alberto, sorrindo inseguro. Quer dizer, um cappuccino, diz ela. Carlos Alberto ri de novo, Pensei que você fosse me acompanhar. Heloísa diz que vai pensar a respeito.

 O moedor elétrico a assusta. Ela se vira mais de uma vez, a todo momento tem a sensação de que vai encontrar um conhecido, o Leblon é do tamanho de uma novela, se a virem não sabe o que vai dizer — Carlos Alberto pergunta se está tudo bem, ela diz que está mas se vira de novo, observa os passantes e não tem como explicar, tampouco consegue prestar atenção no que ele diz, se remexe na cadeira, ele toma uma golada da cerveja e pergunta se não quer sair dali.

 Atravessam a rua no sinal aberto, têm pressa, o ar estagnado espera uma tragédia, é como se fugissem de um tsunami que derrubasse os prédios atrás deles. O apart hotel em que se hospedou fica a um quarteirão dali, ele pensou em tudo de antemão, ela tem o pescoço rígido e lhe obedece como se tivesse doze anos, não tem nem tempo de se sentir idiota, de pensar um pouco a respeito ou dar meia-volta, avançam pelo hall apertado e por um momento ela tem medo de que o recepcionista barre sua entrada, mas o recepcionista, atrás do balcão cromado, está assistindo a uma mesa-redonda na TV portátil e os cumprimenta sem dar mais atenção.

São apenas três andares, mas os dois não sabem o que fazer naquele elevador. Ele procura o cartão magnético na carteira, é uma carteira surrada, com papéis amassados, avançam no corredor mal iluminado e úmido, portas acaju, Carlos Alberto enfia o cartão na maçaneta e ela repara que suas mãos tremem.

Ele some por um momento no quarto, só um momentinho. Ela fica parada no meio da sala, sem saber onde colocar a bolsa. As cortinas são tiras verticais atadas por correntinhas, do mesmo tipo que se usa em agências bancárias, o piso é revestido de um acarpetado marrom, descolado nas pontas, manchas mais escuras. Numa triste mesinha de fórmica há um laptop aberto, notas fiscais e o canhoto de um bilhete aéreo. Aquilo é um pouco da vida desse homem, que volta sem os sapatos, se desvia até a janela e liga o ar-condicionado. Pergunta se ela quer beber algo, se abaixa no frigobar e tira uma garrafa de champanhe. Ele a apalpa de um lado e de outro, diz que não gelou, que merda, de repente não tem mais aquela autoridade de quando está num restaurante. Procura taças no armário, encontra apenas copos baixos de vidro, segura os copos e a garrafa sem saber o que fazer. Heloísa, sentada no sofá caramelo, se ergue e dá passadas largas até ele, o enlaça e o beija. O ar-condicionado vibra como um ralador batendo na panela.

Não vão para o quarto. Ao contrário, o sentido de urgência faz com que se agarrem, se arranhem, as calças estalam nas coxas, um geme mais alto do que o outro. Carlos Alberto a aperta contra a parede, abre sua blusa e baixa um lado do sutiã, o seio direito pula para fora. Caem no sofá. Ela se ajoelha no acarpetado e o masturba com a ponta dos dedos, se afasta, mas ele geme tão alto, e agarra seus cabelos com tanta força, que Heloísa abaixa de novo e enfia o pau na garganta algumas vezes até engasgar.

O champanhe está morno, sua ansiedade não vai passar nunca. Ela salta com a calcinha nas mãos e corre para o banheiro. O quarto está escuro e abafado, a luz que vem da sala revela lençóis arrancados e remédios na cabeceira. Tranca a porta e vasculha a nécessaire dele com a ponta dos dedos, não há nada que o defina, um cortador de unha, desodorante, fio dental, escova de dentes esgarçada, cotonetes. Depois estão tomando banho juntos, ela tenta esconder a barriga com um pouco de espuma, não sabe o que fazer com os cabelos então os enfia debaixo do jato quente. Ele está falante (ensaboa-se com vigor), dos planos que tem, juntou os investidores necessários, está pensando em comprar uma série de pousadas no litoral norte de São Paulo de uma só vez e criar uma rede de hotéis de charme, a gente tem de pensar grande, ele a ensaboa, indo com os dedos entre suas pernas, sobe até os seios, ela fecha os olhos e se larga, ele volta a falar enquanto espera sua vez de se enxaguar. Ela sorri e concorda sem dizer nada. Recebe uma toalha, o chuveiro pinga. Carlos Alberto fica pensativo por um momento, pergunta por que ela está tão quieta, ela diz que não é nada. Ele corre a toalha pelos cabelos ralos e a observa com um sorriso indefinível. O que foi?, ela diz. Nada. Não, sério, o que foi? Ah, uma bobagem, ele diz, rindo mais. Me conte! Ah, não, não vale a pena. Me conte, eu quero saber cada pensamento seu. Tá bom; imagine a cara que o seu irmão faria se visse a gente agora. O meu irmão?, diz ela; o que tem o meu irmão? Eu te disse que era bobagem, ele fala, puxando uma cueca da mochila. Trocam juras de amor, sim, sim, ele vai ligar, já está sentindo saudades, ela também, me ligue, te ligo, a gente se fala. Olhe, seu elevador chegou.

Chega em casa esbaforida, o marido já está lá e a espera afundado no sofá novo. O coração dela acelera, passa as mãos pelas bochechas suadas, escora-se na parede, Nossa, Matias, que susto você me deu. Susto?, diz ele, os olhos arregalados. Em casa a essa hora?, ela fala, tentando soar tranquila, mas há algo errado. Ele está como se não a ouvisse. Tem algo a lhe dizer, ela sente um vácuo no estômago, tenta se lembrar se há alguma mulher mais jovem no departamento dele.

— O que foi, Matias?

Ele sussurra, ela não ouve direito. Ele repete.

Ela não entende.

— Você comprou o quê?

Ele se comprime no sofá. Fala gaguejando que é a égua que Heloísa conhece, um bom cavalo, um manga-larga marchador, não é tão caro assim e o menino ama o bichinho —

— A porra de um cavalo, Matias? Um animal de verdade?

Matias estende os braços pela sala. E esses móveis? E esse sofá?

— Com o meu dinheiro, Matias?

— E isso?, ele grita, apontando para o split recém-instalado, ligeiramente torto, acima da porta de correr.

— É o *meu* dinheiro! Estamos falando de um cavalo. Um *cavalo velho*, Matias.

— Não é velho.

Heloísa ri e se larga na poltrona. Diz que só pode ser brincadeira. Como Matias continua calado no sofá, ela diz que ele vai ter de devolver o animal. Quem é o dono da merda do cavalo? Matias está choramingando, diz que ela não pensa na família, não pensa no menino. O dr. Israel bem que disse que é importante esse contato com os animais, Robertinho se afeiçoou à égua, não é, Robertinho? (O menino no chão, olhando para a TV.) E além do mais não é tão caro assim, o haras garante tudo, é importante para o nosso filho, para *mim* — e a égua depois pode ter filhotes.

— Quanto custou, Matias?

Hesita, busca comparações. Se a gente dividir o valor, é menos do que pagamos na creche, é isso. Não é tão caro quanto um *carro novo*, por exemplo. Quanto, Matias? — E esse sofá?, diz ele, quanto custou esse sofá? — *Quanto*, Matias? Vinte mil. Um pouquinho mais (cuidados, remédios, aluguel de baia, ele ainda não sabe o custo do veterinário, depois vai ver).

— Um cachorro, Matias? Por que não um *cachorro*?

Digita ansiosa para Carlos Alberto. Passaram-se três dias e ele continua desaparecido. Tudo bem aí? Fecha a porta da varanda e todas as janelas, aciona o controle do split. O painel se acende com o indicativo de dezoito graus centígrados, as palhetas começam a oscilar sem pressa. Ela pega o celular, ainda nenhuma resposta. Diminui o som do DVD, uma galinha azul estridente, isso não interrompe a atenção do menino, largado no tapete, nem de seu Nilo, no canto favorito do sofá.

— Está um calor de derreter asfalto, diz ela, olhando pela varanda.

— Sem dúvida.

— Que sorte que agora temos o split, diz ela, ainda olhando para fora.

— Com certeza.

Matias falou: faça uma planilha, registre tudo nela. É fácil pra você dizer isso, Matias. Ele falou: lance os gastos estimados dos primeiros seis meses. O aluguel não é barato, você vai ter de pagar as taxas, ter um contador, considere uma reforma trinta por cento mais cara. A reforma vai ser simples, Matias.

— Mesmo assim, ponha tudo no papel.

É possível que exista um modelo dessas planilhas na internet. Ela senta na outra ponta do sofá e abre o laptop. Folheia a apostila do curso de franquias, decide entrar no primeiro site da bibliografia, Abrafranq, Associação Brasileira de Franquias, a gente tem de estar sempre atento a novas oportunidades. Encontra algo que parece interessante: um software gratuito, desenvolvido por uma certa Miriam Hagiwara, que se propõe a descobrir se o usuário tem as características de um empreendedor. Ótimo; ela está mesmo prestes a empreender. O arquivo é um pouco pesado, leva um certo tempo para baixar (precisa de um wi-fi melhor em casa), e é como um jogo, com perguntas de múltiplas escolhas. Primeiro ela deve colocar seus dados pessoais. Qual sua data de interesse para início de operação? Das cinco opções, ela escolhe a mais próxima, ou seja: imediata. A seguir, precisa decidir se procura um franqueador de pequeno, médio ou grande porte. Lá vai: grande porte, marca conhecida. Preenche a faixa etária, o número de filhos e suas respectivas idades. Clica que tem "conhecimento de informática, idiomas, trato com o público, sem problemas de saúde". Se ela tem um capital, e se sabe avaliar o *payback*, isso ela não se lembra de ter aprendido no curso. Mas, ora, ela tem *algum* capital, então decide que sim, sabe avaliar o *payback*. Limpa uma gota de suor da testa. Você se considera um(a) empreendedor(a)? (Verifique no Sebrae mais próximo.) Ou prefere a segurança de um emprego e só está montando um negócio por pressão dos outros? Ela fica até ofendida com a pergunta e tecla com firmeza a primeira opção, Sim, tenho perfil empreendedor etc. etc. etc. O tecido do sofá esquenta um pouco, ela se afasta do encosto e descola a blusa. Um pintinho canta sobre o fundo rosa e a irrita um pouco. Precisa trocar o maldito DVD, mas antes tem de terminar o questionário. O software pede o nome da franquia que ela está buscando. Se eu soubesse, não estaria fazendo esse teste idiota.

— O que você disse?, pergunta seu Nilo, ainda olhando a TV.

Ela talvez tenha de escolher entre opções reais, acha que o programa irá lhe fornecer os nomes de empresas que no momento buscam franqueados. Mas não, há apenas um espaço em branco, a ser preenchido por ela. Não é um espaço muito grande. Ela escreve McDonald's. O programa pergunta qual a distância da sua casa, se quer abrir num shopping, se a marca é reconhecida, se ela sabe o ramo específico do negócio (quem não sabe?), se tem capital disponível e se a empresa necessita de dedicação integral. Sim sim sim sim sim. Ela clica em Concluir, aguarde um momento por favor. Olha o céu lá fora e limpa outra gota de suor. Pega o celular e não há nenhuma mensagem nova. Entra em todos os programas de comunicação que baixou no aparelho. Não, de fato, nenhuma. Ela se levanta do sofá, ou melhor, se desprega dele. Seu Nilo a observa passar. Que calor, diz ela. O DVD acabou e o mesmo menu se repete indefinidamente. É, pois é, está bem quente, diz seu Nilo. A máquina não está dando conta.

Heloísa se lembra então — é claro — do seu split Consul Confort dezoito mil BTUs, sibilando pomposo sobre a porta da varanda. Que merda está acontecendo? O menino reclama e aponta para o DVD, quer ver de novo a galinha. Seu Nilo nem ao menos a ajuda a subir numa das cadeiras, diz apenas Cuidado! quando ela se desequilibra.

Entre seus dedos espaçados ela sente a brisa do ar, saindo por entre as palhetas. Um hálito morno e espesso, como o tempo lá fora.

O sol está cada vez mais brilhante, prestes a entrar pela varanda.

— Calma, calma, é só um ar-condicionado, diz seu Nilo. Não precisa chorar.

Hoje Fátima não pode ir com Heloísa à Castelo de Papel. Está nervosa, teve um imprevisto, quando se falam está na estrada para Petrópolis. Uma tia, que ela afirma ter sido praticamente sua mãe de criação, mas de quem Heloísa nunca ouviu falar, está com os dias contados e quer vê-la uma última vez. Que coisa, diz Heloísa. Sim, que coisa, responde Fátima. De qualquer forma, Renan reservou um hotelzinho na serra, supercharmoso, e decidiram tirar alguns dias só os dois, sem o Marquinhos, que ficou com a irmã.

O jornal jogado no sofá da sala. Talvez ela possa adiar a visita para outro dia. Na página de economia fica sabendo dos detalhes da venda da Guanabara a um grupo educacional mexicano. O valor oficial não foi divulgado, mas os boatos dão conta de algo muito abaixo do mercado. Sobre a nova estrutura e os planos futuros, ambas as empresas afirmaram, num comunicado conjunto, que a Guanabara permaneceria no Rio, pois sua história está ligada à cidade, e a sede educacional da Aletea continuaria em São Paulo. É importante termos uma presença vital nos dois grandes polos econômicos e culturais brasileiros, disse Ramón Sánchez González, presidente da Aletea Brasil. No momento, nenhum corte será feito; a ideia do grupo é preservar o maior patrimônio de uma empresa, afirmou González: seu capital humano. Esse é um momento importante na trajetória da Guanabara, disse Teodoro Faria Neto, seu diretor financeiro. A Aletea pode nos transmitir seu DNA educacional, declarou ele, e nós podemos ensinar ao grupo um pouco do nosso conhecimento no ramo de interesses gerais. Heloísa demora a identificar quem é esse tal de Teodoro. Só depois se dá conta de que é Ted, o bom e velho Ted, o garotão malhado que não entendia nada de livros ou de revistas. Que bom que ela não está lá para apagar as luzes.

A vida por vezes parece cíclica, Heloísa se dá conta. As pessoas nascem, as pessoas morrem. As pessoas adoecem, as pessoas ganham e perdem dinheiro. Um ano atrás, ela achava que estava rica, e vejam só agora. Ela quase vislumbra essa roda inexorável a que todos estão sujeitos, dos mais ricos aos mais pobres, os mais ricos um pouco menos, enquanto discute no telefone com a mesma atendente com voz de fumante. Heloísa grita, Vocês têm de arrumar esse aparelho imediatamente! Ela não ouve o que a atendente tem a dizer e grita por cima: Meu filho é pequeno, ele está passando mal com esse calor! Está cheio de berebas! Entendo, minha senhora, diz a fumante. Eu vou processar vocês! Silêncio do outro lado da linha. Eu paguei caro por um aparelho que não funciona, ele está na garantia, quero outro.

— Outro não vai ser possível, minha senhora.
— Eu quero outro. Eu vou processar!
Suspiro.
— Vocês não conseguem nem ao menos cumprir uma visita.

Robertinho morde a ponta de um taco solto. A funcionária explica, como uma gravação eletrônica, que o técnico não compareceu na data agendada porque sua visita anterior, a outro cliente, havia demorado mais do que o previsto. Não me interessa!, não me interessa! A senhora devia ter agendado uma nova visita, diz a funcionária. *Não me interessa!* — Ouve a mulher falando para alguém, do outro lado da linha: Ela não para de gritar.

— Não estou gritando!

Heloísa se agacha e atira o taco longe, na direção da cozinha. Robertinho chora com os lábios pretos de sujeira. Quando seu Nilo chega para levá-lo à creche, o menino ainda não almoçou e Heloísa está colada ao telefone, numa nova ligação, tentando resolver seu problema com o aparelho da Claro. Uma segunda multa voltou a ser aplicada porque, de acordo com a atendente, de nome Pâmela, o requerimento que Heloísa fez para suspender a multa anterior foi indeferido e, como ela se recusou a pagá-la no prazo determinado, uma nova multa foi gerada pelo sistema. Ela agora tem também um plano adicional de internet, que brotou na sua conta depois da última reclamação. Como eu vou usar dois planos de internet na mesma linha, querida? Silêncio. Me dê o seu sobrenome! Não estou autorizada a fornecer meu sobrenome, senhora. Me passe para o seu gerente! Não tenho gerente, senhora. Me passe para a área de cancelamento, eu vou cancelar essa merda! Um momento, senhora, eu vou transferir para o setor responsável.

Musiquinha. Seu Nilo acena para ela, pergunta onde está o purê. Não tem purê, diz ela. Uma gravação fala dos novos planos da Claro. O celular começa a apitar com outra ligação, ela se atrapalha e perde ambas. Aperta os botões, é um número desconhecido, ela olha ofegante o aparelho. Seu Nilo faz sinais da soleira da cozinha. Como ela não responde, ele some lá dentro, ela ouve o banquinho sendo arrastado, as portas do armário batendo.

Heloísa vai até lá, ele está esquentando água para fazer um miojo. Quem comprou isso aí?, ela diz. Estava no armário, responde seu Nilo. Deve ser da época da Rose, diz ela, é capaz que não esteja nem mais na validade. Seu Nilo olha confuso o pacote, de um lado e de outro. Ela vai procurar outra coisa nas prateleiras mas o telefone toca de novo, não reconhece o número e — falta total de bom senso — acha que pode ser a Claro. Uma voz distante e ansiosa. Como, quem é? É Hélvio, seu professor.

— Não posso falar agora. Isso. Sim, eu não posso falar agora. É, o que passou, passou. Não, eu não poderia marcar... essa *reunião*... não, eu não poderia, não, estou sem a minha agenda aqui neste momento, tenho de ver com a minha secretária. É, escute, estou nesse momento com uma pessoa na sala, isso... ligue amanhã.

Seu Nilo parece ter se divertido com a conversa. Ela esboça um sorriso, diz que, de fato, havia *ele*, uma pessoa, na mesma sala que ela, não havia? Os dois riem. Ele comenta que a vida dela parece muito corrida. O senhor nem imagina. Muitas cobranças, né?, diz ele. O senhor não imagina. E agora você não tem outras pessoas para dividir o trabalho, né?, quero dizer, é só você agora, vai ser dona da própria empresa e vai ter de decidir tudo sozinha. É verdade, diz ela. Seu Nilo para de sorrir porque os olhos dela se encheram de lágrimas, ela funga e olha para o outro lado. A água ferveu, o velho continua com o pacote de miojo na mão, sem saber o que fazer. O celular toca de novo. Esse número ela conhece e foge acelerada para a sala, a seguir para o quarto, bate a porta, esfrega o rosto e atende, Oi, oi, não, tudo bem, posso falar, sim, é que estou no meio de uma reunião, espere que estou saindo um instantinho da sala, é claro, eu, sim, sim, sim, não é nada. Não, não estou brava, não, não, é, você desapareceu. Não, não, imagine, eu também estive enrolada, é.

O aluguel é extorsivo e se ela fizesse a conta (se preenchesse uma planilha) veria que só pode pagá-lo por cinco meses, mas enfim, o proprietário lhe garantira que o valor cobrado estava abaixo do mercado, ele estava fazendo o mesmo favor que fizera antes à dona Mônica, e a casa só precisava de alguns retoques estéticos. Como vamos resolver tudo muito rápido, diz ela a Fátima, enquanto manobra numa vaga apertada, achei que não precisava ser tão sistemática como o Matias queria. Fátima concorda, Seu marido às vezes é muito sistemático mesmo; já ela está superanimada. Além do mais, diz Heloísa, está pensando em pôr o Robertinho ali, pelo menos por um tempo, então vai economizar mil e quinhentas pratas por mês, pode perfeitamente poupar em outras coisas também, para investir no negócio. Abre a porta da frente, passam por sacos cheios de lixo, vasos de plantas mortas, pisam nos tacos corroídos da entrada — arrancaram parte da forração recentemente e o piso não está tão bom quanto haviam estimado. Ela está determinada, quer abrir no início do ano letivo. Jairo, o arquiteto — na verdade, decorador de interiores, filho de um conhecido de Fátima da Petrobras —, garantiu que sim, é possível abrirem logo. Sorriu até de forma condescendente, esse tipo de reforma para ele é trivial. Camisa xadrez de mangas curtas, bolsa de couro a tiracolo, óculos quadrados de armação vermelha. Ele as acompanha pelos cômodos vazios e aponta para um e outro canto — Aqui é melhor quebrar essa parede. Aqui eu sugiro a gente alongar um pouco esse corredor, para melhorar a circulação. Podemos passar a porta para *lá*. A recepção pode ficar aqui, isso, um pouco recuada.

Seu Geraldo, o mestre de obras, os acompanha com olhar esbugalhado e os lábios grossos num bico, parece alarmado ou descontente, mas o aspecto dele é esse mesmo — com o tempo a gente se acostuma. Se detém aqui e ali, examina o teto, o batente, volta a segui-los.

— Vocês já têm marceneiro?, diz Jairo. Elas comentam que não, não conhecem nenhum bom marceneiro no Rio, ele concorda, é difícil encontrar um minimamente aceitável na cidade; além disso, nunca entregam nada no prazo e são careiros. Mas ele conhece um ótimo, de confiança, seu nome é Ismael, depois vai passar os contatos. Heloísa pergunta, um pouco insegura, por que precisam de um marceneiro, se a antiga dona deixou os móveis.

— Mas olhe isso!, diz ele, apontando para a mesa baixa de refeições na sala anexa. Veja essa ponta aqui. Olhe como está bamba. E esse armário — a antiga proprietária tentou gastar o mínimo possível, logo se vê. Isso aqui está desmanchando.

Sacode o armário, ele fica torto.

— Talvez a gente precise de móveis sob medida, né?, diz Fátima. Quero dizer, depois de toda essa reforma, os móveis antigos vão destoar muito.

Os três espiam o lavabo. Aqui, diz Jairo, a gente vai ter de quebrar tudo. Tudo?, diz Geraldo, logo atrás. Jairo finge que não o ouve, continua a falar com Heloísa: Você vai querer privadas mais baixas? — Ah, são lindinhas, diz Fátima. — Jairo observa o teto, aponta uma mancha negra numa das quinas. Acho que deu algum tipo de infiltração, diz ele. A gente precisa checar isso. A seguir, pergunta se já viram a parte hidráulica. Não, claro que não, diz Heloísa, achei que fosse com você. Não costumo ver isso, mas vou colocar no orçamento, diz ele. Pergunta a seu Geraldo se têm a planta original da casa. Seu Geraldo o encara com aqueles olhos saltados, não entende o propósito da questão. E a parte elétrica?, diz Jairo. Heloísa aperta um interruptor e acende a luz da sala. A parte elétrica acho que está boa, diz. — Odeio luzes frias, diz Fátima. — Jairo coça o queixo, comenta que é sempre bom verificar a instalação elétrica, ainda mais numa casa com muitas crianças; vai que uma delas toma um choque... Ai, bate na madeira, diz Fátima. Por falar nisso, diz ele, olhando os

98

rodapés, onde estão as tomadas? Seu Geraldo aponta para um canto e outro. Jairo acha pouco, vão precisar de outras. Jairo pergunta onde fica o quadro de luz, ninguém sabe responder.

A casa precisa de sinteco novo, vejam só as marcas que ficaram quando arrancamos o carpete. Heloísa comenta que o antigo revestimento era abaixo de crítica. Os tacos aqui são originais, diz Jairo, passando com delicadeza o sapatênis no chão. Não sei por que decidiram cobrir. Heloísa fica na dúvida, não quer uma escolinha que já pareça velha. Poderíamos revestir com alguma coisa mais moderna, diz ela. E dar um jeito nessa escada…

A escada, de fato, domina o ambiente. É de madeira escura, verniz descascando. Um armário embutido abaixo dela. Fátima pergunta que pó amarronzado é aquele ali. Jairo se agacha, passa os dedos no montinho na base da escada como se fosse um perito do IML. Ih, diz ele, isso aqui parece cupim, não é, seu Geraldo?

— É.

— Ai, meu Deus, diz Fátima.

— Mas às vezes é só nesse armário, diz Jairo. O senhor pode ver isso depois, seu Geraldo?

— É grave?, diz Heloísa.

— Não costuma ser, diz Jairo, mas a gente precisa estar alerta. E vejam como a escada escurece o ambiente.

No andar de cima, seu Geraldo observa por alguns momentos uma rachadura que atravessa o teto do quarto de pintura. Jairo constata que ali também faltam tomadas. Heloísa, que até pouco tempo atrás estava firme e decidida, comenta que está um pouco preocupada com tudo isso. Principalmente com a parte elétrica, que todo mundo diz ser um inferno. Jairo sorri. Hoje em dia as coisas são muito mais simples. Além do mais ele conhece um ótimo eletricista, de confiança, que atende pelo nome de Pelé.

O menino olha o portãozinho de entrada da casa de repouso e se vira, pronto para ir embora. Calma, filho, a gente veio ver o vovô, diz Heloísa, e tem de pegá-lo no colo, o menino está pesado, resmunga e chuta, começa a ficar vermelho, é o prenúncio de uma das suas birras que se tornaram mais frequentes nas últimas semanas. O dr. Israel disse que é normal, mas ele se atira a caminho da feira, ou no shopping, ou na entrada da creche, e rola no chão, despenca espumando para o meio-fio — ela acha que o menino só pode ser epilético, nunca viu uma criança reagir com tanta violência. O dr. Israel riu quando ela comentou isso. Ela não tem certeza, mas acha que o dr. Israel é surdo.

— Tire o menino do colo, diz Matias, é por isso que fica tão mimado.

— Então pegue você.

Ficam num jogo de empurra enquanto o menino esperneia. Coloque ele no chão, diz Matias, e o menino, ao ser posto em pé, despenca como se tivesse perdido os ossos das pernas, rola na calçada e bate a cabeça.

— Não não não Robertinho, a gente *não* vai embora enquanto não visitar o vovô, diz Heloísa.

Matias solta o ar irritado, diz que o menino está exausto e quer ir para casa, deve estar com fome. Heloísa responde que agora quem o está mimando é ele. Matias ri com raiva. Heloísa sabe que ele tampouco quer entrar na casa de repouso, se divertiu o quanto podia no haras, com aquela *égua*, e não quer fazer a segunda parte do combinado.

— Você age como se fosse criança, Matias.

Uma gorda vem arrastando os chinelos. O portãozinho range, Nenê, que chorinho é esse?, diz ela. Robertinho a fita sério, ergue os braços e a mãe o pega no colo. Fecha a cara, esconde o rosto no ombro dela quando duas enfermeiras trazem seu Mário para a varanda. Heloísa se assusta com a cadeira de rodas, ninguém tinha dito nada a ela. Parece que foi sugado por um inseto gigante. A pele das mãos e do rosto é quebradiça. Está recurvado com a cabeça pendente para trás, a boca escancarada.

— Vovô, olhe o seu netinho!

Como ele não se move daquela posição impossível, ela pergunta à enfermeira se o pai está surdo, ou com algum problema de visão.

— Ele só está cansado, não é, seu Mário?

Puxam duas cadeiras. Ela larga o menino no chão, o menino se debate um pouco depois fica lá, estirado, encarando o velho. Matias olha através da varanda gradeada para o nada, mas está ouvindo o que diz a mulher, porque se movimenta agitado enquanto Heloísa conta como andam as coisas. Estou abrindo uma creche, papai. Não exatamente uma creche, é mais um espaço recreativo, sabe? Para crianças pequenas. Vai se chamar Sonho Lúdico, você gosta? Nesse momento estou reformando, falta pouco.

Para de falar porque tem a impressão de que Matias riu. O que foi, Matias? Nada, diz ele. Heloísa continua: teve de usar dinheiro da casa deles, quer dizer, da sua parte da casa. Mas saiba, papai, que aquela casa linda, com aquele quintal maravilhoso, continua conosco, viu? O Cláudio me emprestou o dinheiro mas não vendeu pra ninguém. Nova risadinha de Matias.

— Quer falar alguma coisa, Matias?

— Bom... teria sido melhor vocês venderem de uma vez, não?

— O que você quer dizer com isso?

— Nada.

Ela cruza os braços e balança o pé. Se for para falar algo, é melhor que seja logo, Matias. Ele olha de novo pela grade da varanda. Ela diz, Se você acha que eu não sei lidar com dinheiro, Matias, você deveria se ver antes no espelho, gastando essa fortuna com um cavalo. Ele se vira para ela; Pode lidar com o seu dinheiro como quiser, não é problema meu. A questão, continua ele, é ser engambelada pelo próprio irmão. Engambelada pelo próprio irmão?, diz ela, apertando as mãos no peito. Você me ouviu, responde Matias. O que você sabe disso, Matias? Passou a vida toda estudando e não sabe fazer nada, você é um pobre coitado. Você sempre diz isso, fala ele. A *vida* te tapeia, Matias. Ele ri; diz que não entende por que ela está tão nervosa. Só comentou que foi engambelada pelo irmão, nada mais do que isso.

Heloísa se cala, a cadeira range com o balanço frenético do seu pé. Matias olha de novo pela varanda e finge estar interessado nas árvores do pátio. Ouve a primeira fungada e se vira assustado. Heloísa funga de novo, está com o rosto baixo, passa a mão pelos olhos. O que foi?, diz ele, armando-se na cadeira como uma tarântula. Nunca a viu assim e se inclina para entender melhor. Você está chorando?

— Não é nada, Matias.

Ele está pálido, olha para ela, depois para o velho, que ainda não se moveu. O menino está sentado entre eles e a cadeira de rodas. Matias olha de novo para Heloísa, que chora abertamente, tremendo os ombros, ainda que tente esconder o rosto com a mão.

— Também não é pra tanto, diz Matias.

Ela funga, vasculha a bolsa. Não é pra tanto, Matias? Você fala tudo isso na frente do meu pai. Você chega a pensar nas coisas que fala?

— Eu não sabia.

— Não sabia o quê, Matias?

O velho ri, eles se viram na sua direção. Seu Mário endireitou o rosto e observa o menino, que escalou a roda, ficou em pé e tenta mover a cadeira. O velho ri de novo. Diz, Que gracinha, né, menininho? Heloísa enxuga os olhos com o paninho do filho, tenta rir, parece tão cansada. Matias chama de volta o menino, autoritário. Não atrapalhe o vovô.

— Pode deixar, pode deixar, diz seu Mário. É o Claudinho? É a cara do Claudinho. Cadê sua mãe, menininho?

— Aqui, papai.

(O menino geme contrariado.)

— Você não, diz o velho. A mãe dele.

Matias acorre para animá-la, diz que é assim mesmo, é um processo fisiológico, as pessoas perdem a memória, não se lembram das coisas.

— Eu não vou mais chorar, Matias, pode ficar tranquilo.

— Queria passar o dia inteiro com você.

— Eu também, eu também queria, diz Heloísa, brincando com os pelos do peito de Carlos Alberto.

Ele se instalou dessa vez num hotel em Ipanema, veio só por um dia e trouxe tudo numa mochila, largada sobre a poltrona. A luz do sol atravessa a fresta da cortina pesada e faz um risco enviesado no carpete, na cama. Ouve-se o som da Prudente de Moraes lá embaixo.

— Queria levar você a restaurantes, beber bons vinhos sem se preocupar com nada.

— Eu também, eu também.

Carlos Alberto respira fundo, seu peito se ergue e abaixa numa marola. Ela ouve seu coração. Fecha os olhos e escuta as batidas rápidas, passa os dedos pelo seu peito, poderia ficar ali e se esquecer das outras coisas, se a onda de ansiedade a deixasse em paz por alguns segundos. Seu Geraldo ligou para dizer que os misturadores que Jairo especificou nos banheiros custavam quinhentos reais cada; as cubas Polaris na cor azul, duzentos e cinquenta. O piso de porcelanato antiderrapante saía por cinquenta reais o metro quadrado, e o fabricante só entregava por encomenda. Ele gostaria de saber se esperava ou se escolhia um similar. Heloísa pediu que esperasse, tentou falar com Jairo mas ele não atendia o celular.

Seu Ismael, o marceneiro, fizera uma primeira visita à Sonho Lúdico e encontrara outros focos de cupim. A situação ainda era indeterminada, ele queria ver se os armários do segundo andar também tinham sido afetados, mas avisou que talvez tivessem de refazer o móvel do vão da escada. Ainda não havia terminado o orçamento das mesinhas coloridas, de cantos arredondados, nem das prateleiras de brinquedos. Da última vez que estivera ali, Heloísa se espantara com a sala de entrada, cheia de sacos de entulho, vasos sanitários, latas de tinta. A antiga sala da diretora era agora um espaço aberto com pedaços de gesso dependurados do teto. As paredes só não tinham sido postas totalmente abaixo porque os pedreiros encontraram uma coluna e queriam saber com Jairo se era o caso de derrubá-la.

— Ai, querida, uma coluna bem aqui no meio… as crianças vão se machucar, disse Fátima.

Seu Geraldo e Pelé olharam de um lado e de outro. O mestre de obras ficou na dúvida; o eletricista disse que tinha toda a cara de uma coluna hidráulica, podiam pôr abaixo sem problema.

— Você deveria viajar comigo.

Heloísa pisca feliz, se espreguiça na cama. Estou falando sério, diz Carlos Alberto; a gente deveria viajar num final de semana desses. Diga ao… — Matias, diz ela. — Diga ao Matias que você teve uma viagem de trabalho de última hora, um congresso de livrarias, algo assim. Ela ri: Congresso de livrarias… É, qualquer coisa assim, ele diz. Eu te pego em Congonhas e a gente vai viajar. Falar é fácil, responde Heloísa. Carlos Alberto se vira de lado e a encara. Ela se cobre parcialmente com o lençol e também se vira para ele. Poderíamos passar um final de semana em Campos do Jordão, diz ele, só nós dois, sem dar desculpas pra ninguém. Ele pergunta se ela já esteve em Campos do Jordão. Não, nunca esteve. Gosta de frio? Sim, ela adora um friozinho. Gosta de fondue? Sim, ela ama fondue. Eles têm uns hotéis ótimos lá, diz Carlos Alberto, a gente poderia passar o final de semana enclausurados numa suíte e só sair para jantar.

— Adoro fondue no friozinho.
— Gosta da ideia?
— Gosto, mas...
— Mas o quê?

Heloísa faz um biquinho e olha para o nada. Ele insiste. A observa por um momento e depois se levanta. Do banheiro, diz que um final de semana não vai fazer mal. Poderiam ir a Ubatuba, quando ele tiver os negócios estabelecidos por lá. Já foi a Ubatuba? Não. É lindo; e depois você leva o seu filho para conhecer. Eles se olham, Carlos Alberto está sério. Sorri ligeiramente, diz, Pense nisso, e fecha a porta. Ela rola na cama, estira os braços sobre o lençol. Tanta coisa acontecendo ao mesmo tempo na sua cabeça.

Telefona para o irmão depois de pesar os prós e os contras. Acha que Cláudio Mário deve ser informado do estado do pai, já que mora longe e sempre arruma desculpa para não visitá-lo. Ele atende com ar pouco amistoso. Ela diz, sem pensar, que tem encontrado Carlos Alberto, o amigo dele, no Rio de Janeiro. Carlos Alberto?, diz Cláudio Mário. Sim, você é surdo?, fala Heloísa; foi ele quem me deu carona para a festa da sua mulher, se você se lembra. Eu me lembro, diz ele. É o seu amigo, não é? (Ele hesita um pouco.) Mais ou menos; o que ele está fazendo aí? Vai investir no ramo hoteleiro, comenta ela. Do outro lado da linha o irmão gargalha e em seguida corta a risada, fica mudo. Qual é a graça?, diz ela, sentindo o rosto esquentar. Espero que seu projeto não seja investir o dinheiro que eu te dei em algum empreendimento *dele*, diz o irmão. Dinheiro que você me *deu*? Ela não deveria, mas quando se dá conta está comentando que, Aliás, o Matias me disse outro dia que, pelas contas dele, o valor que você me pagou pela casa, esse valor que você diz ter me *dado*, deveria ser um pouco diferente.

— O que você quer dizer com isso?

— Como foi mesmo que você fez o cálculo? Quero dizer, tem alguém do ramo validando isso? Será que o terreno não se valorizou nesses últimos tempos?

Estão gritando um com o outro. Ou melhor, ela está gritando; o irmão fala firme e grosso, diz que já esperava por isso, ela sempre foi avarenta e gananciosa, Ana Beatriz bem que o prevenira, devia tê-la escutado na época — O que essa mulher sabe de mim pra sair falando?, e quando desligam é para não se falarem mais.

Vermelha, suada, tenta enfiar a camisa do menino que grita e se sacode. A escolinha quer todo mundo de caipira para a festa junina, ela comprou uma camisa de flanela xadrez, pregou uns tecidos coloridos numa calça jeans nova, arrumou chapéu de palha, Matias disse que ela vivia tendo gastos à toa, o menino não ia nunca mais usar aquela camisa, ela não respondeu, ofendida, ele sempre critica o que ela faz. Prometeu a si mesma que não iria mais se aborrecer com Matias. O menino grita, não quer a camisa, ela força de novo, ele tenta arrancá-la com as mãozinhas gordas. Aprendeu a falar não. Não não não não *não*. Ele quer a fantasia do Hulk. Você não pode ir de fantasia, filho. Ela tenta de novo. Matias entra no quarto, quer saber o motivo da demora. O *seu* filho não obedece, diz ela.

As professorinhas colocaram o menino no ensaio da quadrilha, postaram as fotos. Vão comer bolo. Irão gastar dinheiro na pescaria, no tiro ao alvo, pagaram uma grana para essa festinha de encerramento do semestre. Heloísa preferia não estar lá, não queria pagar nada nem frequentar mais aquela creche que se acha com ares de escola. Ela não quer mais saber da creche. A primeira coisa que vai fazer ao abrir a Sonho Lúdico é colocar seu filho lá, pelo menos até estabilizar as contas. Vai dizer adeus àquele antro. Não, não se irrita com as provocações da diretora, com a forma como a diretora a olhou — com pena, com ironia — quando soube que Heloísa estava montando um espaço de recreação. Não é uma creche, disse Heloísa, nem uma escolinha. Por sugestão de Fátima, havia encomendado um folheto e o estava distribuindo às mães da escola.

O menino rola entalado na camisa, seus gritos saem abafados; Matias volta ao quarto e diz que estão atrasados. Matias fica afoito com horários.

— Você acha que estou feliz, Matias? Você acha que estou enrolando de propósito?

Ele entra e sai do quarto, entra e sai. O menino aparentemente aprendeu uma dancinha. Na sala, sozinho, de tempos em tempos erguia os bracinhos e cantarolava. Ela teme pelo seu menino no palco. Está tentando enfiar a camisa por cima da fantasia do Hulk quando o telefone toca. Matias continua a vagar pelo corredor, se recusa a atendê-lo.

— Matias, não vê que estou aqui?

— Deve ser sua amiga, diz ele. Heloísa pede por favor que ele atenda. Ouve sua bufada, espera, depois sua voz grave. Enfia um braço da camisa, que o menino, muito vermelho, se esforça em tirar. Não, Robertinho, não... ouça a mamãe. Roberto. Ela estranha o silêncio entre os gemidos do menino. Tenta ouvir algo, o marido está repetindo alguma coisa, ela entende no mesmo momento que está nervoso. Quem é, Matias?, chama ela do quarto. Quem é? Deixa o menino esperneando no chão e vai até a sala. Matias está em pé, curvado sobre o aparador, o telefone colado ao rosto. A voz rouca, a orelha vermelha. Mas como assim, o papai está suando? Põe ele na linha, por favor... Não, mamãe, ligue agora para o dr. Alcides... Não, mamãe, não me interessa que é final de semana, eles não são amigos do Fluminense? Não, espere... espere, eu vou aí... não, o de Laranjeiras é horrível, vamos para outro...

Descem até a garagem; a respiração de Matias está curta e ele não consegue enfiar a chave na ignição. O porteiro substituto tem de manobrar três carros para liberar o deles, é novo ali, não sabe dirigir, o primeiro carro morre. Caralho, caralho. Matias, o menino está ouvindo. Ele come as unhas, soca o volante e buzina sem querer. Ficar nervoso não vai resolver nada, diz Heloísa. Além disso, deve ser só uma indisposição. Se eu fosse a pé, diz Matias, já teria chegado. Pelo retrovisor, veem o porteiro se encalacrar com o segundo carro. O telefone toca.

É impressionante como uma pessoa está ali, sorridente, e no momento seguinte não está mais. Uma sensação avassaladora, difícil de explicar. Ontem mesmo... seu Nilo de shorts e camiseta regata, abrindo a porta para o técnico da Consul. Ela estava na cozinha descascando batatas. Seu Nilo parecia desconfiado, levou o rapaz até a sala e não desgrudou até Heloísa chegar. Um mulatinho dentuço com cara de assaltante e topete louro, raspado nas laterais. Ela apontou para o split no alto da parede. Mas eu não conserto ar-condicionado, disse. Eu arrumo máquinas de lavar.

Seu Nilo não conseguia parar de olhar aquele raio desenhado à máquina na lateral da cabeça do garoto, enquanto Heloísa esperava na linha. A mulher com voz de fumante não estava.

Quem atendeu foi uma certa Samanta e não fazia ideia do que Heloísa estava dizendo. E seu Nilo ali, de braços cruzados, incapaz de oferecer um copo d'água, o rosto carrancudo, mas, ela sabia, em nenhum momento desejou mal ao menino, nem estava com medo ou preconceito; era apenas a maravilha daquele corte. Esse era o seu Nilo de que ela gostava de se lembrar. Nesse mesmo dia Carlos Alberto a esperava de robe atoalhado no hotel em Ipanema, abriu a porta assim que ela bateu e a puxou para dentro da penumbra, abraçou-a, subiu as mãos pelo seu quadril, passou pelas costelas (ela arfava), apertou o sutiã simples, preto, os seios sacudiram, pele branca de veias azuladas, os mamilos gordos que ele apertou e puxou enquanto lambia seu pescoço. Pressionou seus cabelos e a forçou para baixo.

Deitados naquela cama — nada de criança ou telefone tocando — ele propôs de novo que viajassem. Fuja comigo! Eles riram. Que desculpa você deu dessa vez? Que estava numa reunião sigilosa com investidores estrangeiros — ele riu, adorava aquelas histórias. E como seu marido acredita nisso? Conte mais! — Viaje comigo! Fuja comigo! — Mas o que vou dizer, Carlos? Qualquer coisa, respondeu ele, você é especialista. Arrume outra daquelas apresentações em São Paulo; vá a um seminário. Ela fechou os olhos só por um minuto e quando os reabriu estava escuro lá fora. O menino, meu Deus. Que horas eram?

Sente um estremecimento ao se lembrar, observa pela janela suja do hospital a copa das árvores iluminadas pela luz ácida dos postes, o céu verde-arroxeado. O quarto hospitalar na penumbra, ninguém teve coragem de acender as luzes. Seu Nilo continua coberto pelo lençol, imóvel desde que foi transferido. Robertinho pegou no sono no sofá estreito, Heloísa vai até lá, rasga o saco com a roupa de cama limpa e cobre o menino. Com uma seleção jogando como a nossa, disse o enfermeiro negro enquanto tirava a pressão do velho, só mesmo enfartando. Matias insistiu com a mãe para

109

que voltasse à casa. Ela está curvada e exausta, diz que há trinta e nove anos não dorme separada dele, não vai ser agora. A velha ainda não chorou, é cabeça-dura, manteve-se calada, já o filho gritou o quanto pôde. Matias insiste mais uma vez, dona Inez não responde, pega sua bolsinha e se tranca no banheiro. Ele e Heloísa imóveis na penumbra, ouvem o zíper da nécessaire, estalos, um farfalhar, água da pia. Ele troca no escuro um olhar com a mulher, sentada ao lado do menino. Espera o som do chuveiro, o chiado contínuo do aquecedor elétrico, então suspira. Agora seu pai está bem, diz Heloísa, você não precisa mais ficar tão nervoso. Passa os dedos pelo cabelo liso do filho, ouve um barulho do marido, ergue os olhos e ele está lá, apoiado na beira da cama, curvado, pressionando os olhos com os dedos. Ela pergunta o que há. Matias fala algo sobre a fragilidade da vida. Um dia estamos aqui, no outro não estamos mais. É, diz Heloísa, nessas ocasiões a gente pensa assim mesmo. Mas agora passou, diz ela. Ele não a ouviu; se endireita e observa o pai, o rosto de cera iluminado pela luz da rua. Respira fundo, diz que refletiu muito, esperou o pior, pensou numa série de coisas. Se ele sair dessa, diz Matias, vou ficar um ano sem beber.

Ela solta um ruído de espanto. Sem beber, Matias?

— Se ele não tiver nenhuma sequela, vou ficar um ano sem beber e sem comer carne vermelha.

Heloísa espera que ele inspire, expire, e por fim fala. Sinceramente, Matias, eu esperava isso de todo mundo, menos de você. Até sua mãe poderia fazer uma bobagem dessas. Mas você?

Ele só coça o nariz, abaixa a cabeça e funga. Dá sinal de que vai aguentar tudo estoicamente. Heloísa cruza as pernas e se endireita no sofá. Você pode passar o resto da vida sem beber, Matias. Pode nunca mais colocar um pedaço de carne na boca. Pode virar um sujeito saudável, um vegano, comer hambúrguer de cogumelo e treinar para uma maratona. Sabe o que vai acontecer? No ano seguinte você enfarta, assim como seu pai. Tem pessoas que bebem todos os dias, comem leitão à pururuca, não põem uma coisa verde na boca, se drogam, cheiram cocaína, o diabo. E sabe o que acontece, Matias? Elas vivem mais de cem anos.

Ele não diz nada, olha para a janela.

— Você, que gosta de ler revistas científicas, devia saber disso mais do que ninguém.

Como ele continua em silêncio, Heloísa cruza a perna para o outro lado, ajeita a calça e volta à carga.

— Ainda por cima acha que consegue controlar o destino. Você pode comer uma saladinha de quinoa e ser atropelado saindo do restaurante. Você, que é físico, que estudou a teoria do caos e essas coisas, devia saber disso.

Enfermeiras gargalham pelo corredor. Eles ouvem seus passos. A água é fechada, a porta do box desliza pelo trilho e se choca com o batente. Matias diz, mantendo a serenidade, que é difícil falar com ela dessas coisas, ela sempre puxa tudo para o lado prático, está sempre pensando em obter alguma vantagem no dia a dia, quando às vezes a gente tem de parar um pouco e ver o quadro maior. Eu adoro carne vermelha, Heloísa. Você sabe disso. Mas é pelo meu pai. Tenho de fazer isso pelo meu pai.

Ela vai falar de soja ou linhaça mas trava no caminho. Como? Depois parece se dar conta, cruza os braços e se mexe incomodada, o menino rola de lado mas ela mal o nota.

— Como é que é?

— É difícil falar com você dessas coisas, diz ele.

— Você está fazendo uma promessa? É por isso que não vai comer carne?

De novo o zíper da nécessaire; a mãe está prestes a sair do banheiro. Ele ainda consegue dizer que pensou muito, não só no pai, mas em tudo o que nunca disse ao pai porque achava que teria todo o tempo do mundo. Pensou também *nele*, nas responsabilidades *dele*. Pensei no Robertinho, tão pequeno...

Ela sabe que devia ficar calada, mas pronto, já disse.

— Você sabe, querido... o Robertinho não ia sacrificar um dia de purê de batata por você.

Não tem certeza se ele ouviu; Matias está emocionado.

Seu Geraldo deixa um recado no celular. Ela mal entende o que ele diz. Heloísa liga de volta e ele não atende. Ela liga para Jairo, deixa recado. É difícil tocar uma obra a distância; basta relaxar um pouco que as coisas desandam. Fátima está de novo em Petrópolis. A entrada da casa está com mais sacos de entulho, o parquinho foi recoberto com pilhas de areia e pedras. Ela passa, no corredor, por uma fileira de privadas pequenas, ainda envoltas em papelão. A sala principal ganhou muito em amplidão, é incrível, parece outro lugar, mas em compensação Pelé, o eletricista, olha absorto a parede perfurada como se tivesse sido corroída por minhocas gigantes. Ele diz que um ajudante sem querer furou um encanamento, não entende como um cano de esgoto poderia passar *ali*. O melhor é chamar alguém para ver a parte hidráulica. Acho que a gente vai ter de refazer toda a instalação elétrica, diz Pelé. Ela quase tropeça no split no meio da sala. E isso aqui, o técnico não vinha na semana passada? Pelé diz que enviaram um sujeito que só instalava equipamentos de parede. É tudo a mesma coisa, diz Heloísa. É bem diferente, diz ele.

— De quanto tempo você precisa, Pelé?

É difícil saber. Ela liga de novo para o Jairo, que atende mal-humorado. Ele comenta que a segunda parcela do combinado ainda não caiu na conta dele. Como não?, diz Heloísa. Não, ainda não caiu, diz ele. Ela explica que é a terceira vez que tenta, deve haver algo errado. Ele suspira. Sim, com certeza tem algo errado, diz. Ela responde afoita que seu Ismael reclamou de alguns detalhes dos desenhos, está com dificuldade em fazer as dobradiças dos armários com pistões de ar, abrindo para cima, como ele havia especificado, além de não ter entendido direito como ele pensava em fazer os puxadores embutidos nas mesinhas. O marceneiro disse (e ela só está reproduzindo) que as crianças vão quebrar as unhas se tentarem abrir as gavetas. Jairo suspira, diz que os desenhos estão bem claros, ele pode discutir as questões com seu Ismael, mas só depois de receber a segunda parcela. Eu devo ter tido um problema com a minha transferência, vou ligar para o gerente. Não me interessa o que aconteceu ou deixou de acontecer, diz Jairo; eu quero o dinheiro agora. (Heloísa não imaginava que ele pudesse ser tão grosseiro.) Ela gagueja, diz que sim, claro, vai tentar transferir o dinheiro por outra conta, com certeza ainda hoje. São vinte e cinco mil reais, dinheiro que Heloísa não tem. Pensa na parte elétrica, os famosos "gastos extras", que a gente nunca sabe de onde vêm. O pai era bom em prever isso; o pai a teria ajudado se ainda estivesse ativo. O pai, por exemplo, faria toda a instalação elétrica sozinho. Ela sobe ao segundo andar, desvia-se de um ajudante dormindo numa pilha de sacos de cimento. Vai ao quarto dos fundos, o antigo quarto de pintura. Enxuga as lágrimas. Até tentou que Matias a ajudasse, mas ele diz que sem planilhas não dá para fazer nada. Ela insiste; perguntou o que ele achava do valor cobrado por Jairo. Um absurdo, disse Matias. Perguntou do orçamento da marcenaria. Um absurdo. Ele fica com aquele ar professoral, tudo é um absurdo. É por isso que você não vai pra frente, Matias. Fátima, sim, lhe deu apoio desde o princípio. Mas mesmo ela anda um pouco sumida, não tinha por que ir a Petrópolis justo agora.

Olha pela janela, o pequeno quintal com água parada onde ela pensou em montar um segundo parquinho. Vai fechar o vidro, o caixilho está emperrado, pegando no topo. Ela olha para cima, algo chama sua atenção e Heloísa caminha até o centro da sala. Caramba, tinha a nítida lembrança de que aquela rachadura no teto era menor antes. E que não avançava até as paredes.

— Pelé! *Pelé!*

Passos pesados do eletricista na escada. O que é, dona Heloísa? Está lhe dando uma bronca; ordena que deve arrumar aquilo ali imediatamente. Ele observa a rachadura ao longo do teto e balança a cabeça; diz que vai falar com seu Geraldo, uma massinha resolve.

Fuja comigo! Viaje comigo!

Carlos Alberto liga para dizer que está tudo certo, vai enviar uma passagem até São Paulo, dali eles seguem de carro até o litoral. Conte com uma viagem demorada; vou parando no caminho pra te comer inteirinha. Heloísa ri, ainda que sinta uma corrente apertada em volta do pescoço. Não acredita que seu Nilo foi enfartar logo nas férias escolares. Ela até poderia pensar em viajar, mas assim... Já Carlos Alberto está realizando o projeto que sempre quis; vai inaugurar uma pousada de charme numa certa praia Dura, em Ubatuba, e no semestre seguinte pretende comprar outra. (Pontada de inveja — positiva.) Depois ele pensa em expandir até Paraty, onde o mercado está aquecido, mas é preciso fazer os cálculos, as pousadas só dão retorno nos picos da alta temporada. É preciso trabalhar com o custo fixo reduzido, operação mínima nos períodos de menor procura. Heloísa até se imagina cuidando de um dos hotéis, não seria mal. Fugir da loucura da cidade, criar seu filho em contato com a natureza. Ela tem jeito com as pessoas, essa é uma qualidade que seus superiores sempre reconheceram na Guanabara. Matias é um problema à parte.

Fuja comigo!

— Não posso, Carlos...

Se passasse o ponto da Sonho Lúdico talvez juntasse algum dinheiro para tentar outra coisa. Foi enganada. *Enganada*. A filha da puta se livrou da caveira de burro e se mandou para Curitiba. Fátima praticamente a obrigou a alugar a casa, desde o início Heloísa não queria entrar naquele negócio mas a amiga insistiu, se meteu, agora bem que poderia ficar com ele.

Apesar de já ter dito por aí que na vida nada é por acaso, Heloísa não acredita na intervenção divina nem na sorte. Nunca teve sorte, não ganhou uma rifa sequer. Está sentada na sala tentando montar aquelas planilhas de gastos do Matias, o celular toca, um código de área fora do Rio de Janeiro. É a terceira vez, teme que seja Hélvio. É Fátima. Ah, sim, a doida está em Petrópolis. Fátima chora e soluça, tem dificuldade para falar. A tia morreu. Nossa, meus pêsames, diz Heloísa. Não é isso, diz Fátima. Ou bem, é isso, sim, claro, estou tristíssima, amiga. Minha tia era muito próxima, praticamente me criou, uma perda irreparável, mas a gente chora por outras coisas também, né? Soluça mais forte, engasga, o choro a impede de prosseguir. O quê? A ligação está ruim. Tome um copo de água com açúcar. O quê?

— Uma herança? A sua querida tia Narcisa te deixou uma herança?

Heloísa chora junto com ela, sim, de fato, é uma perda irreparável, é difícil a gente se recuperar de um baque desses. E a sua tia Narcisa tinha outros herdeiros? Não? Entendo. Sim, claro, imagino que não seja nada dessa monta, claro, entendo, não dá para abandonar o emprego. Rá-rá-rá. Mas que ótimo que é um bom pé-de-meia, né, querida? Sim, claro, concordo inteiramente com o Renan, não dá pra sair gastando. Claro, querida, é preciso saber onde investir o capital, mas concordo também com o Renan nesse ponto; é melhor investir do que deixar o dinheiro parado. Sim, é mesmo inacreditável, parece até um filme.

Heloísa tem um negócio a lhe propor. Escute bem.

III.

Sob o céu rochoso e baixo, o *Akademik Shokalski* parte de Punta Arenas, no extremo sul do Chile, com a missão de refazer a expedição do *Endurance* à Antártida exatos cem anos antes. Biólogos marinhos, oceanógrafos, climatologistas, geólogos, ambientalistas, historiadores, fotógrafos, políticos, turistas e uma equipe de filmagem da BBC pretendem não apenas celebrar a saga heroica de Sir Ernest Shackleton e seus vinte e oito homens, como também mapear uma das regiões mais inóspitas do globo. Anunciam, em sua página da internet, que irão mensurar as alterações climáticas, marinhas e biológicas relacionadas à ação do homem no último século. Seus achados, assim como diários da expedição, fotos e vídeos, serão postados on-line, no próprio desenrolar dos eventos.

A empreitada não teria sido possível sem a dedicação de seus dois idealizadores, Robert "Bob" Seymour, professor emérito de geografia física do Instituto Scott de Pesquisa Polar, da Universidade de Cambridge, no Reino Unido, e Michael Botsaris, professor-assistente de oceanografia e microclimas polares do Departamento de Ciências Atmosféricas e Oceânicas da Universidade do Colorado, nos Estados Unidos. (Mais informações *aqui*, se você clicar na foto deles.) O *Akademik Shokalski* irá percorrer mil e duzentas milhas náuticas entre o cabo Horn e o mar de Weddell e completar o trajeto que, tanto tempo atrás, deveria ter sido realizado pelo *Endurance*. Na primeira parte da jornada, irão margear a costa antártica até o local aproximado em que o *Endurance* acabou aprisionado nos blocos de gelo, a duzentas milhas da baía Vahsel. A seguir, o *Shokalski* fará o trajeto que falta até a terra firme e, se o tempo permitir, os tripulantes descerão na praia de cascalhos para encenar simbolicamente a sequência da expedição original (uma bandeira será hasteada). Naquela época, cruzar a pé o continente, conforme propusera Shackleton, era uma aventura arriscada. De fato, não chegaram sequer a desembarcar em segurança — aprisionados no gelo em janeiro de 1915, não pisariam em terra pelos dois anos seguintes, tentando sobreviver em meio às banquisas e ao mar revolto. Depois de visitar a baía Vahsel, o *Shokalski* seguirá um itinerário aproximado ao do *Endurance* ao ser arrastado através do mar de Weddell. Irão parar no ponto em que ele foi finalmente esmigalhado — 21 de novembro de 1915, quase um ano depois de ficar retido no gelo — e onde a tripulação, obrigada a se lançar à banquisa com víveres, botes de madeira e seus cães de trenó, fundou o primeiro acampamento, o *Patience*. Os membros da expedição do *Shokalski* farão um minuto de silêncio e os mais corajosos tentarão descer numa banquisa, para sentir o que os outros passaram nos sete meses seguintes, levando a vida numa enorme placa de gelo sem rumo que estalava e se partia ao sabor das correntes. Por fim, o *Shokalski* irá se aproximar da ilha Elephant, onde os homens de Shackleton desembarcaram dos botes depois de uma travessia suicida pelo mar Negro. A equipe tentará mais uma vez descer em terra, na busca de restos materiais da expedição original. No dia seguinte voltarão em segurança a Punta Arenas, onde Seymour e Botsaris fizeram reserva numa pizzaria para celebrar não só o retorno seguro deles, como o de toda a tripulação original do *Endurance*, numa das histórias mais heroicas de superação humana frente às injustiças da natureza. Contam fazer tudo em quinze dias, incluindo a parte aérea.

O site da expedição é muito completo e traz informações sobre cada um dos vinte e oito tripulantes do *Endurance*, fac-símiles dos diários, fotos de época e uma biografia detalhada de Ernest Shackleton. Sabemos, por exemplo, que fez duas tentativas de atingir o polo Sul, façanha ainda então inédita. Na primeira, ele e o zoólogo Edward Wilson obedeciam ao comando do capitão Robert Scott, sujeito temperamental que ficaria famoso por sua obstinação. Mal equipados e inexperientes, sofreram de escorbuto e, numa mostra de tenacidade inglesa, puxaram os próprios trenós observados pelos cães. Liam Darwin em voz alta para não morrer em seus sacos de dormir. A mil e duzentos quilômetros do polo, tiveram de dar meia-volta e, depois de uma corrida desesperada em direção à costa, chegaram aniquilados, mas vivos. De volta ao Reino Unido, Shackleton ainda tentou a sorte no jornalismo, na política, nos negócios. Montou sua própria expedição e partiu ao sul em 1907, a bordo do *Nimrod*. Em outubro do ano seguinte iniciou a jornada a pé a partir do cabo Royds, no extremo ocidental da ilha de Ross, e mais uma vez ele e seus três companheiros se viram forçados a desistir. Estavam a cento e cinquenta quilômetros da meta.

Ficou famoso, foi sagrado cavaleiro britânico, mas, acossado por dívidas, teve de acompanhar pelos jornais a corrida ao polo entre seu rival Scott e o norueguês Roald Amundsen, em 1911. Evento trágico para os ingleses. Scott, é preciso dizer, não se saiu muito bem; os noruegueses, esquiadores práticos e acostumados ao uso de cães e trenós, percorriam até trinta quilômetros diários contra os quinze de Scott, conquistados ao custo de muita superação humana. "Não consigo entender o que os ingleses estão pensando quando afirmam que cães não podem ser usados aqui", escreveu Amundsen. (Scott: "Santo Deus! Esse é um lugar pavoroso".) A bandeira norueguesa já flamulava numa vareta sobre a planície branca cinco semanas antes de os perdedores cumprirem seu papel ("O pior aconteceu."). No final de março de 1912, ao cabo de uma marcha forçada de retorno, Scott estava morto com seus dois últimos companheiros, congelados em uma barraca na tempestade de neve a dezoito quilômetros do checkpoint mais próximo.

Shackleton não podia mais almejar a conquista do polo. Sentiu no entanto que poderia obter patrocínio e unir o país em uma nova expedição, mais arriscada, mais radical; cruzar a pé o continente gelado.

O *Endurance* era uma embarcação de madeira de cento e quarenta e quatro pés, construída para as condições extremas dos polos. Deixou Londres em agosto de 1914; a Alemanha declarava guerra à Rússia. Passou pela ilha da Madeira, por Montevidéu e Buenos Aires, onde Shackleton embarcou. Em 26 de outubro, partiram rumo a uma estação baleeira na ilha Geórgia do Sul, com seus mares vermelhos de sangue, suas praias delineadas com carcaças e vísceras.

O *Akademik Shokalski* chega à Geórgia do Sul na manhã de 28 de outubro em condições mais favoráveis. Céu azul, temperatura de seis graus Celsius, vento norte-nordeste moderado. É um navio russo de pesquisas oceanográficas, construído em 1982 num estaleiro finlandês e reformado em 1998 para missões antárticas.

Possui dois níveis de conveses, com sala de reuniões, refeitório, biblioteca, dormitórios para a tripulação, dez quartos com beliches e quatro suítes para os passageiros, sala de jogos e supostamente uma sauna, que consome muita energia e só foi ligada quando os recém-chegados fizeram sua visita inaugural, ainda no cais de Punta Arenas. "No restante dos dias, parece estar mais gelado ali dentro do que fora", escreve Margareth Mendez, bióloga marinha, no blog da expedição. O *Shokalski* carrega também, no convés inferior de popa — para deleite dos visitantes —, três veículos anfíbios novos, os Argos, pequenos jipes alaranjados com esteiras e flutuadores, feitos para operar em rios e regiões costeiras.

A embarcação é propriedade do Instituto de Pesquisas Hidrometeorológicas Orientais da Federação Russa. Por falta de verbas, no verão é alugada a Expedições Aurora para pacotes turísticos. O frete inclui também os serviços do capitão Vladimir Lvov e sua tripulação, que os passageiros conheceram no encontro de boas-vindas no deque principal. Vladimir é um sujeito calado, a pele de seu rosto é uma placa que enferrujou sob a camada de tinta espessa. Benigno Sánchez, guia turístico da Aurora, diz que foi oficial da Marinha soviética; que passou anos em estações isoladas de pesquisa na Antártida, em projetos militares secretos, e a pior intempérie para ele é como uma ducha quente. No brinde com espumante em copos plásticos, entre os discursos de Bob Seymour e Michael Botsaris, o capitão estava mal-humorado e apenas fingia beber, levando o copo à boca e o retirando intocado. "Sua taça não baixou um milímetro", diz Greg Sylvian, fotógrafo profissional, contratado para cobrir cada milha da jornada, alimentar o blog e, se obtiverem patrocínio, editar um livro de capa dura sobre a expedição.

Antes da partida, os visitantes ainda foram ao centro histórico de Punta Arenas, onde compraram badulaques e tiraram fotos na estátua de Fernão de Magalhães. Os mais supersticiosos fizeram exatamente o que o guia Benigno lhes explicou, ou seja, tocar o pé do primeiro índio na base do monumento. É um pedido, lhes disse Benigno, para visitar de novo a cidade, para voltar a salvo. O grupo de meteorologistas, de longe o mais barulhento da turma, se recusou a dar qualquer demonstração de crendice. Outros repetiram a cena para a equipe da BBC. Naquela mesma noite, na sala de reuniões, fizeram o primeiro encontro formal da missão. Com os nomes colados ao peito, cada um se apresentou e falou um pouco de sua ocupação e o que o havia levado até ali. Bob Seymour desenhou no quadro-branco um círculo murcho (assobios, vaias) para representar a Antártida e fez uma breve explicação de seu itinerário. Alguns se recolheram mais cedo; outros beberam até o início da madrugada no salão de jogos, apesar do custo abusivo do uísque — pelo menos o bar, gerido por dois garotos russos de pouca conversa, parecia bem abastecido.

Baixam âncora na baía de Cumberland, onde se localiza o único povoado da ilha, Grytviken, vinte habitantes e uma igrejinha de madeira entre construções abandonadas da antiga estação baleeira. Ao fundo, um paredão negro com uma leve cobertura de relva verde-escura. No refeitório do *Shokalski*, o bibliógrafo e historiador aposentado Peter Lynd, ex-colega de Bob Seymour no Instituto Scott de Pesquisa Polar, faz uma preleção sobre a estadia de Shackleton e sua tripulação ali, durante um mês, à espera de tempo propício para descer mais ao sul. A preleção se alonga mais do que o necessário e alguns passageiros saem antes da hora, querem aproveitar o céu ainda claro lá fora. Lynd fica um pouco desapontado, seus ossos doem com o frio, as quase vinte horas de voo até o Chile foram demasiadas para seus setenta e oito anos. Bibliotecário que servira seu tempo analisando documentos, ir à Antártida é um sonho recém-desenterrado, ainda que seja um sonho caro. Pagou a viagem do próprio bolso e quer ser útil de alguma forma.

O céu nesse momento apresenta nuvens de coloração nefasta, camada sobre camada revolvendo-se e se aglutinando, até se tornarem mais escuras que seu próprio reflexo na água. O vento começa a doer e, por fim, quando os primeiros botes desembarcam na praia, a chuva cai fina, miseravelmente sobre os impermeáveis coloridos. Visitam primeiro o túmulo de Shackleton, uma coluna singela de pedra em um cercado branco. Ao seu lado, outra pequena lápide de mármore marca o ponto das cinzas de Frank Wild, seu braço direito, figura crucial na saga do *Endurance*. Os restos mortais de ambos foram depositados ali pelas famílias muito tempo depois de suas viagens. De uma colina, o cinegrafista da BBC faz uma panorâmica da enseada. Os passageiros tiram fotos do pequeno povoado e fazem breves caminhadas nas cercanias, onde o biólogo Ernest Zimmer dá aulas sobre as espécies locais. O deputado australiano David Clarkson faz perguntas sobre o recuo do gelo nas últimas décadas e quer saber como a fauna e a flora locais têm sido afetadas pela ação do homem. Visitam também o South Georgia Museum, que abriga antigas peças supostamente usadas por Shackleton, Frank Worsley e Tom Crean, resgatados numa baía perto dali depois de sua travessia em busca de ajuda. Haviam deixado o restante da tripulação na praia pedregosa da ilha Elephant, cansados demais para prosseguir, alguns feridos, tecidos necrosados pelo frio. No museu há pulôveres, calças, meias, balaclavas. Desbotados e sujos, remendados. Há uma lasca do *Endurance*; outra, enegrecida, do *James Caird*, o bote com o qual Shackleton, Worsley e Crean chegaram à Geórgia do Sul. Enquadrado na parede, há um papel com a assinatura do próprio Shackleton, aparentemente uma lista de compras, que os visitantes se revezam para fotografar. "É incrível estar tão próximo desse grande homem", escreve David Thomas, ortodontista com paixão pelo turismo de aventura; ele viaja com sua segunda mulher, Cecilia, que não consegue se acostumar ao frio.

O dia seguinte, segundo Sanjeev Chopra, repórter da BBC, "amanheceu nublado e úmido, com temperaturas alguns graus abaixo de zero, e o capitão Vladimir não parece minimamente ansioso para partir". "Dia gelado", escreve Annette Fay, ambientalista neozelandesa. "A equipe científica tirou hoje a tarde para socializar na sala de reuniões e assistir a antigas fitas de vídeo do capitão." No início da noite, Seymour, Botsaris e Stuart Pembleton, inglês grandalhão de cabelos muito negros, da equipe de meteorologistas, se reúnem com Vladimir Lvov para discutir os próximos passos. O capitão se mostra receoso com o clima, ou pelo menos é isso o que entendem de seu inglês esfarrapado. Seymour tem setenta e nove anos, seus cabelos brancos são uma nuvem grudada na cabeça, óculos pesadões. Não tira nunca o impermeável vermelho, fala baixo, é um acadêmico que gosta de tomar decisões depois de muita ponderação. Michael Botsaris, por outro lado, é jovem e enérgico, compacto, com uma barba encaracolada que percorre seu rosto redondo, o olhar verde incisivo, homem de ação. Posteriormente, os passageiros diriam que a expedição não podia ter sido coordenada por figuras mais antagônicas. O meteorologista inglês confronta os dados climáticos com as opiniões (subjetivas, diz ele) do capitão. Fala alto, usa termos técnicos que só Botsaris entende. O capitão ouve a tudo paciente e apenas franze o queixo. Seymour opta por esperar pelo menos mais um dia. Botsaris, por sua vez, diz que não vê problema em partirem logo pela manhã. Como Seymour se mostra receoso, o americano propõe uma votação, que, feita na sala de reuniões depois do jantar, é tomada de risadas, assobios, conversas paralelas e, por fim, braços sistematicamente erguidos a favor da partida. Compreendem, pela fala sombria do capitão, que deverão pegar o tempo fechado e não conseguirão ver muito da paisagem. O dia seguinte no entanto se abre num sol majestoso, o mar liso como celofane, e zarpam para a segunda parte de sua viagem, saindo da baía de Cumberland em direção ao mar de Weddell.

O *Endurance* partiu do mesmo ponto em 5 de dezembro de 1914 e, no dia seguinte, se deparou com os primeiros icebergs. Em 7 de dezembro, próximo às ilhas Sandwich do Sul, avistou o *pack*, o banco de gelo. Tiro as informações do livro *Endurance*, de Caroline Alexander. Tento reproduzir suas frases mudando um pouco as palavras, para dar a impressão de que as formulei por conta própria. O mar de Weddell tem uma configuração incomum. Está localizado em uma área circular, abraçado por três faixas de terra — a leste, as ilhas Sandwich e, a sul e a oeste, o continente antártico. As correntes marinhas dessa região fazem o mar adquirir um lento movimento giratório, no sentido horário. Os blocos de gelo formados ali, portanto, ficam retidos nesse circuito e, nos períodos climáticos mais rigorosos, se acumulam perigosamente, no vagaroso movimento de trituração de um liquidificador. Foi aí que o *Endurance* se enfiou, num ano especialmente hostil, e, depois de forçar seu avanço durante semanas até a baía Vahsel, terminou finalmente preso na geleira, com a tripulação incapaz de fazer qualquer coisa para se soltar. Era 18 de janeiro de 1915.

O *Akademik Shokalski* parte em 30 de outubro de 2014 e procura empreender o mesmo trajeto do *Endurance*, enquanto Lynd e o próprio Seymour fazem suas palestras sobre a corrida ao polo no início do século XX, as técnicas de navegação da época, os bravos cães transportados em canis montados no convés e outras curiosidades sobre a era das explorações. No mesmo dia, passam as ilhas Sandwich do Sul e, em 31 de outubro, avistam os primeiros icebergs. "Exatamente como Shackleton", escreve Seymour no blog da expedição. "Tudo isso dá uma solenidade especial a este local tão ermo", diz Tom Carriello, diretor de marketing da Unilever. "É incrível pensar que Shackleton trilhou esse mesmo caminho cem anos antes." Aparentemente, não veem a mesma quantidade de aves e focas, e Margareth Mendez atribui isso ao extermínio sistemático de toda e qualquer forma de vida na Antártida, por subsistência ou diversão. A quantidade de pinguins e focas mortos durante a expedição de Shackleton e os alegres relatos da carnificina nos diários da tripulação são temas pouco abordados nas palestras de Seymour e Lynd.

Estão prestes a completar o trajeto nunca realizado pelo *Endurance*, mas o tempo não ajuda. Em 2 de novembro, fortes rajadas de sudoeste impedem a aproximação do *Shokalski* à terra firme. Fazem ainda duas tentativas, entre nevascas esparsas. A temperatura agora baixou abruptamente para os trinta graus negativos. É possível ver na internet o vídeo de Sanjeev Chopra tentando transmitir suas reportagens no convés do navio, onde o sinal de satélite é mais forte. Coberto por uma fina camada de neve, reclama de dor na ponta dos dedos.

"Não esperava que fosse nevar tanto", diz Mike Tingle, assessor do deputado australiano. Os passageiros passam a maior parte do tempo no salão de jogos ou no refeitório. Os mais ousados saem todos os dias para o que chamam de convescote ao ar livre. Num vídeo postado no blog da expedição, a bióloga Laura Radcliffe ensina como beber gim-tônica num canudinho enfiado entre o gorro e o cachecol. Em 5 de novembro, o tempo clareia de novo. A costa pode ser avistada além dos blocos à deriva. Como estão quatro dias atrasados na programação, Botsaris persuade Seymour a colocar os veículos anfíbios em funcionamento. Poderiam ser rebocados com um cabo pelo bote motorizado *Zodiac* até perto da costa, e fariam o restante do desembarque sozinhos. No início, o capitão Vladimir se opõe, tentando explicar que o clima irá piorar nas próximas horas, mas é voto vencido numa reunião cheia de gritos e vaias. O meteorologista Scott Flanagan, que talvez tenha bebido além da conta, insinua que ele não entende do clima antártico ou está sonegando informações. "Não sei qual dos dois é pior", diz em voz alta seu colega Stuart Pembleton. Ambos analisaram as imagens de radar e afirmam que o tempo deve firmar nos próximos dias. "Vejam lá fora", dizem eles. Um casal de petréis brancos brinca entre os cabos de aço.

No deque, estouram as garrafas de champanhe que haviam trazido para a ocasião. Os que decidiram se aventurar tiram fotos ao lado dos Argos. O ornitólogo Mark Idle saca suas calças camufladas, Greg Sylvian carrega o equipamento fotográfico completo. Mais vaias para o cinegrafista paquistanês da BBC, que tenta convencer o repórter a não ir. "O capitão Vladimir chegou a descer até onde estávamos e conversou com Botsaris, mas ele insistia que um desembarque rápido não iria afetar em nada os planos da viagem", escreve a bióloga Janet Smith, uma das que ficaram para trás. Os dois primeiros jipes anfíbios são transportados com vivas. É difícil ver dali, mesmo de binóculo, mas parece que um dos pesquisadores, talvez o próprio Botsaris, cravou uma bandeira no cascalho escuro da praia. O *Zodiac* parte com o terceiro Argo amarrado na popa, enfrentando marolas entre blocos de gelo, lá vai ele, opa, olhe lá, Ernest Zimmer acena para os que ficaram no *Shokalski*. Algumas ondas espumam, o *Zodiac* balança e salta sobre elas. Dirão mais tarde que o bote ia rápido demais; outros, que naquele momento as ondas estavam de fato muito fortes. Mas todos viram, da amurada do convés, o *Zodiac* dar uma guinada brusca, deixando o Argo exposto a uma onda maior. Esguicho, gritos, o veículo emborcado e as pessoas tentando se safar. O motor não pega, a distância à costa é menor do que voltar, é preciso que um dos Argos o reboque até a praia.

Ao meio-dia, Vladimir Lvov informa a Bob Seymour que devem trazer os passageiros imediatamente a bordo. Seymour está com Pembleton e John Kirby, turista octogenário que, tendo servido na Marinha britânica nos anos 60, não sai da cabine de comando. Olham o céu pelas janelas embaçadas, veem apenas nuvens amenas. O dia segue relativamente claro e uma brisa leve sopra do mar. Não é uma brisa leve, diz Vladimir. Pembleton retruca, iniciam uma discussão que nem Seymour nem Kirby podem entender, mas agora o meteorologista não parece mais tão confiante quando cola os olhos no vidro e observa o horizonte. Seymour decide, por segurança, passar um rádio à equipe em terra. Botsaris responde, entrecortado por chiados, que devem esse atraso à indecisão de *alguns* antes da partida, além do mais perderam um tempo valioso tentando reparar o Argo e mal haviam começado a explorar a praia. Ainda pretendiam subir um promontório de acesso fácil e fazer fotos da baía. Seymour sorri para o aparelho, depois para o operador, a seguir para o capitão, que, nas palavras de Kirby, recontadas depois num vídeo da oceanógrafa Sarah Schwartz, começa a respirar fundo e a soltar o ar com força e perde aquele jeito indiferente dele. Diz, pelo que os três podem entender (Kirby usa aparelho para surdez), que, se a expedição em terra não voltar naquele mesmo instante, ele vai deixá-los lá, "apodrecendo como essas pedras", ou foi o que entenderam.

"É comum as pessoas dizerem que a Antártida é um ambiente dinâmico, que pode mudar drasticamente de um momento para o outro", escreve Janet Smith no blog da expedição. "Hoje nós presenciamos isso em primeira mão, ao passarmos de um tempo extraordinariamente bom para outro de chuvas e ventos fortes, com um *pack* de gelo se fechando rapidamente sobre nós."

Especialistas dirão mais tarde que o atraso da equipe em terra foi determinante para o que viria depois. "O gelo está muito denso e o *pack* impede o deslocamento do *Shokalski*, apesar das investidas agressivas do capitão Vladimir", escreve Sanjeev Chopra com exclusividade para o site da BBC. "A embarcação está neste momento parada, à espera de uma mudança na intensidade dos ventos, para que possa prosseguir. São as famosas condições extremas pelas quais a Antártida é conhecida."

Os passageiros fazem uma reunião de emergência no refeitório, para votar as próximas providências. Michael Botsaris diz que não foi ideia dele seguir para terra firme, já que o tempo estava visivelmente mudando. Scott Flanagan ergue a voz para afirmar que o capitão Vladimir não dissera nada sobre o adensamento do *pack*, nem soubera interpretar corretamente as previsões climáticas. Pembleton dá a entender que Seymour deveria ter tido mais pulso ao tomar suas decisões. Janet Smith nos deixa a par do que ocorre nos dias seguintes: "O navio está fazendo um progresso muito lento pela planície de gelo. Há uma fenda estreita que se abriu à nossa frente, mas ela mesma fica logo congelada, impedindo o avanço", é seu post de 7 de novembro. "Há icebergs de ambos os lados, a alguns quilômetros de distância; é difícil dizer o quão longe estão. Nós variamos entre um leve movimento ou nenhum movimento, e o navio tem sacudido muito."

Dois dias mais tarde: "O tempo melhorou e vimos até um pedaço de céu azul, mas as geleiras não parecem se mover. O capitão Vladimir está cada dia mais recluso em sua cabine de comando e hoje proibiu a entrada de Bob. [...] Bob parece muito afetado por tudo isso". Na mesma página, Sarah Schwartz adiciona: "Hoje deveríamos ter embarcado de volta para casa".

Num vídeo postado em 12 de novembro, Greg Sylvian aparece com os cabelos despenteados, barba por fazer. Ao fundo, o beliche desarrumado, roupas emboladas sobre o colchão. Ele coça o rosto, suspira para a câmera. "Sinto falta da... minha namorada", diz ele. "Sinto falta de pasta de amendoim."

O dia 13 amanhece com sol magnífico e temperaturas médias de dez graus negativos. Alguns membros da expedição decidem comemorar com um coquetel no convés. Botsaris propõe que desçam à banquisa, assim como a tripulação do *Endurance* fizera. Seymour, sentado num canto mais ensolarado, joga o cobertor e se ergue desequilibrado, balança o dedo tremente na sua direção, diz que está farto. Botsaris avança, olhos pregados no velho, o sorriso de quem vai parti-lo ao meio; Annette Fay empurra Botsaris, o bate-boca se espalha pelo deque. "Sua pressão não anda muito boa", escreve ela, "e todos nos excedemos essa tarde." A sorte deles parece a ponto de mudar, mas um vento forte de nordeste entra na madrugada e o dia seguinte amanhece cerrado, com neve intermitente e céu baixo. O banco ao redor deles parece se espessar nessas condições, e à noite é possível ouvir o rangido incessante do *pack* pressionando a estrutura de aço do *Shokalski*. Em 16 de novembro, o capitão Vladimir desliga os motores para economizar combustível. Estão definitivamente presos ao campo de gelo.

IV.

Gilberto Filho ri e balança a cabeça, indica que não. Lança um olhar rápido aos diretores da Guanabara, aos editores mais próximos. Rasga um saquinho de adoçante e diz que, na verdade, quem transformou Roberto Yamato num fenômeno de vendas e fez do seu livro *O egoísmo positivo* o sucesso que é hoje, foi ele, Gilberto Filho, no seu período na Panorama, e não aquela diretora deles, Elena Redondo, que tudo fez até agora para afundar a empresa. Ele despeja todo o pó na xícara de café morno, que o garçom idoso e enluvado serviu numa bandeja trêmula. Toalha descomposta, guardanapos retorcidos e largados, copos pela metade. Não sou de falar mal das pessoas, diz ele. A Elena Redondo tem lá suas qualidades (*alguém* deve reconhecê-las), nós até que convivemos bem na época em que estive lá, mas é uma pena o que estão fazendo com a Panorama Editorial.

O garçom dá a volta na mesa. Ainda há todo um lado para ele servir, mas parece esgotado. PC, o diretor-geral de Interesses Gerais, está na cabeceira, toma seu próprio café, orgânico descafeinado, e verifica as mensagens no celular, pernas cruzadas de lado, balançando a botinha lustrosa. Quando parece ler uma notícia importante, enruga a testa seca e queimada e dá uma sacudidela nos cabelos dourados, armados como um bonsai. Parece alheio à discussão, mas concorda quando Gilberto menciona a derrocada da Panorama. Maria Lucia Whitaker, perto da outra ponta da mesa, abre bem os olhos verdes e sua assistente sorri com discrição. Maria Lucia é diretora-geral da *outra* unidade de negócios, Infantis e Passatempos, e ninguém sabe o que está fazendo ali. Durante todo o almoço, não trocou um olhar sequer com PC. Gilberto Filho continua: É um perigo quando uma empresa como a Panorama contrata uma mulher (não que seja uma mulher, quero dizer, uma *pessoa*) que não entende nada do negócio, e essa pessoa começa a meter os pés pelas mãos simplesmente pela fome de poder. A Elena Redondo pode ter muitas qualidades, mas, me desculpem, ela é assim. É por isso que estão perdendo todos os autores.

— Mas eles ainda publicam o Roberto Yamato, não publicam?, diz finalmente Maria Lucia. Gilberto Filho faz que não com a cabeça, quer dizer, publicam, mas ele não sabe ainda por quanto tempo. O Roberto está só esperando uma oportunidade, diz. Não quero me gabar, mas todo mundo sabe que um autor segue seu editor para onde ele for.

Maria Lucia diz que não sabia que Gilberto também era editor na Panorama; pensava que era só o diretor de marketing. Ele responde que fazia de tudo um pouco. A gente tem de arregaçar as mangas se quiser as coisas bem-feitas. Ela diz que, pelo que entendeu, ele agora trará Roberto Yamato para a Guanabara. É isso?

— Sonhar... como é mesmo o título? Ah, sim: *Sonhe à altura dos seus sonhos*, diz ele, citando um dos livros de Roberto Yamato.

Maria Lucia ergue as sobrancelhas (sua assistente se diverte com aquela expressão), diz que sempre pensou que Roberto Yamato fosse amigo íntimo de Sérgio Martins, o dono da Panorama. Não, não, diz Gilberto Filho; isso é só fachada. *Eu* conheço bem o Roberto e sei que não é assim. PC põe o celular sobre a toalha e diz que não importa quem é amigo de quem, quem editou quem, quem faliu o quê, e sim que a Guanabara busque sempre as melhores cabeças do mercado. É o que eu quero, é o que o seu Jaime quer, o que a empresa, como um todo, quer: novas ideias, novas propostas, competitividade. É por isso que convidamos o Gilberto para assumir esse novo compromisso aqui conosco. Precisávamos de oxigenação na empresa e acho que o Gilberto é a pessoa indicada para liderar esse processo.

Gilberto Filho meneia a cabeça, sério, agradece as palavras de PC e improvisa uma fala curta, sobre a importância do trabalho em grupo e, mais do que isso, o estímulo para que cada um ali reunido dê o melhor de si, tenha espaço para pensar, buscar novas ideias, enfim, inovar. Esta é a palavra: inovação. Nesse mercado, cada vez mais competitivo, a empresa com mais dinamismo e criatividade é a que irá se sobressair. Enquanto ele fala, fixa os olhos negros em cada um dos editores, gerentes de venda, gerentes de núcleo. Tem o queixo firme, sobrancelhas grossas, a pele cor de cobre. Cabelos muito pretos, os dentes brancos iluminam seu rosto cada vez que ri. Camisa azul impecável. Fala agora de como tem aplicado sua experiência no mercado de revistas. Antes da Panorama ele foi publicitário, chegou a ter sua própria empresa de marketing (Era jovem e inconsequente, diz, e ri — todos riem), trabalhou por quatro anos como diretor de marketing da revista *Época*, depois assumiu o cargo de diretor-geral da Editora Globo. PC retoma de onde parou; diz que Gilberto Filho é um dos poucos profissionais que aliam os conhecimentos de marketing, editorial e de vendas, tanto de revistas quanto de livros, e será uma peça fundamental na Guanabara.

— Um profissional completo, diz Silvano, o gerente comercial da Unidade de Livros. Gilberto, do outro lado da mesa, concorda discretamente.

O restaurante da diretoria fica no sétimo andar, mas a vista é uma merda. Da pequena varanda de cimento, ouve-se o som indistinto dos carros. Logo abaixo, o teto ondeado do parque gráfico, mais além o morro de formato irregular com os casebres, depois a baía cor de chumbo através dos guindastes. Heloísa se perde na vista por um momento. No seu canto da mesa, as quatro editoras das revistas femininas e o editor da *Motores Possantes* concordam e balançam a cabeça com diferentes gradações de sorriso. Gilberto Filho vê o negócio de revistas e livros quase como uma missão, não só educadora, como também civilizatória, e é exatamente isso que torna esse ramo tão distinto dos outros. Distinto, desafiador e, por que não dizer, fascinante, não é? Ri, todos riem. PC concorda com a questão civilizatória. Ele também não é de falar mal de ninguém, mas estava cansado das trapalhadas feitas pela gestão anterior, que deixou a Guanabara menos produtiva, menos criativa e com muitos ruídos internos. Porque a verdade é que a gestão anterior, e não vou citar nomes aqui, era um pouco despreparada para a realidade do mercado. A gestão não vinha da mesma área, aliás era de uma área bem diferente, nós achamos que isso podia somar conhecimentos, infelizmente não somou. Fazer revistas não é como assar pães, diz PC. Gilberto Filho dá uma risada gostosa, acha a piada engraçadíssima. Assar pães, repete, e ri de novo. Com certeza ele não sabe de que ramo veio o Fernandes, seu antecessor na diretoria de Interesses Gerais.

Maria Lucia se arrasta com a bengala até o elevador, sua assecla espera com a mão atravessada, ela se ajeita entre as outras pessoas e a porta se fecha. Heloísa fica de lado no hall com a última leva. Mantém o rosto erguido para a seta de plástico apagada no topo da porta metálica, mãos juntas na frente do corpo, compenetrada demais para participar dos sussurros e risinhos das quatro editoras e do urso lerdo ao lado dela. Ela não se importa. No sétimo, os elevadores demoram mais para chegar. Ela estreita os olhos esperando a seta piscar. Mônica Filgueiras, da *Charmes & Famosos*, quer saber que história era aquela de a Maria Lucia e sua assecla terem participado do almoço. Será que esse Gilberto vai se reportar a ela também? Não, não é possível, diz Estela, da *Ideias e Soluções*; o PC deixou bem claro que ele iria cuidar apenas das unidades de revistas e livros. Bruno ri, lembra-se do momento em que Gilberto Filho confundiu Estela com Claudinha, da *Revista do Neném*. Ele começou a te falar dos filhos dele, diz Bruno, e propôs uma pauta sobre como as crianças estão aprendendo cedo sobre sexo nas mídias sociais, e você com aquela *cara*. Estela suspira e olha para o alto. Claudinha ri — ela é pequena e usa uma franja e está sempre rindo das coisas. Diz que pelo jeito chamaram para o cargo um sujeito que entende *ainda menos* de revistas do que o Fernandes. Cíntia, da *Seja Criativa*, fala que não é possível que a situação piore; ninguém pode entender tão pouco de revistas quanto o Fernandes. De uma forma ou de outra, diz Bruno, estamos fodidos. Mônica Filgueiras suspira e tira da bolsa um maço de cigarros. Querida, diz Claudinha, é proibido fumar aqui. Gente, diz Estela, não tem como ele saber o nome e a função de todo mundo já no primeiro encontro. O Fernandes ficou um ano aqui e nunca soube o meu, diz Bruno, e as quatro riem. Você até que estava bem calminho no almoço, diz Mônica Filgueiras. Bruno abre um sorriso, diz que tem certeza de que será o primeiro a ser demitido. Comenta que Gilberto Filho nem sequer olhou para ele o almoço inteiro, e as quatro negam, dizem que foi impressão dele, que Gilberto não deve ter falado nada porque não teve tempo. Estela pergunta se eles viram como Maria Lucia espremeu o sujeito quando ele disse que ia trazer o Roberto Yamato para a Guanabara. Elas concordam. Bruno diz, Só um louco para querer ser publicado aqui. A porta metálica corta-fogo à direita deles se abre com um rangido e a secretária da presidência cruza o hall dos elevadores. Seu rosto é uma carranca esculpida em madeira, ela não dirige a palavra a ninguém, seu xale bordado emana o cheiro de cigarro velho.

Empurra a porta na outra extremidade e some pelo vão. Bruno ri, um pouco nervoso, pergunta se elas acham que a secretária ouviu o que ele disse. A velha trabalha naquele mesmo andar, na antessala do escritório presidencial, desocupado há quase quatro anos. Desocupado mas ainda intacto, como se o proprietário fosse voltar naquela mesma tarde. Dizem que seu Jaime passou uns tempos internado, que melhorou, que fez um transplante de medula em Boston, que piorou, que tentou a cura alternativa na Guatemala. Alguém contou a Claudinha que Gilberto Filho visitou o velho no home care instalado na sua mansão de São Conrado. Fazem piada sobre a secretária ser na verdade seu Jaime depois da quimioterapia. Estela fica séria, espera que eles não sejam demitidos nessa nova gestão. Claudinha diz que ela está exagerando; Bruno fala, Eles podiam é demitir todos os gestores de marca numa canetada só. É, boa ideia, diz Cíntia; e por justa causa. Shhh!, diz Estela. Tem uma aqui com a gente. Os cinco olham ao mesmo tempo para Heloísa. Para seu rosto esquentando, olhos fixos na maldita seta.

Nos primeiros meses ela dizia para todo mundo: Sim, eu trabalho com livros, sou editora de livros na Guanabara. Sim, ela dizia, editora de livros. Na sua estante havia um thriller do Dan

Brown, um manual de roteiro do namorado, um livrinho de contos autografado por um colega dele do TRE, um romance do Chico Buarque que ela ganhara dois anos antes de amigo oculto. Ah, e uma série das cozinhas do mundo, que colecionara até o volume três, da China. Sim, ela dizia, editora; não aguentava mais aquela assessoria de imprensa, onde ganhava pouco e tinha de aturar uma chefe mal resolvida. Heloísa era gerente do setor de alimentação e bem-estar da CVS Comunicação, cuidava de contas como a Nutrivida, fabricante de pães de forma, bolinhos recheados e biscoitos; a Redexpress, que reunia uma rede de comida oriental (Sushiexpress), uma de pizzarias (Pizzexpress) e uma de alimentação saudável (Vitaexpress); as academias Fit Body, de planos a sessenta e nove e noventa. De longe, a que mais odiava era a Hiperfrango (congelados e resfriados, nuggets, drumetes, corações no espeto, peitos empanados, recheados), daquela dupla de caipiras de Londrina, os irmãos Roberto, que se autodenominavam *empresários* e, quanta ironia, nunca comiam frango. Quando ela e Natália viajavam para vê-los, iam invariavelmente a uma churrascaria, onde eles não paravam de olhar, com certo ar divertido, para o decote de ambas — os irmãos achavam uma espécie de piada serem atendidos por mulheres — as tratavam como um par de secretárias bem pagas — Elas são boas pra isso mesmo, falam pelos cotovelos — e riam da própria piada. Se elas se levantavam para, digamos, ir ao banheiro ou se servir de sushi no bufê de saladas, olhavam suas bundas; inclusive a de Natália, que tinha o físico de um estojo mole. À noite, mesmo com o aspecto de quem tivesse sido arrastada por cavalos na rua, sua chefe insistia para que jantassem juntas no restaurante do hotel e discutissem os resultados do dia e as ações seguintes. Ela se recusava a falar mal dos clientes.

Sim, editora de livros. Tudo mudou ao receber a ligação da secretária do Fernandes, diretor da Nutrivida. Esperava algo de rotina; trabalhavam naquela época no lançamento de um novo bolinho vitaminado. O Fernandes no entanto pigarreava e não sabia por onde começar. Olhe, disse ele, estava de saída da Nutrivida, mas não, não, ela não devia se lamentar, na verdade ele gostaria de conversar com ela justamente sobre isso. Sim, ele estava mudando de área, ia encarar novos desafios, é, o mercado de panificação tem os seus limites, pois é, temos de ousar nessa vida, e olhe, sim, tenho uma proposta a lhe fazer.

Convidou-a para almoçar e insistiu em comemorar com duas taças de espumante. Queria propor algo inusitado. Você conhece a Guanabara?, disse ele. Não, ela não conhecia. Pois bem, ele era amigo de um dos diretores de lá, o PC, que ele insistia de chamar de Paulinho por conta de uma amizade antiga. Seu Jaime, o dono da companhia, estava muito doente e seu filho único havia morrido anos antes num acidente besta, deixara como herdeiro um menino de doze anos. O menino não vai assumir nada, na prática; o Paulinho é quem manda ali. Um sujeito de visão, empreendedor nato, me deu carta branca, viu?, somos amigos de colégio. Quero você na minha equipe. Heloísa sentiu um arrepio, agradeceu a confiança, mas nunca tinha trabalhado nisso antes. O Fernandes riu, Mas você não mexe com texto? Não faz ótimos releases? Quero gente de fora desse mercado, completou. Se é assim... disse ela. É — ele gaguejou, suava — e eu — sempre quis trabalhar com você. Sorriu como se quisesse pegar sua mão através da toalha — era um pouco lento, o Fernandes.

Heloísa teve de responder em uma semana porque ele não podia esperar. Ela chorou na despedida, as meninas lhe deram um porta-clipes e um cartão assinado por todos os núcleos. Nos poucos dias livres que teve entre um trabalho e outro, comprou um laptop, dividido em doze vezes no cartão, porque agora iria trabalhar mais; até mesmo em casa, nos finais de semana. Comprou também três terninhos de crepe numa loja no Praia Shopping e parcelou em dez vezes. O Fernandes tinha um plano ambicioso de criar gestores de marca para cada unidade de negócios, e o financeiro, com o aval de Ted, alocou para ela um sujeito tímido, o Marlon, que parecia ter jeito com números. Demorou um pouco para lhe arrumarem uma mesa. Limparam a que antes era usada para fazer os pacotes do correio, no terceiro andar, de onde se via parcialmente o telhado de zinco das rotativas.

Em casa, largada no sofá em frente à TV, tentava contar seu dia a Murilo. Mas ele franzia o rosto, tinha aversão a tudo o que fosse relacionado a trabalho. Um sujeito grande, com cabelos revoltos em tons arruivados; parecia um leão velho. Estava havia anos num cargo de terceiro escalão do Tribunal Regional Eleitoral e seu dia mais agitado consistia em gerar multas e certificados de quitação a pessoas que precisavam estar com os papéis em dia para obter passaportes. Tinha aptidão artística e precisava de tempo para botar no papel uma peça em três atos que vinha gestando nos últimos meses, entre outros projetos.

— Sim, eu trabalho com livros, sou editora de livros.

— Sério?, respondeu um jornalista amigo de Murilo. Ela havia tomado três cervejas e se sentia eufórica, ria, ele também, enquanto olhava a curva dos seus seios pelo botão acidentalmente solto da camisa.

— Sério, disse Heloísa. Vou coordenar toda a área de livros da Guanabara.

— Ah, disse ele, momentaneamente desinteressado. E depois: Mas não está à venda?

— Como?

— A Guanabara. Não está à venda? Tinha um boato. Não entendo como aquele mastodonte continua em pé.

Não soube como responder e ficou calada, sentindo o calor no rosto. Disse que não tinha previsão, não. A empresa estava tendo um ano muito bom.

Foi tomada, naquela madrugada, por uma sensação persistente de cansaço. O apartamento onde estavam era quente e estranho; nunca tinha ouvido aquela música antes e três ou quatro pessoas dançavam entusiasmadas entre os móveis afastados, como se a provocassem. A sombra de Murilo, recortada pela luz da cozinha, não parava de gesticular e sorrir para uma garota mais nova. Pensou no trabalho, em acordar na segunda-feira seguinte e no longo caminho esfumaçado do túnel Rebouças, onde motoristas jogavam seus carros uns contra os outros; na violência do entorno da Guanabara e nos pivetes aboletados nas grades do estacionamento; nas vagas descobertas, de pedras irregulares e poças de água parada com focos de dengue (o mosquito derrubara um terço do telemarketing naquele verão); no bandejão com cheiro de fritura, instalado num galpão desativado da gráfica; naquele prédio com formato de caixote, sete pavimentos cinzentos de janelas encardidas; nos andares recobertos de linóleo cinza e divisórias baixas; na mesma foto retocada de seu Jaime com expressão severa e cabelo tingido, repetida ao infinito em molduras cromadas nas salas e corredores; nas duas pobres samambaias na entrada da unidade de livros, e nas mesas muito juntas umas das outras, com as pessoas se odiando mutuamente. Nunca se sentira tão velha.

O que mais Heloísa aprendeu nesse primeiro ano na Guanabara: que os banheiros do primeiro e do segundo andares são infectos e ela nunca precisou pôr os pés ali, graças a Deus. É onde ficam os departamentos de atendimento ao consumidor e de assinaturas, o financeiro e o de vendas. O terceiro andar, o dela, tem banheiros razoáveis, mas muita gente conhecida. Além da unidade de livros, há o jurídico e o departamento de infantis. Na ala norte, do outro lado do hall dos elevadores, estão o RH e o marketing. O quarto andar é o mais movimentado, com as cinco revistas de interesses gerais e o núcleo de passatempos. No quinto as coisas começam a melhorar, e numa situação de emergência ela pode subir correndo os lances de escada e usar uma das baias — o banheiro vive às escuras, o andar está completamente desocupado, com uma das alas refletindo a luz das janelas, a outra atravancada com antigas divisórias e fios, cadeiras quebradas e mesas vazias; é o que restou da extinta *Ponto de Vista*, a revista semanal que chegara a ter alguma influência no final dos anos 80, antes de fechar definitivamente as portas com a crise econômica dos anos Collor. As privadas estão manchadas, os assentos rachados, mas reina o benefício da paz e do silêncio. No sexto ela não entra; é da diretoria e dizem ser de granito branco, apenas dois cubículos por banheiro, com sabonete líquido de qualidade e toalhas de pano. Resta o sétimo. A ala norte abriga o restaurante executivo e a sala da presidência. Na ala sul há um auditório para duzentas pessoas, completo com salinha de projeção e cadeiras de vinil bege, carpete mostarda, paredes revestidas de madeira escura. É usado uma ou duas vezes no ano. O sétimo é, de longe, o melhor.

Pausa por um momento porque o celular vibrou, ela o puxou da bolsa. Havia uma mensagem de Murilo, Quero te ver hoje gata.

Gata? Ele nunca me chamou de gata.

Estava deitado no sofá comendo batatinha quando ela chegou. Deixava o tribunal todo dia às seis em ponto e talvez pudesse aproveitar melhor o horário. Tampouco queria sair, disse que não havia nada no cinema. É como se a gente fosse um casal de velhos, disse ela; você só se anima quando está com os seus amigos. Não é verdade, disse ele, tomando um gole da cerveja. E você nunca ouve o que eu digo, não tem interesse pelas minhas coisas. Não é verdade, disse ele. Você por acaso me perguntou se havia algum filme que *eu* gostaria de ver? Murilo a observou por um momento, perguntou se havia algum filme que ela gostaria de ver. Agora não adianta mais, disse ela; e você nunca me chamou de gata, que história é essa de gata? Eu nunca te chamei de gata?, disse ele, recolocando a cerveja no chão com cuidado. Não, nunca. Não posso te chamar de gata? Pode, falou ela, mas você nunca tinha me chamado de gata antes. É que eu estava pensando em você, disse ele, e queria sair logo do trabalho. Ela riu incrédula. Ele voltou a se deitar e se lamentou; quando não dizia nada, ela se ofendia. Quando dizia que estava pensando nela, também se ofendia. Assim fica difícil, disse ele. Comeu mais batatinha, atento ao noticiário. Duas pandas do zoológico de Chapultepec, no México, seriam submetidas a um processo de inseminação assistida. Tomou outro gole de cerveja. Ela disse que tudo o que o Fernandes havia planejado estava dando errado. Quem é o Fernandes?, disse ele. Ah, não, Murilo, estou cansada de dizer; é o meu chefe. Ah, é, eu tinha me esquecido. Ela voltou a dizer que estava tudo dando errado. O método do Fernandes, que parecera tão simples, não estava funcionando nas planilhas de Excel do Marlon, ou o Marlon talvez não tivesse entendido nada do que o Fernandes lhe explicara. Na última reunião ele gritou com Marlon. Nunca vi o Fernandes perder a paciência, comentou ela.

— Uh-hum…

— Andam falando pelos corredores que, se o Fernandes rodar, é capaz que a diretora de infantis assuma toda a área de interesses gerais. Ah, disse Murilo. Heloísa pediu um espaço no sofá e sentou ao lado dele. Pegou uma batatinha. Comentou que Maria Lucia lhe dava medo. Dois dias atrás entrou no elevador e lá estava ela, apoiada na bengala com as duas mãos. Cercada de subalternos e no entanto encarava Heloísa sem piscar, como se pudesse ler qualquer coisa na sua mente. Você sabia, Murilo, que em cada sala das assistentes dela há um sofá? Que a Maria Lucia só consegue despachar meio deitada, por causa da dor nas costas? Eu a vi hoje pela divisória de infantis, a bengala de lado, as pernas esparramadas... Murilo?

— Estou ouvindo.

— Acho que não.

— Estou, claro que estou.

— O que eu acabei de dizer?

— Você estava falando do trabalho.

— Pare de mexer no celular, por favor.

— Já parei.

— Pelo menos enquanto eu falo com você.

— Já parei.

E de como aquela megera disputava o poder com o PC, o diretor-geral da sua área. O PC não dava a mínima, aliás nem se falavam, Heloísa sempre achou que ele fosse o homem de confiança do seu Jaime mas agora estava em dúvida. Quando o seu Jaime morrer, disse ela, vai deixar um herdeiro de, sei lá, uns dez anos. A mãe é uma ex-modelo que não liga para nada. O chefe da minha área tem ideias, é bem dinâmico. Está empenhado em recriar a *Ponto de Vista*, você se lembra da revista? Mas ele acha que é preciso revitalizar a marca, deixá-la mais jovem — o Fernandes me contou, ele me conta tudo. Você imagina que o nome do PC é Paulo Coelho e ele faz luzes? Murilo?

— Estou ouvindo.

Ele parou de digitar no celular e se levantou, foi à cozinha pegar outra cerveja. Ela ficou um momento congelada, olhando o brilho da televisão. A descoberta de uma formiga subterrânea na Amazônia que conviveu com os dinossauros vai mudar a forma como entendemos as formigas. Ela ouviu a geladeira sendo aberta, ele provavelmente procurava alguma outra coisa para beliscar, ele não parava de beliscar, estava ficando com uma barriga ridícula, suas cuecas sem elástico, meu Deus, o que ela fez para merecer um sujeito desses. Às vezes achava que deveria tomar uma atitude. Ela esperava mais da vida. Estava perdendo a juventude, no ano que vem faria trinta e um e estava emperrada naquele quarto e sala, vida medíocre. Ela ouviu os armários sendo batidos, arregalou os olhos, viu a ponta do celular dele enfiado no sofá. Imóvel como um ratinho do campo, ouviu atentamente os movimentos de Murilo, ele destravou a porta do micro-ondas, ia fazer uma pipoca, ela continuava a ouvir, muito atenta, ele rasgou a embalagem plástica, ela sabia que não devia, mas no instante seguinte puxou o celular dele por entre as almofadas, o celular tinha um bloqueio de tela. Como os dedos dele estavam sempre engordurados, ela viu a marca em ziguezague na superfície, refez o traço com o indicador e o celular se abriu, o micro-ondas ronronava, as primeiras pipocas começavam a estourar, o dedo dela descia por uma conversa cheia de risinhos e beijinhos e caretinhas animadas, ele tinha escrito tudo aquilo enquanto ela *falava*? Enquanto viam as notícias? Ela — Murilo estava de volta à sala, o pacote nas mãos exalando vapor, nem ao menos colocar numa tigela o vagabundo colocara. Murilo ficou ali parado. Ele podia ter dito tantas coisas, tantas, podia ter se desculpado, mas ficou ali, fechou a cara, depois tentou ganhar a discussão no grito, ordenou que ela devolvesse o celular. Eu não espiono suas coisas, Heloísa.

Dobrada em dois com a cabeça entre as pernas, uma idiota. O canalha nem ali para sentar ao lado dela, o canalha dizendo que *também* tinha planos, *também* tinha problemas, estava cansado de fazer sempre as mesmas coisas, não era culpa dela, era com ele, com *ele*, ela respirava rápido e mesmo assim lhe faltava ar, dobrada e segurando as canelas, não entendia o que ele dizia, nunca tinha sentido aquilo antes, aquela dor, precisava de um médico.

Murilo ali, sem saber onde colocar a pipoca, devia estar chateado com o pacote esfriando. Vai comer sua pipoca, ela disse entre as pernas, Eu não quero pipoca, ele respondeu, ainda parado ali, para depois fazer cara de choro e dizer que *também* estava sofrendo.

— *Sofrendo? Você?*

Disse isso e começou a chorar, não deveria, sentia-se uma pobre coitada, segurando as canelas com mais força, canelas grossas, não iria a nenhum lugar com elas. Soluçou e tremeu mais, e ele, ainda parado, disse que era melhor ir embora, ela se endireitou, esfregou o nariz com o antebraço e quis saber quem era a vagabunda. A idade. Se ela a conhecia. Perguntou onde ele iria dormir. (Na casa de um amigo, ele disse. Num hotel. Eu me viro.)

O Fernandes, do outro lado da mesa, parou de digitar, olhou-a sobre os óculos e perguntou se estava bem. Ela disse que sim, tentou voltar àquele momento presente.

— Pois você está com uma carinha péssima.

Sim, uma carinha péssima. A cabeça formigava, não andava dormindo bem. Acordava no meio da noite com falta de ar. Não conseguia pensar direito e teve de segurar as lágrimas quando o Fernandes a olhou com aquela cara de ursinho; perguntou o que poderia fazer para ajudar. Heloísa baixou os olhos, o Fernandes voltou a digitar no computador. Ela disse, olhando as mãos, que não era que não conseguisse resolver as coisas sozinha, mas queria conversar com ele porque os editores não seguiam nenhuma das recomendações dela, e queria saber se o Fernandes não podia chamar todos ali para explicar de novo seu método. Ele suspirou e parou de digitar. Disse que já havia explicado tudo, mais de uma vez, ela tinha de mostrar um pouco de autoridade ou eles iriam montar em cima. Mas eu mostro autoridade, disse Heloísa, apertando os dedos. Contou que Oscar, um dos editores, contestara a planilha do Fernandes na frente de todo mundo.

— Como assim, contestou?

— É, ele comentou que, se pusesse uns números irreais, aumentando muito a tiragem e diminuindo os custos, conseguiria aprovar qualquer projeto, e que a planilha não funcionava.

— Mas não é para pôr números *irreais*, respondeu o Fernandes. É uma planilha de viabilidade.

— Eu sei, mas foi o que ele disse.

— Mas você tinha de se impor, Heloísa. Mostrar que ele estava *errado*.

Ela havia se imposto, claro que havia, e tinham discutido, teve de ser muito dura com o editor, explicou de novo e com toda a calma a planilha em detalhes, mas se o Fernandes pudesse descer lá um dia, ou chamar uma reunião geral, poderia resolver qualquer outra dúvida e mostrar que dava total apoio a ela. Ele suspirou de novo e disse que esperava que Heloísa pudesse resolver a situação sozinha, ele no momento tinha outros problemas mais sérios e não podia ficar discutindo intrigas na equipe. Você tem de liderar, Heloísa. *Lidere.*

— Mas o que eu faço?

— E o que *eu* posso fazer?

O Fernandes a olhou sem paciência. Ela baixou de novo o rosto, sentindo seu silêncio. Depois o fitou. Talvez estivesse de fato mais abatido nos últimos dias. Nunca o vira com essas olheiras na época da Nutrivida. Você é uma gestora de marcas, Heloísa. Não, me escute, deixe eu terminar minha linha de raciocínio.

Você é minha pessoa de confiança lá embaixo. Converse com eles. Faça uma reunião com todo o grupo e leve o seu menino do financeiro… como ele se chama? Isso, o Marlon. Explique a eles a importância dos custos. Fale com o… o gerente de livros, qual é o nome dele? Isso, fale com o Marcilio, engaje ele no projeto, coloque-o do *seu* lado.

Ela queria saber ainda uma última coisa. Tinha ouvido boatos, de jornalistas que conhecia bem… porque tinha muito contato com jornalistas da área cultural… nada concreto, mas… É verdade que a Guanabara está à venda?

O Fernandes riu com seus dentes cinzentos. Que bobagem. Claro que não.

— Mas e quando o seu Jaime morrer?

— Ora, tocaremos o trabalho com mais autonomia ainda. Eu conheço o Paulinho dos tempos do colégio (já te disse isso?), não há com o que se preocupar.

— Mas e a Maria Lucia?

Riu mais forte, quase uma gargalhada. Mulher ultrapassada, disse ele. Não soube se reciclar na hora certa; aquela área infantis dela é totalmente deficitária. Vai ser a primeira a rodar na nova gestão.

Como Heloísa continuava ali parada, o Fernandes ficou sério e a encarou com profundidade. Cruzou os dedos na frente da barriga.

— Heloísa, Heloísa… confie em mim. O que pode dar errado?

Decide dedicar mais tempo ao pai, no sábado pega o carro e dirige sozinha até o Recreio dos Bandeirantes, onde o colocaram numa clínica de repouso. Muito boa, com um ótimo quintal, seria excelente para sua saúde mental se convivesse com outras companhias da mesma idade. O pai sempre quisera morar na serra, longe da cidade, ver todo o dia o pôr do sol entre as montanhas — Sim, lhe disse isso, ela se lembra muito bem, já no final, quando confundia as coisas, alguns dias antes do fatídico tombo no banheiro — Papai, o senhor não pode mais ficar sozinho, disse ela no hospital — o irmão não podia largar o trabalho naquele período e a deixou por conta própria. Ali não era a serra, mas pelo menos havia árvores. O irmão, ao telefone, foi veemente na sua oposição, chamou aquela internação de falta de humanidade. Falta de humanidade era não levar o pai a São Paulo para morar com ele na casa nova, que Heloísa não conhecia, mas pelo jeito era enorme e podia acomodar mais uma pessoa; E vai ser ótimo suas meninas conviverem com o vovô. Como você quer que eu traga o papai para São Paulo, Heloísa, se ele passou a vida inteira no Rio? Você quer então que eu traga ele para morar comigo, Cláudio Mário? Num quarto e sala? O irmão estava dizendo que não era isso, ela sempre radicalizava as coisas, Não estou radicalizando nada, Cláudio, é você que é egoísta — Não *sou* egoísta — de que vale ter tanto dinheiro se a pessoa não tem um pingo de sentimento? Não é verdade, Heloísa. É verdade, sim, e você sempre foi muito mimado, Cláudio Mário.

Santa Amália, Point do Vovô, Santa Gertrudes — não foi fácil achar uma clínica que não os deprimisse completamente. Ela traz na bolsa uma caixa de bombons (não sabe se é permitido alimentar os idosos) e três revistas de palavras cruzadas que pegou na Guanabara, ouviu dizer que combate o Alzheimer. A rua é movimentada e barulhenta, mas barulhento mesmo é o vizinho, com latidos de uma dúzia de cães reverberando atrás de um portão alto de ferro, pintado de zarcão, que balança como se fosse arrebentar e exibe, na fresta inferior, focinhos nervosos que a buscam quando ela passa. Que engraçado, há um velhinho todo encasacado na portinhola da clínica, forçando a tranca por fora como se quisesse abri-la. Tem um boné de lã e um volume mole dobrado no outro braço. São camisas e calças ainda nos cabides de plástico. O velhinho força de novo a tranca e olha para ela. Heloísa dá um gritinho e para.

— Me ajude aqui, mocinha.

— Papai?

— Eu preciso fugir. Me ajude aqui.

Quando o pai empurra de novo o portão, ela aperta com força o pescoço, que lateja. Papai, sou eu.

— Me ajude aqui, faz favor.

— Para onde o senhor acha que vai?

Seus olhos são de uma opacidade cruel. Para a casa dos meus filhos, diz ele. E como o senhor vai até lá? Ora, de táxi.

— Pai, sou *eu*.

Ele suspira e se endireita. Constatou que a batalha está perdida. Do quintal vem uma mulata gorda de branco e avental verde de plástico. Seu Mário, o que o senhor está pensando em fazer? Ela se aproxima com dificuldade, arrastando os chinelos, como se lhe faltasse ar (deve ter corrido no caminho). Se eu me descuido, diz ela para Heloísa, ele vai para a rua.

Decide também dedicar mais tempo a si mesma. Não sairia mais à noite; não iria beber tão desbragadamente nem perder a memória por bebida; compraria uma bicicleta. Encontra uma mestra monja no YouTube, adquire potinhos de masala Vata, Pitta e Kapha. Tenta seguir uma receita de couve-flor e o resultado não é de todo mal, apesar do gosto de terra. Compra iogurte natural, açúcar demerara. Se interessa pelo anúncio de um retiro espiritual durante o Carnaval num Ashram em Santa Catarina, mas quando liga para se informar o pacote é exorbitante. Os orgânicos que comprou estragam na geladeira; é difícil cozinhar para só uma pessoa. Teria passado os cinco dias em casa, vendo minisséries e comendo Pringles com Coca Zero, se Fátima não tivesse ligado para que a acompanhasse num bloco de domingo. Heloísa quer saber quanto tempo faz que Fátima não vai a um bloco. Bastante tempo, lhe diz a amiga, deixou de ir por causa do filho, mas sempre gostou de carnaval de rua. Sei, diz Heloísa, pouco convicta. Fátima garante que vai ser divertido, Há quantos anos não saímos juntas, só nós duas? Heloísa diz que sim, faz muito tempo, mas está pensando em cozinhar no Carnaval. Fátima diz que ela pode aprender a cozinhar depois. Como Heloísa ainda se recusa, a amiga confessa que está insegura de ir sozinha. É um bloco pequeno, de funcionários da Petrobras, que sai no final da manhã da rua da Carioca e termina na frente da sede. O cara que está namorando é um engenheiro charmosão da área de abastecimento, toca na banda. Toca o quê?, pergunta Heloísa. Fátima não sabe, mas sente que desta vez é sério. Pensou muito, resistiu muito, tinha receio de sair com alguém do trabalho. Mas enfim, a Petrobras é grande, ela praticamente não o vê no dia a dia, e aliás ele também é divorciado, tem três filhos — meninos —, então sabe como é complicado namorar e cuidar de crianças ao mesmo tempo.

O bloco se chama Me Perfura que Eu Jorro e a banda não parece capaz de tocar e se deslocar ao mesmo tempo. O sujeito do bumbo é da área cultural e, extorquindo os fornecedores de sempre — rá-rá-rá, como é divertido trabalhar na Petrobras —, arrumou todos os equipamentos e as camisetas de graça, além de perucas laminadas. Heloísa não para de se abanar, o calor úmido do cimento sobe pelas suas pernas brancas. Fátima usa uma anteninha prateada, a bermuda aperta suas gorduras e as coxas parecem dois roletes de churrasco grego. A cerveja dos ambulantes está morna. O tal namorado, barbudo e suado, usa uma peruca rosa e tenta tocar trompete à beira do infarto. Camisa colada na barriga, os óculos escuros escorregam sempre que ele empunha o trompete — para no meio do refrão para ajustá-los. Os mendigos xingam os foliões. Todos ali se conhecem, com a exceção de pequenos grupos à deriva que passam pelo largo em busca de outros blocos ou de cerveja. Matias está em um deles.

Heloísa demora a reconhecê-lo. Está de cartola felpuda muito grande para sua cabeça. Mas é o mesmo Matias, pálido, de barba e cabelos muito negros, que ela conheceu naquele albergue madrileno quanto tempo antes? Dez, doze anos? (Meu Deus, como o tempo corre.) No meio do parque Casa de Campo, acessado apenas por uma trilha na margem do asfalto pontilhada de camisinhas. Era a última noite dela e de Dinah, sua amiga rebelde da faculdade, em Madri (precisa encontrar as fotos da época).

Dinah não lhe dava atenção naquele trecho da viagem, havia conhecido um grupo de alemães e queria segui-los para a Costa do Sol. Heloísa terminou no subsolo do albergue, bebendo com estrangeiros — um deles, barbudinho e magro, era carioca, ela nunca diria — Meu Deus, conheciam pessoas em comum do colégio — Nossa, frequentaram os mesmos bares — ele parecia brilhante, maduro. Havia trancado o último semestre da faculdade de física para viajar, dali iria à Suíça, queria conhecer o Cern, pensava em tentar um estágio — sonho impossível — Por que impossível? (*Você pode ser o que você quiser*) — ele depois descreveu a beleza da física de partículas — era lindo ouvi-lo falar. Seguia naquele trecho com um ex-soldado canadense que conhecera em Paris, o canadense falava para dentro e não parava de olhar a forma dos seios dela sob a camisa. Viajava também com um casal de australianos, inicialmente Heloísa achou que ele tinha algo com a menina, uma baixinha peituda com piercing no nariz — Heloísa quase fizera um em Florença, agora se arrependia da falta de coragem —, e quando a garota subiu com o australiano para os quartos ela ficou eufórica, agitada, Matias e ela conversavam com dois israelenses que tinham acabado de servir no exército e de cara se desentenderam com o canadense, que defendia absurdamente o direito dos árabes, ou pelo menos foi o que entenderam porque, como eu disse, ele falava *para dentro*, e Matias a enlaçou como se fossem um casal antigo, ela tinha pressa, os três ainda discutiam e os israelenses não iriam sair dali tão cedo. Heloísa nunca sentira tanta sintonia com alguém; levantaram-se rindo, ele comprou mais duas cervejas, Vamos nos sentar ali naquelas almofadas, ela disse. Ele a beijou, primeiro de leve, sorriram, Matias não queria avançar o sinal, a todo o momento muito meigo, ela o guiou até seu seio direito e o beijou com violência.

— Não, por favor não, disse Heloísa; tenho um trem amanhã bem cedo para pegar. O bar estava fechando, alguém fumava num canto escuro, eles aproveitaram o anonimato para subir as escadas até o quarto de Matias no segundo andar. Heloísa trombou contra um beliche, riu, abafaram as risadas, Matias pedia silêncio com gestos, alguém se mexeu numa das camas. Outro ressonava. Tinham medo de o beliche não suportar o peso, a estrutura toda rangia e riram de novo, tentaram se controlar e riram mais, o sujeito que roncava fungou, mudou de posição e voltou a roncar. Matias se encaixou entre as ripas do estrado que o colchão fino não disfarçava e a segurou pelo quadril, ela se apoiou nas grades da cabeceira. A cama batia contra a parede e os rangidos a desconcertavam. O ronco do vizinho mais ameno, eles deitados num abraço. Ela ofegava, um pouco enjoada, uma lágrima cortava lentamente o rosto, as frestas iluminadas das persianas tortas, o dia amanhecia e ela não pegava no sono.

— Eu mudei tanto assim?, diz agora Heloísa, na frente dele, sentindo-se de repente muito branca, acima do peso, aquele cabelo horrível, as pernas peludas, Não, não, não, diz Matias, abrindo um sorriso de câmera lenta. Beijos molhados nas bochechas, conversa entrecortada, Heloísa se dá conta de que ele já passou do ponto da bebida. Está com alguns caras que insistem em ir embora. Ele anota seu número na palma pegajosa e diz que não se esqueceu.

O hall da Guanabara nesse dia abarca todos os personagens da Xica & Seus Amigos em grandes figuras de papelão. As duas recepcionistas estão de roupa nova, colocaram vasos na entrada. Heloísa desce a rampa com Raissa, a gestora de marcas das revistas femininas. Estão a tempo suficiente na empresa para saber que os herdeiros de Sérgio Vianna farão uma visita à área de infantis em busca de mais dinheiro. Heloísa viu Neusa Vianna, a irmã do meio, apenas uma vez. Baixinha, de camiseta e chinelo, o cabelo desgrenhado, sem nenhuma maquiagem, malvestida, parecia um torneiro mecânico. Ela diz isso e os editores das revistas, com quem divide a mesa do bandejão, reagem com um sorriso blasé. Estela comenta que Neusinha Vianna é a única pessoa que consegue dobrar Ted e Maria Lucia, eles fazem o que a megera manda. Cíntia pergunta se eles se lembram de como era na época do Serginho Vianna, o irmão mais velho. Bruno ri discretamente, como um sábio. Claudinha fica curiosa e pergunta se era pior. Cíntia e Bruno dão risada. *Muito* pior, diz Bruno. Esse era um traste; só saiu porque a Neusinha e o irmão mais novo deram um golpe dentro da empresa. Estela comenta, Herdeiros só pensam no dinheiro fácil. E Cíntia: O pai deve se revirar no caixão sempre que um dos filhos tem uma ideia brilhante. Raissa diz com sua voz fina que sempre adorou as historinhas da Xica; lia quando era criança. Não a ouvem. Bruno diz, mastigando, que dessa vez a Neusinha rompe com a Guanabara; Me disseram que estão muito insatisfeitos porque a Maria Lucia tinha prometido vender a marca para a América Latina e o projeto nunca decolou. Nem tentaram, diz Estela. Sem a Xica & Seus Amigos virão as demissões, diz Bruno, podem escrever o que eu digo. Nossa, como você é pessimista, fala Claudinha. Cíntia diz que pior do que está não pode ficar. *Sempre* pode ser pior, fala Estela.

Bruno lhe pergunta se, aliás, já se reuniu com Gilberto Filho para discutir as novas metas. Foram propostas numa grande convenção no sétimo andar na semana anterior e estão sendo detalhadas em cada unidade. Estela diz que não; olha desanimada a bisteca pálida no prato. Diz, sem se virar, que não está botando muita fé nessa iniciativa. Projeto Londres?, diz ela; só pode ser brincadeira. Claudinha pergunta se o menino vai mesmo assumir a direção da empresa; participou com a mãe de toda a apresentação de metas, o que se diz pelos corredores é que vai ter um papel fundamental na Guanabara. Estela acha que o menino parecia um boneco de pilha. Cíntia, um anãozinho disfarçado. Bruno brinca que deve ser o seu Jaime depois da retirada de alguns órgãos. Cíntia o interrompe, diz que ouviu dizer que seu Jaime está de fato muito mal e vai ser internado na Suíça para uma cirurgia de ponta; irão criar um novo tecido pulmonar com suas próprias células-tronco. Bruno ri, diz que é absurdo, quer saber onde ela ouviu isso. As secretárias andam espalhando por aí, diz Cíntia. Estela fala que provavelmente o PC vai assumir tudo de uma vez e o menino terá apenas um papel decorativo. Bruno comenta que, para ele, o velho já morreu, só que ninguém tem coragem de contar. Agora vão colocar esse menino no comando sem que as pessoas saibam a verdade, diz ele, e assim o menino não vai enfrentar nenhum tipo de resistência, nem perde a Xica & Seus Amigos. Claudinha diz que Bruno gosta de exagerar; o menino é estranho, mas parece bonzinho. Quantos anos ele tem?, fala Cíntia. Dez, doze anos? Olha, comenta Bruno, a mãe dele não é de se jogar fora. As mulheres riem. Estela diz que ele é machista. Raissa ri porque as editoras riem. Heloísa, que só está ali porque desceu com Raissa, ri também. Não quer perpetuar a ideia de que as gestoras de marca são todas umas vacas, como dizem por aí. Ela corta o bife cinzento, muito cozido. Bruno comenta que não vai ser fácil trabalhar com uma criança no comando. Pelo menos o menino deve gostar de carrinhos, diz Estela. Ou de trenzinhos. Você pode mudar a revista e englobar outros meios de transporte, diz Cíntia. E naves espaciais, responde Bruno, com um sorriso melancólico. Heloísa aproveita o silêncio e diz que conheceu o menino numa reunião *antes* da apresentação no auditório. As cabeças se viram para ela, que sente o rosto esquentar. É verdade, diz ela, participei de uma conversa rápida com eles antes de entrarem; não aprofundamos nada, foi mais para as pessoas se conhecerem. Claudinha e Cíntia se entreolham, Estela diz que não sabia que as gestoras de marca tinham preferência com eles. Não têm, diz Heloísa; eles me chamaram porque queriam ver uma planilha que *eu* tinha feito. Mas não foi nada de mais.

Ela talvez não se lembre se for recontar a história, mas saiu do elevador atordoada, como num pesadelo. Havia acordado enjoada, não sabia se era algo que havia comido, correra para o banheiro e não saíra nada. Desembarcou no sétimo com os cabelos molhados, o estômago ainda embrulhado, o auditório já estava cheio, quase todo mundo da unidade lá. Silvano sentado com Gerson, o produtor gráfico. Oscar e Emerson, os editores, logo a seguir. Dona Selma, a assistente, perguntou se ela havia trazido a planilha das apostas do marketing, não, ela não havia trazido planilha nenhuma, estava sentada duas fileiras à frente com Raissa e Ana Mirelle (a assessora, muito maquiada e nervosa), elas achavam que iriam apenas ouvir uma apresentação da diretoria, mas não, aparentemente cada núcleo teria de ir até lá, no estrado, e fazer uma apresentação sucinta, mas ninguém lhe dissera nada. Ela olhou ao redor procurando por Marcilio, o gerente da unidade. Estava atrasado, ou tinha ido ao médico; Silvano, da sua poltrona algumas fileiras acima, não deixava claro onde diabos estava Marcilio, então, disse ele, cada um iria apresentar sua parte lá na frente — Mas ninguém me avisou nada! — lívida, querendo chorar — um buraco negro corroía a matéria do seu estômago — Mas nem planilha eu tenho, disse ela. Então imprima uma, gritou Silvano da sua posição. Gerson riu. Ela olhou ao redor, para Emerson e Oscar, até eles tinham papéis encadernados e coloridos no colo, só podiam ter feito de propósito, não avisá-la, como se ela tivesse feito alguma coisa *contra* eles. Ela se levantou e foi passando pelas poltronas ocupadas, com licença, licencinha, com licença, e subiu a rampa acelerada, as pessoas continuavam a chegar, a jorrar pelos portões do auditório, com licença, no hall os elevadores demoraram a chegar, imprimir, imprimir, imprimir, tudo parecia tramar contra ela, a máquina com papel engasgado, a planilha desatualizada, Ana Mirelle que não atendia o maldito celular para lhe informar onde estava a planilha certa, depois ela atravessando os corredores desertos, o elevador não aparecia, olhou o relógio e estava dezessete minutos atrasada, quando saiu no sétimo com os papéis apertados no punho, quando ela *saltou*, a porta mal havia se aberto, deslizou ofegante pelo hall e a comitiva estava lá, haviam acabado de chegar e conversavam numa roda antes de se dirigirem ao auditório, Heloísa quase caiu em cima deles e Mariane Moraes, a mãe, brincos e anéis dourados, os cabelos presos num coque muito justo — estilo executiva de sucesso de lábios carnudos — virou-se muito discretamente para ver Heloísa desabando do elevador e deu dois passos de lado, precavida, com as mãos nos ombros do menino, como se o protegesse de uma ameaça, e talvez tenha apertado os ombros do filho com força, porque ele também se virou. Branco, muito branco, os cabelos escuros colados com gel, terninho risca-de-giz, uma gravata cinza de listras negras, Heloísa diria um agente funerário mirim, um pouco narigudo para a idade, e nem uma risada ele deu quando ela se inclinou ligeiramente, ainda esbaforida, e disse, Oi, oi, tudo bem? O menino olhou bem nos olhos dela, sem dizer nada, e foi baixando pela roupa até terminar nos saltos. Depois subiu de novo, pelas pernas, pela camisa estampada, pelos cabelos molhados, e a encarou, sem simpatia nem prazer.

Paulo Coelho, Ted e Gilberto Filho também estavam de terno e gravata, sóbrios, exceção feita à gravata de pc, de pegada futurista, tom caramelizado de uma bala de ovo. Ele a fitou como se não a conhecesse, aqueles olhos claros gelados, os cabelos armados numa onda solar.

— Mariane, Jaime, gostaria de lhes apresentar Elisa, nossa gerente de comunicação, disse ele, e a mãe acenou muito de leve, enquanto Heloísa, suando, sem a chance de corrigir nome e cargo, se aproximou mecanicamente para dar dois beijinhos, que a mulher aceitou numa espécie de choque. Heloísa recuou assustada e, sem saber o que fazer, esticou a mão e deu tapinhas no cocuruto do menino, até se dar conta da imprudência e retirá-la como se o cabelo tivesse espinhos.

PC havia franzido amplamente a testa. Mariane Moraes esboçou um sorriso frio. A luz do elevador piscou. Maria Lucia surgiu arrastando-se na bengala com uma camisa de seda cor de sangue e batom vermelho, a assistente logo atrás, saia e jaqueta de couro sintético preto justo, pareciam saídas do inferno. A assistente segurava com ambas as mãos uma sacola plástica da Guanabara, que manteve ostensivamente à frente do corpo enquanto Maria Lucia cumprimentava o menino. Depois o estendeu à diretora, como se houvessem combinado aqueles movimentos antes, e a diretora, por sua vez, o deu ao menino — Veja, essa vai ser nossa primeira edição da *Xica Jovem*, disse ela, e o menino aceitou a sacola depois de olhar para a mãe, sem o menor interesse de abri-la e espiar o que havia dentro. A mãe disse, É educado abrir os presentes, meu filho, e ele tirou o volume da sacola, Maria Lucia disse, Você se lembra? Nós falamos desse projeto na nossa reunião, e esse exemplar é o que chamamos de uma boneca, porque ainda não é o final, é um modelo, um protótipo, veja, as ilustrações são as *verdadeiras*, desenhadas pelo próprio Valtinho Vianna. A assistente pegou de volta a sacola enquanto o menino manuseava aquele livrinho com certo asco. Que cheiro é esse?, disse ele para a mãe. Maria Lucia riu, disse que era a cola, É um exemplar tão especial que foi colado à mão, veja aqui, ele autografou para você, veja (metendo os dedos inchados no livro), aqui na primeira página, para o... como é? Esses artistas têm cada letra... para o Jaime Neto e... Ah, sim, disse ela, fingindo decifrar o que na verdade sabia de cor, Com muito sucesso em sua nova empreitada.

O menino olhou aquilo por um tempo, depois olhou para a mãe. Ao fundo, a assistente comentava como era difícil que o Valtinho Vianna desse *qualquer* tipo de autógrafo, ela mesma nunca tinha visto um pessoalmente. Gilberto Filho concordou, realmente era muito difícil, mas observou que o Jaiminho era uma pessoa muito especial e merecia receber aquele autógrafo, e a assistente alargou bastante o sorriso, replicou que sim, é claro, ela nunca insinuou que Jaime Neto não merecesse aquilo, tinha apenas comentado que *era* uma assinatura muito especial, para um menino muito especial, especialíssimo — Menino?, disse Gilberto Filho, ele pode ainda ser jovem, mas com certeza está ganhando maturidade, não é, Jaimão? — Sem dúvida, sem dúvida, disse a assistente, com o sorriso *ainda* mais largo, não foi isso o que eu quis dizer, todo mundo sabe que ele é quase um homem, cheio de responsabilidades, e o menino continuava a olhar a mãe, fixamente, e a mãe disse, Empreitada é o mesmo que trabalho; ele está desejando sucesso no seu novo trabalho, e o menino olhou para Maria Lucia Whitaker, que também mantinha um sorriso à base de muita energia interna, e a seguir o menino olhou a bengala de Maria Lucia Whitaker, uma bengala de madeira escura, com o castão negro na forma de uma cabeça de cavalo, Heloísa se perguntava se aquilo seria marfim, era uma bengala de fato muito especial, o menino apontou para ela e disse, Eu quero a sua bengala — Rá-rá-rá, disse Maria Lucia, Rá-rá-rá, disse a assistente, ele quer a bengala —, o menino parecia não entender o motivo da diversão das duas e olhou a mãe, e a mãe olhou Maria Lucia, que ficou séria e tentou explicar, medindo cada palavra, que aquela bengala tinha sido do pai dela, e o pai tinha sido um fazendeiro muito importante, muito tradicional, e que aquela cabeça era na verdade a reprodução exata do cavalo preferido do pai, um puro-sangue com o nome de Mancha Negra — Você sabia, Jaime, que eu também fui criança? É, um dia eu também fui criança, como você. E, quando eu tinha mais ou menos a sua idade, fui eu que escolhi o nome desse cavalo do papai, Mancha Negra, e ele riu muito, achou que fosse um nome de criança, mas mesmo assim batizou o cavalo. Você sabia?

O menino olhou de novo a mãe, e a mãe disse, Batizar é o mesmo que dar o nome, e o menino, Mas por que ela não quer me dar a bengala?, e Maria Lucia, Mas essa bengala, veja, é muito pesada, é para pessoas que têm problemas para andar, veja, a tia Maria Lucia precisa da bengala — a mãe, impaciente: Ele não pode pelo menos *ver* a sua bengala? O rosto de Maria Lucia foi mudando, ganhando contornos de cinza, esbranquiçado, um bolo de massa crua, a boca pequenina se fechou em rugas, ela se endireitou e estendeu a bengala ao menino, que a pegou ávido com os bracinhos, ergueu-a pelo castão de cavalo e começou a cortar o ar, imitando o som de um sabre de luz.

— Cuidado para não acertar ninguém, menino, disse a assistente, e saltou para trás porque Jaiminho de fato investiu contra ela e a teria acertado se Mariane Moraes não dissesse, Cuidado, querido, a moça pediu para você não acertar ela, e a bengala é *daquela* outra moça.

— É *minha*, disse o menino.

Durante a apresentação, sentou-se com a mãe na primeira fila, mas se mexia tanto que só se olhava para ele. Depois, se afundou na poltrona e parecia estar dormindo, não fossem os chutes esporádicos no ar com o sapato de couro alemão. Cada gerente de unidade e editor de revista fez uma breve palestra da sua área. PowerPoints maiores e mais coloridos à medida que cada um subia ao estrado, cada revista melhor e mais promissora do que a concorrência, cada uma com sua mais fascinante história de sucesso. Os números do mercado podiam indicar uma situação um pouco anômala no presente momento, com as revistas atrás das suas similares da Abril, Globo, Editora Três e, em alguns casos, até da Segmento, mas certamente iriam mudar, e a meta era ocupar a primeira posição nos seus respectivos nichos. Heloísa estava com o estômago retorcido e tinha calafrios, não fazia ideia de como a Guanabara Livros se posicionava em relação à concorrência, mas o PC, depois de se consultar brevemente com Mariane Moraes, disse que era melhor pararem por ali, estava ficando tarde e tinham de seguir com a programação; depois falariam das demais áreas. Heloísa não tinha certeza, mas pelas suas contas só faltava mesmo a unidade de livros e talvez o RH, se é que fosse possível fazer uma apresentação *daquilo*. Deveria sentir-se feliz, mas foi tomada de angústia. PC falou a seguir sobre o que eles haviam denominado de Projeto Londres, que consistia em dobrar o faturamento da Guanabara até as Olimpíadas de Londres, dali a exatos dois anos. É por isso, disse ele, que eu, Maria Lucia e Ted — acenou para eles, na primeira fila —, vamos exigir de cada um o esforço concentrado para alcançar — e até bater — essa meta. Como chegaremos lá? Cada unidade pode desenvolver uma estratégia da sua preferência, organicamente, desde que atinja os cem por cento ao final do segundo ano.

Gilberto Filho fez a seguir uma breve palestra sobre o papel do líder no cenário atual e sobre a força do grupo. Falou que éramos capazes de tudo, bastava acreditar — explicava na projeção os sete pilares do conhecimento, conceito do seu amigo Roberto Yamato — e ocupava todo o tablado, correndo de um lado para o outro, por duas vezes desceu entre as fileiras e olhou nos olhos de um funcionário desavisado. A partir de agora, disse, iriam todos pensar fora da caixa *juntos*, superar desafios, o pensamento dela divagou, um leve enjoo subia-lhe como vapor à cabeça, seu pescoço latejava, suas pernas estavam agitadas e ao mesmo tempo cansadas, ela as esticava no vão apertado entre as poltronas e o sentimento de urgência não diminuía, passou instintivamente a mão na barriga, Raissa ao seu lado havia sido arrebatada, disse que nunca tinha visto uma apresentação tão boa e no final todos haviam se esquecido do menino, que se enfiara debaixo do assento atrás de um brinquedo perdido.

Matias havia telefonado numa tarde de terça, um pouco depois do almoço, cheio de reticências, Heloísa saiu de sua mesa com o celular colado à orelha, desviou dos editores, através do corredor, empurrou a porta de aço que dava para o hall e disse com a voz suave, Sim, sim, posso falar rapidinho agora, estava numa reunião, sim, podiam marcar alguma coisa, claro, ela só tinha de ver na agenda se estava livre.

Ele a levou para jantar no Nan Thai, numa travessa da Ataulfo de Paiva, a dois quarteirões da praia. Pequenas mesas dobráveis de madeira dispostas entre véus avermelhados e luz indireta, garçons de roupas negras e um cardápio de toda a banda oriental do mundo. Matias pediu a entrada com diversos tipos de pasteizinhos, que vieram numa cesta muito bonitinha, mas os pratos principais se perderam em algum momento entre a anotação da comanda e o trajeto à cozinha, e quando chegaram os garçons estavam loucos para ir embora, um deles bocejava, nesse ponto haviam sido servidas quatro cervejas, não era um absurdo, mas Matias estava pálido e confuso, Heloísa diria enjoado. Você está bem? Ele começou a suar depois de algumas garfadas; pedira macarrão com frango e reclamou que estava apimentado demais. Não suporto pimenta, disse ele. Depois estava pescando com a ponta dos talheres todos os verdinhos da comida. Não suporto cebolinha. Acho que é salsinha, disse ela. Não suporto, também não suporto. Beijaram-se no carro, Heloísa deu a partida e perguntou se ele estava bem. Disse que estava ótimo mas abriu o vidro para respirar um pouco de ar fresco. Beijaram-se de novo. O apartamento dele ficava num prédio com musgo e manchas negras no Catete, ferragens retorcidas e ares-condicionados comidos pela maresia. No térreo, o barulho de uma TV ligada muito alto, ele não a convidou para subir. Heloísa não tinha portanto nada de concreto para contar a Fátima no dia seguinte. Fátima, de toda forma, não estaria disposta a ouvir. Disse que nunca mais iria procurar um relacionamento sério, que ingênua, rá-rá-rá, ia fazer um juramento, nunca mais, porque aquele filho da puta, o pai de três filhos (gordos), o corneteiro (de merda), havia voltado para a ex-mulher. É claro que ele não me contou, disse Fátima; soube por terceiros, por colegas de trabalho, porque o cachorro parou de atender as minhas ligações. Como se não bastasse, ela agora tinha de encontrá-lo todos os dias no hall dos elevadores.

Heloísa tampouco queria algo sério, mas no final de semana seguinte foi com Matias a um bar restaurante à beira da Lagoa, onde tomou um drinque aguado com guarda-chuva colorido, Matias uma cerveja. Brindaram à lua que surgia entre os postes de luz, ele finalmente a levou ao seu apartamento. Ela queria saber por quanto tempo ele morava ali (seis meses) e de onde viera antes disso. Tinha morado com quem? (Uma *pessoa*). Por quanto tempo? (Escapou dessa questão.) Eles se pegaram no sofá de dois lugares instável cor de bueiro da Tok&Stok e, como o espaço ali era restrito, e o sofá estava prestes a arriar, partiram para o quarto, para a cama desarrumada e um colchão fino como o daquele distante albergue madrileno (Você se lembra?). Ela tampouco se esquecera do seu cheiro agridoce, do peito magro e peludo de mártir da Igreja. A cama parecia se deslocar pelo quarto, ela não sabia se tinha rodinhas ou se o piso era inclinado. Ainda não era tão tarde, mas ele caiu de lado, desentupiu o nariz com um frasco de plástico ao alcance da mão e logo começou a ronronar (seu desvio de septo, dirá depois). Ela viu as roupas jogadas no chão, os tênis desconjuntados, jornais velhos e até um prato com migalhas, antes de adormecer também. Jura que teve um começo feliz.

Gilberto Filho ocupa a antiga sala do Fernandes e pouca coisa mudou. As fotos se foram, é claro, e atrás de sua mesa há uma placa com um prêmio de jornalismo. Ele estende e cruza as pernas sobre a mesa, as solas de manchas indefiníveis, e diz para Heloísa e as pessoas sentadas à sua frente (precisaram trazer cadeiras de outra sala) que a gestão anterior foi uma catástrofe e ele conta agora com eles para tornar as coisas mais produtivas. Quer saber o que cada um faz, quais são suas ideias, suas ambições. Quero bater uma bola com vocês, diz ele. Quero pensar desde já nos resultados do Projeto Londres. Já fiz isso com as revistas e vi muitas pessoas com potencial, cheias de ideias, mas que estavam desestimuladas, não se engajavam por conta do esquema engessado da gestão anterior. Me contem: o que vocês querem de mim. Peçam, falem o que passa pela cabeça de vocês.

Silvano, o gerente de vendas, acena muito interessado e diz que está lá para o que der e vier. Muito bem, diz Gilberto; estou ouvindo. Oscar, um dos editores, agradece que ele tenha convidado toda a unidade de livros para uma conversa franca — Conversa franca é o meu negócio, diz Gilberto Filho — e que eles realmente passavam por muitas dificuldades na direção anterior, onde tudo o que faziam era controlado e vetado por esses gestores de marca. (Heloísa olha para o chão, cruza pernas e braços como se fosse se proteger.) Emerson, o outro editor, concorda; era como uma ditadura, *cada* livro tinha de gerar lucro. E sabemos que nesse mercado a coisa não é bem assim, completa. Gilberto fita Emerson por um momento; estuda seus cabelos grisalhos compridos, seu colar de contas, sua camiseta tie-dye. Você está há quanto tempo na Guanabara? Emerson ri, dezessete anos. É uma vida, diz Gilberto. Sim, é uma vida. Marcilio, o gerente, esboça um sorriso leve na cara de sapo. Está lá há vinte e três anos. Oscar, óculos de armação vermelha e pulôver nas costas, vai fazer quinze. Silvano finge fazer contas para dizer que está ali há vinte e um. Eu o contratei, diz Marcilio; era meu estagiário. Um sorri para o outro. Gilberto se diz honrado de estar com profissionais tão experientes e espera aprender muito com eles. Nessa vida estamos sempre aprendendo, diz Silvano. Gilberto diz que é importante não perder isso de vista; quando paramos de aprender, ficamos obsoletos, morremos. Silvano concorda. Gilberto diz, Eu *sempre* tento aprender uma coisa por dia. Oscar e Emerson se entreolham; Marcilio parece ter dormido. Silvano balança a cabeça e diz, Aprender uma coisa por dia é bastante coisa. Gilberto concorda, de fato é bastante coisa. Quer então saber o que cada um faz, começando pelas damas, e dá um sorriso a Heloísa, que fica vermelha. Ela se endireita, sente os olhos de Oscar pregados nela. Diz que cuida da parte de marketing e planejamento. É a gestora de marcas, diz Oscar. Bicha filha da puta. Não é só isso, diz ela; Eu penso os projetos com o editorial, aloco as verbas necessárias de divulgação e ajudo a desenvolver as ações. Ouve uma risadinha abafada, vira-se para Oscar; ele fita o teto e coça o pescoço. Ela ergue a voz, diz que também participa da gestão de custos, porque os projetos têm de ser rentáveis (Gilberto Filho está checando uma mensagem no celular). Emerson se incomoda na cadeira e olha para Gilberto, que não o nota. Os projetos *são* rentáveis, me desculpe, diz Oscar. Muito bem, muito bem, diz Gilberto, voltando à conversa; eu sempre dizia na Panorama que precisamos ficar atentos a isso, à rentabilidade. Não só nos projetos grandes, mas também nos pequenos. É claro que, quando colocamos cinquenta mil exemplares na rua, *cem* mil exemplares na rua, e investimos verba pesada de marketing, com displays de chão e bus-doors, descontos agressivos e adiantamentos milionários, é fácil gerir os custos e executar as ideias. O livro entra na lista e o trabalho é de manutenção. O segredo é obter resultados com os livros mais modestos, com tiragens, digamos, de dez mil, vinte mil, e marketing reduzido. Nesses casos é que devemos pensar diferente, desenvolver estratégias de baixo custo. Aqui na Guanabara eu já vejo uma vantagem inicial enorme, diz ele; por que não aproveitar as sinergias com as revistas? Quero interligar as unidades e pôr todo mundo para trabalhar junto. Uma pauta pode dar um livro, um livro pode virar pauta, um livro pode ser feito para vender junto com a revista, a revista pode ser pensada em conjunto com o livro, enfim, vocês entenderam o espírito da coisa. Muito boa ideia, diz Silvano. Obrigado, diz ele. Ri para Heloísa e fixa os olhos em Oscar, pergunta, E você?, quais são suas ideias? Oscar não sabia que Heloísa já havia terminado e salta na cadeira. Como? Quais são os seus grandes projetos? Meus grandes projetos? Sim, diz Gilberto, eu quero ouvi-lo, me fale dos seus livros, dos maiores sucessos, no que você está envolvido no momento. Oscar pergunta se quer saber do último livro que ele publicou. Isso, diz Gilberto impaciente, não precisa falar de todos, basta explicar suas apostas deste ano; me fale das perspectivas futuras, do que vem por aí.

Oscar coça o queixo e olha para o teto de novo, hesita, Claro, são tantos projetos — Um, me fale de *um*, diz Gilberto, enquanto digita no teclado e observa o monitor. Um? Bem (olhando para Emerson), tem vários; tem um de matemática — Ah, não, matemática não, diz Gilberto Filho; me fale de um quente. Esse é de matemática mas é quente, diz Oscar; se chama *Os maiores matemáticos da história* e explica, com diagramas muito claros e casos saborosos, as teorias de Arquimedes a Gödel, cada uma em um capítulo, com muitos aspectos interessantes da — Me fale de outro. Bom, diz Oscar, tem o do... olha para Emerson, que sugere: Fale daquele do filósofo. Sim, diz Oscar, é um filósofo francês que tem um cachorro e — A moda de livros de cachorros já passou. Não, diz Oscar, esse na verdade é bem interessante e até que está vendendo, não é, Silvano? Silvano sacode a cabeça sem se comprometer. A gente pode até reimprimir, não é, Silvano? O gerente de vendas faz cara de dúvida. Não está vendendo bem?, insiste Oscar. Está *pingando*, diz Silvano. Oscar sorri nervoso. Sim, está pingando, diz ele, mas pingando em grandes gotas, não é? Está *pingando*, diz Silvano. Gilberto Filho pergunta quais são as tiragens médias na Guanabara. Quatro mil, cinco mil, diz Oscar — Três mil, às vezes menos, diz Silvano. Marcilio pigarreia. Dois mil, não passa disso, diz ele; porque se não vende fica entupindo o estoque. Vocês não conseguem colocar dois mil exemplares na rua?, diz Gilberto Filho. Depende do livro, diz Silvano. Gilberto olha um e outro. Olha Emerson. Ele começa a falar de um livro que está fazendo sobre comunidades indígenas. Gilberto Filho o interrompe e pergunta aos outros. Dona Selma diz timidamente que é assistente e apenas trabalha com os editores; Ana Mirelle é a assessora de imprensa, não edita livros; Gerson só cuida de gráfica e papel; Heloísa fala que foca nos custos e no marketing. Marcilio não diz nada. Gilberto pergunta a Silvano quais são os grandes projetos *dele*.

— Ah, eu sou apenas o gerente comercial. Mas na luta. Opa, sempre na luta.

No domingo vai almoçar com Matias e os pais dele em Laranjeiras. Dona Inez não cozinha para mais de duas pessoas, fica insegura e nervosa. Seu Nilo adora uma massinha, apesar do diabetes, então se encontram num italiano perto da casa deles, o Mamma Rosa, uma casa com jeitão de chalé suíço. As garçonetes têm roupas de tirolesa e estão todas amontoadas conversando ao redor do caixa, onde se apertam duas mulheres coladas uma na outra como um monstro mitológico. Brigam entre si e fecham as contas juntas, porque duas fazem melhor o trabalho de uma. Está quente e um ar-condicionado do salão quebrou; a mesa deles fica abaixo da televisão, é difícil conversar ouvindo o *Esporte Espetacular*. Seu Nilo está com uma bermuda vermelha e camisa polo listrada de verde, azul e branco, sapatênis e meias brancas curtas, combinação que deve usar em momentos solenes. Fala muito baixo, com sorrisos entrecortados, é difícil entendê-lo, então ela sorri de volta. Dormiram esta noite no apartamento de Matias e ele já acordou mal-humorado. Se mexeu muito na cama e Heloísa ficou impressionada com a quantidade de remédio de nariz que ele consome. Disse que não aguentava mais o Mamma Rosa, ia com seus pais desde que se entendia por gente, os pais têm o Mamma Rosa como o ápice da culinária italiana, é o paradigma mesmo da cantina, e sempre que iam ao Mamma Rosa ele se sentia como se tivesse treze anos de idade, um bolo de angústia subia pelo pescoço e quase o engasgava. Nossa, Matias, se te faz tão mal vamos a outro, propôs Heloísa, mas ele disse que não iria mudar os pais a essa altura da vida. Adquiriu um aspecto soturno conforme escalava os degraus do restaurante e agora está ali, tomando guaraná. Heloísa pediu um chope, pensou que bebessem na família de Matias, pelo menos no final de semana, e a cada gole a velha a observa. Seu Nilo até que havia acenado para a ideia de um chopinho, se viu obrigado a pedir uma Coca Zero por conta dos seus níveis elevados de açúcar. Agora discutem sobre um prédio na Belisário Távora que acabou de ser entregue. Olha, meu filho, é um dos melhores lugares para morar nesse momento e o Duarte (se lembra do Duarte?) é proprietário de dois apartamentos — você sabe, ele deve uma série de favores ao Nilo da época do Fluminense, não é, meu bem? (seu Nilo dá uma risada marota), o Duarte já disse que aluga para você por um preço bem abaixo do mercado, só iria rediscutir os valores no vencimento do contrato. Foi uma promessa dele.

Matias se finge de desentendido; a mãe ri com o desaforo e diz que ele não pode continuar morando naquele quarto e sala no Flamengo, precisa dar um jeito na vida, foi muito bonzinho e entregou tudo para aquela moça, Até os jogos de roupa de cama novos que eu comprei para vocês. Você já me disse isso, ele fala, sem olhar para ela. A velha retruca que ele acredita demais nas pessoas (Que mulher?, se pergunta Heloísa) e agora não tem onde cair morto.

— Mãe, por favor.

— Depois, meu filho, quem sabe você não vai estar ganhando mais, já vai ter virado gerente, com mais responsabilidades, vai precisar de um lugarzinho maior, não vai?

— Mãe.

— Além do mais, dá para ir a pé até o trabalho.

Heloísa dá uma golada no chope. Se pensa que irão incluí-la na conversa, está enganada. Os pratos chegam, a velha fica assustada com o tamanho do espaguete que puseram à frente de Heloísa. O molho recende a manteiga e está morno, a massa está fria, quando ela dá a primeira garfada sente o café da manhã subir pela garganta, tosse, dona Inez não lhe pergunta se está bem, voltou a falar desse prédio que é um brinco, a portaria toda de madeira clara e espelhos, muito melhor do que as velharias do bairro, além disso o condomínio na Belisário Távora ainda não é caro, enfim, olhar não tira pedaço.

Matias afundou-se no próprio prato, frango à parmegiana com purê e arroz. O pai estava louco pelo nhoque, mas como era muito para ele, e dona Inez iria pedir apenas a berinjela — se satisfazia com pouco — era um absurdo comer sem fome — as pessoas são gulosas — Depois você vai ficar reclamando que está estufado — seu Nilo se viu obrigado a dividir com o filho, que fechou a cara porque o prato não havia sido feito para dividir, de fato não é grande a esse ponto, e dona Inez, que pediu um garfo para uma das garçonetes, agora belisca o frango de um e de outro, e acabou a porção do marido.

— Dona Inez, por que a senhora não experimenta o meu? A velha se faz de irritada, diz que não está com fome, havia só dado uma provadinha de nada. Ataca o que sobrou do purê, diz que tem muita farinha, depois sugere que visitem o apartamento logo, antes que Duarte receba uma proposta de outro conhecido. Estou livre na segunda, diz ela, vamos juntos. Nilo, você liga hoje para o Duarte? É estupidez perder esse negócio.

Mais tarde, no carro, estão os dois calados, Matias é um estranho, ela tampouco quer voltar sozinha para o apartamento, que não parece mais seu — tem aquele ar frio da ausência de Murilo, parece enorme sem aquela figura de rinoceronte andando de cueca pelos cômodos.

— Que mulher é essa?

— Mulher? Que mulher?

— A que a sua mãe ficou falando.

— Ah...

Ele tem dificuldade para dirigir e manter uma conversa. Diz que foi uma *pessoa* com quem esteve junto, mas terminaram em definitivo faz tempo. Definitivo por quê?, quer saber Heloísa. É complicado, diz Matias. Vocês chegaram a terminar uma vez, mas voltaram? É complicado, diz ele. Complicado como; você ainda sai com ela? Não (ele ri), que pergunta. Então por que é complicado? Depois ela comenta, Sua mãe não quer mesmo que você saia de perto dela, não é?

Não entende a pergunta e se cala quando ela ri. Você também não fez muito esforço para ser simpática, diz ele; e não, não tem a menor intenção de se mudar para a Belisário Távora, não vai voltar a morar perto dos pais, mas de fato o prédio fica num lugar muito bom, é novo, e os amigos de papai costumam ser pessoas muito corretas.

— Olhar não tira pedaço, diz ele por fim.

O bandejão é temático, um cardápio dito africano em função da Copa que se aproxima. As atendentes na entrada usam toucas quadriculadas, a nutricionista ri sem jeito com o avental de tiras de palha seca e fitas coloridas. Mônica Filgueiras empacou na frente da sopa de feijão e gira a concha pelo caldo, tentando avaliar se é muito gordurosa. A estação de saladas não traz nada de novo; cenoura e beterraba raladas, ovos de codorna, palmito em conserva, milho. Ah, vejam, colocaram bacon no brócolis. Raissa está de dieta e pega rodelas de pão seco, homus e salaminho. O quibe cru está intocado. Bruno parou na estação de carnes, pede duas linguiças, uma porção de coraçãozinho. Ah, também a ponta tostada da picanha. Pergunta se elas notaram a ausência de PC esses dias; sim, todas notaram. Mônica Filgueiras ouviu dizer de um amigo jornalista que PC foi visto em São Paulo, almoçando com executivos de um grupo estrangeiro. Heloísa, no final da fila, diz que também tem um amigo jornalista, que lhe disse que a Guanabara está à venda. Está à venda desde que eu me entendo por gente, diz Bruno. Raissa, no entanto, fica pasma com tantas novidades. Pergunta, enquanto o grupo se dirige a uma das mesas perto da saída, onde o ar é menos gorduroso, o que vai ser do emprego deles se a Guanabara for vendida. Bruno explica que não é assim tão simples; esses processos costumam ser longos e dolorosos. Claudinha diz que não deve passar de boato; se as negociações estivessem avançadas, alguém acabaria contando. Heloísa se dispõe a perguntar diretamente ao Gilberto Filho. Os outros a observam, ela se ajeita na cadeira e sorri, um pouco nervosa, um pouco vermelha. Sim, posso perguntar sem problemas, ela repete; Ontem ele me chamou na sala dele e falou que quer que eu seja o braço direito dele na unidade de livros. Sério?, diz Mônica Filgueiras, interessada. Heloísa sabe que não deveria dizer mais nada, Mônica é amiga dos editores de livros, provavelmente vai contar a eles, mas agora não pode parar e se lembra ainda em detalhes, ou refaz os detalhes, da reunião com Gilberto, os pés cruzados sobre a mesa, pedindo que ela fechasse a porta ao entrar. Encarou-a com seriedade. Heloísa usava uma blusa branca de seda que deixava entrever o sutiã escuro. Um pouco apertada, ela acha que seus seios estão inchados, não entende por quê. Gilberto Filho se detinha ali toda vez que a olhava.

— Eu preciso de alguém de confiança, falou. Ficaram em silêncio enquanto ele avaliava sua reação. O que precisamos, continuou, é emplacar projetos mais fortes, com pessoas comprometidas, se quisermos realmente alcançar as metas do Projeto Londres.

— Seria ótimo, disse ela, com uma cara meiga. Mas você acha isso viável?

Ele fingiu surpresa, perguntou o que ela queria dizer. Heloísa recomeçou, disse que ele havia mencionado pessoas comprometidas e, bem, os atuais quadros… as pessoas estão aqui há muito tempo, não é? Não é o mesmo comprometimento. Gilberto disse que entendia, por isso a havia chamado. Temos de estar engajados. Tenho alguns projetos em mente, posso fechá-los com os autores — são meus amigos —, mas preciso que, uma vez contratados, os projetos sejam *realmente* executados, entende? Com qualidade. (Heloísa balançava a cabeça com ênfase.) Quero que você acompanhe de perto o trabalho dos editores, do... do Osmar, do... — Oscar, corrigiu-o Heloísa — isso, do Oscar e do...

— Emerson, disse Heloísa — Sim, esses dois, eles parecem um pouco perdidos...

— Perdidos é pouco, disse Heloísa, com um leve sorriso. É mesmo?, retrucou Gilberto Filho, mostrando interesse. Heloísa fez suspense, olhou a vista lá fora. Disse, depois de meditar um pouco, que não era de falar mal das pessoas, e preferia não entrar em detalhes, mas os editores da unidade, bem... ela tinha a impressão — podia estar sendo um pouco subjetiva na sua avaliação — mas achava que eram meio confusos, desatualizados. Foi o que me pareceu, disse Gilberto. E estão sempre reclamando, prosseguiu Heloísa, falando mal dos chefes, enrolando...

— Falando mal dos chefes, é?

— Você nem imagina... não de você, não. Dos chefes em geral. Também os editores das revistas falam muito, reclamam muito, é uma falação aqui na Guanabara... enfim, eu não deveria estar te dizendo isso.

Gilberto disse que não, imagina, era bom falar. Ele às vezes ficava um pouco isolado ali, no sexto andar. Via somente a copa das árvores, era importante ver cada tronco, o que acontecia na floresta. Heloísa estreitou os olhos, como se dissesse, Você não faz ideia. Não gosto de julgar as pessoas pela aparência, continuou Gilberto, prefiro avaliar o trabalho antes de formar minha opinião, mas desde o início senti que há alguns problemas na sua unidade... em várias unidades, na verdade, e uma coisa que realmente não gosto são de fofoquinhas, isso mina o trabalho das pessoas, é importante focar em coisas positivas e não ficar de conversa pelos corredores, isso contamina... (estalou os lábios). É uma pena.

— Ah, sim, disse Heloísa, o Oscar e o Emerson realmente não têm o perfil, quero dizer, talvez não tenham, acho que não têm, pelo que você fala do perfil que você procura.

Gilberto franziu o queixo, se reclinou na cadeira pensando. Disse que ela talvez tivesse razão. Era por isso que estava procurando alguém que fosse mais dinâmico para ajudá-lo a tocar os projetos. Endireitou-se na cadeira, cheio de energia, e a encarou. Achava que deviam começar de cara pelo Roberto Yamato, e pá!, emplacar um projeto matador, O Roberto é meu amigo, conheço muito bem ele, vamos marcar uma viagem para encontrá-lo, você tem disponibilidade para viajar? Tem família? Filhos? Ótimo, ótimo, então vamos juntos, ele não costuma receber ninguém, vive numa espécie de fazenda que não produz nada, ele inclusive restaurou parte da mata original onde antes havia pasto, é muito bonita, muito engraçada também, é mais para um retiro espiritual do que uma fazenda propriamente dita, enfim, o que eu sugiro é que a gente apareça lá e faça uma proposta irrecusável. Espere, espere. Vou ligar ainda hoje para a Suely, que cuida das coisas dele na sede do instituto em São Paulo, e vou marcar um encontro na fazenda dele, queira ou não. É isso, boa ideia, disse Gilberto para si mesmo. Vou ligar e vamos conversar. Vou pedir para a minha secretária marcar duas passagens para nós, fique de sobreaviso.

Nessa noite abafada, opaca como um manto negro, ela tem um sonho. Está no alto de uma montanha de pelagem amarela e venta muito. As árvores estão todas de lado. A montanha é formada de casebres em ruína e tem o formato de uma longa escadaria. Ela está curvada com uma esponja, tenta limpar os degraus mas as pessoas não param de subir e descer. Uma águia mergulha sobre a baía e arranca das pedras uma cobra negra. Com suas garras, abre a barriga da cobra e uma centena de cobrinhas cegas despencam do corte brilhante. Depois acontece algo de que ela não se lembra. Uma pomba bica o olho da águia e Heloísa olha a própria barriga inchada. Sabe que é perigoso ficar no alto daquela montanha. Os raios começam a cair.

Afivela os cintos e há dias que gostaria de tirar férias sabáticas, sem data definida de volta. Céu azul, praia branca, coqueiros, qualquer lugar no Caribe. Passa a mão pelo ventre, nunca teve medo de voar antes. A calça aperta na cintura e nas coxas. Uma aeromoça bem mais gordinha do que ela passa pelo corredor olhando sorridente uma e outra poltrona, pede que Gilberto Filho, no assento oposto do corredor, desligue o celular. A aeromoça se afasta e ele continua digitando. Heloísa vê, pela janela, aviões abandonados no capim alto entre as pistas. O mar cinzento mais além, e uma fragata da marinha. Quando levantam voo (curva acentuada sobre a cidade tão pacificada àquela distância), Gilberto está inclinado no braço do assento, contando a ela como os donos da Panorama chegaram a lhe oferecer sociedade na empresa só para que ele não os abandonasse. Tem as unhas quadradas, manicuradas. Dedos peludos. Ela gosta das suas camisas sempre bem passadas, com as iniciais bordadas discretamente no peito. Pobre Matias.

Na semana anterior esteve com ele na sala de espera da clínica de ultrassom. Heloísa não queria ir sozinha. Matias estava nervoso, folheava as revistas de fofoca da recepção sem se deter em nada, de tempos em tempos ia até o filtro e tomava um copinho d'água, depois o jogava numa canaleta de reciclagem. Sentava-se de novo no sofá, perguntava se ela estava passando bem, levantava e tomava outro copinho d'água. Ela lhe perguntou por que não guardava um copo para si; estava jogando fora uma quantidade abismal de copos plásticos e não era assim que ia conservar a natureza. Ele não entendeu o que ela quis dizer; era metido a patrulheiro ambiental mas estava tão confuso que não parecia registrar mais nada.

— Estou falando com você, Matias.

O médico era um gordinho de cabelos encaracolados que não parava de fazer piadas desagradáveis enquanto deslizava o aparelho sobre sua barriga, o gel em contato com a pele era muito irreal, aquela gosma se espalhando até a base dos pelos pubianos, iria sujar a roupa do trabalho. Na tela havia apenas estática,

Matias a olhava fixamente, sentado na cadeira de canto, no escuro com as mãos entre as pernas. Vamos ver o que a mamãe está escondendo aqui, disse o médico. Seu corpo tremeu involuntariamente. Podia ser um falso positivo; havia lido isso na bula do teste, tentara contar os dias da última menstruação, andava ficando enjoada demais e foi dona Selma, a assistente, quem riu e disse, Isso é coisa de grávida.

— Olhem só o pontinho, disse o doutor.
— Que pontinho, doutor?
— Aqui, ó (chacoalhando o sensor na barriga de Heloísa). É a cara do papai.
— *Ali*, doutor?
— Com certeza vai ser vascaíno.

Mexeu num botão e eles ouviram. Um tamborzinho agitado, ocupando todos os espaços daquela penumbra azulada, meu Deus, um serzinho que lutava para se fincar no mundo, batendo tão forte, não iria desistir facilmente porque a natureza dele era selvagem, ávida, ela jurava a si mesma que a criaturinha ia crescer feliz, iria garantir isso. O trabalho, as intrigas, a rotina, tudo tão absurdo, estendeu o braço e Matias agarrou sua mão com força, ele estava chorando, chorando e sorrindo, ela seria a melhor mãe do mundo, daria a própria vida para aquele pontinho insistente, daria.

Coloca um vestido preto de renda que deixa os braços à mostra, termina um pouco acima dos joelhos, está nervosa, sai do elevador atrasada, acha que errou na maquiagem, falta *algo*, a bolsa é de palha e bordada, não combina com a roupa, mas é a única que tem. Os saltos machucam os pés. Gilberto Filho a espera no saguão afundado numa poltrona, está digitando no celular e se ergue atento, a acompanha através da porta automática até o táxi na rampa de acesso, de paletó escuro e jeans, camisa azul-marinho justa no corpo. Estala os lábios e diz, já a caminho, que o autor com quem iriam conversar acabou de desmarcar o jantar, teve um imprevisto na família. A tia morreu, diz ele, olhando para fora. Nossa, que notícia triste, fala Heloísa. Tristíssima, diz Gilberto Filho. Vamos então desmarcar o jantar? Gilberto empina os ombros, ainda olhando pela janela. Diz que podem comer alguma coisa leve, o dia seguinte vai ser duro; irão aproveitar a reserva que a secretária fez para três pessoas. Ele comenta que o restaurante é bem informal. Usa um perfume doce e picante, os cabelos lustrosos. Abre a porta do táxi para ela; o restaurante, muito ao contrário, parece caro e sofisticado. A recepcionista confere seu nome e os conduz a uma mesa estreita, sentam-se um de frente para o outro na penumbra e ele pede um dry martíni. Ela fica na dúvida, não sabe o que escolher, não quer nada muito forte, o garçom lhe traz um bellini que ela acha uma delícia. A médica proibiu o álcool mas ela não acredita que aquela bebidinha de fruta fará mal. As editoras da Guanabara mal irão acreditar quando ela contar. Ainda está na metade quando Gilberto rói a azeitona, pede outra rodada e a carta de vinhos. Ela diz que prefere não beber, ele a olha fixamente e diz que não vai contar nada ao chefe. Riem. Tudo bem, uma tacinha. Terminou o segundo bellini e as entradas aparecem (odeia ostras, mesmo grelhadas — a doutora proibiu — é com repulsa que come uma). Gilberto quer saber o que ela está achando de São Paulo; morou ali alguns anos e sente-se quase em casa. Eu gosto desse ritmo, diz ele. Heloísa pediu um steak tartare, esperando aquela carne alta e suculenta com molho de queijo, fica rubra quando constata que é crua. Olha o prato de Gilberto Filho, costeletas de cordeiro com pupunha, purê de cará e chips de banana-da-terra, geleia de cachaça, espuma de hortelã, saladinha de brotos de taioba, farofinha de raio-que-o-parta, encara com tanta intensidade que Gilberto pergunta se ela gostaria de trocar.

— Ai...

Riem de novo. Eu não esperava que viesse assim, diz ela. Fica feliz com o novo prato. O vinho é leve demais, mas concorda com ele que sim, é elegante, com os taninos arredondados. É, é persistente sim, sem dúvida. Não, não tinha reparado, de fato há notas de zimbro e frutas secas. Que delícia.

É tão elogiada por Gilberto Filho que, na segunda taça (a doutora grita nos seus ouvidos), se dá conta de que finalmente alguém reconheceu suas habilidades. Gilberto Filho quer saber mais: O que ela quer? Quais são seus planos? Suas ambições? No táxi, ele passa o braço por cima do assento e se aproxima dela, ou talvez seja apenas o movimento do carro, porque ele continua a olhar para fora com aquele jeito ausente. Seu perfume a está enjoando; começou a se sentir um pouco mal na sobremesa e deu poucas colheradas no crème brûlée de cupuaçu com ora-pro-nóbis que pediram para dividir. Gilberto fala algo sobre darem uma esticada para conversar um pouco mais. Ela não responde; nem o ouviu direito. Ele sai antes e a ajuda a descer do táxi. Ela sente-se pesada e desconjuntada, não acerta os passos. A mão dele é quente e acolhedora e o recepcionista ergue o rosto sem interesse ao passarem pelo hall. Heloísa começa a suar frio quando vê o rosto amarelado de Gilberto Filho refletido no espelho, ele a encara de volta. No elevador, ela acha que repeliu sua mão, mas não tem certeza. Ele dá um passo mais para perto, ela sente dedos percorrendo seu ombro, um calafrio e depois fica gelada. Diz que não está passando muito bem, Gilberto pergunta o que foi e sua expressão não é simpática. Acho que foi o vinho, ela diz, e quando se dá conta está no seu andar. Gilberto a olha fixamente, o tempo não passa, a porta dupla do elevador desliza com suavidade e se fecha entre eles.

Gilberto Filho desce atrasado para o café da manhã, óculos escuros, e a primeira impressão que lhe passa é de estar ofendido com ela pela noite anterior. Toma duas xícaras de café preto, uma banana e levanta da mesa, sem trocar uma palavra. Heloísa o segue apressada até um táxi na entrada.

Trânsito pesado, o carro para e anda, para e anda, tem certeza de que ele cochilou no caminho, parece que roncou, ela não pôde ver seus olhos através das lentes negras.

— É aqui, é aqui.

Um sobrado num bairro residencial, muita madeira e vidro na fachada, com uma placa dourada ao lado da porta, as letras em baixo-relevo: Centro do Conhecimento — Unidade Jardins. Ele fala com uma mocinha na recepção sem tirar os óculos escuros, está com uma voz quebradiça. A mocinha é atenciosa, sussurra ao telefone e pede que aguardem um momento. A sala de espera transmite um clima de paz, tem o tapete creme felpudo e poltronas vermelhas. Sobre a mesa de centro estão dispostos folhetos do centro e seus cursos do primeiro semestre. Gilberto se afunda numa das poltronas e finalmente tira os óculos, seus olhinhos estão vermelhos, cercados de pele inchada e escura. Heloísa sorri insegura para ele, que apoia a cabeça na mão e suspira de olhos fechados. Agora que estão sentados ela nota um som muito suave de cascatas e harpa. A espera é longa, ela folheia os prospectos na mesa e pega um. A cura através das mãos, A história da pintura ocidental, Trabalhando a criatividade emocional. Módulos de quatro aulas, preço sob consulta. Entendendo a história clássica, O conhecimento positivo para crianças, Grandes compositores do século XX. Ela conta três nomes de professores que se repetem ao longo dos cursos, Roberto Yamato não está entre eles. Deposita o folheto na mesa de centro e se levanta quando ouve passos no carpete e a voz firme de uma mulher baixa e troncuda, num tailleur cinza-chumbo. Olá, Gilberto (ele se levanta com dificuldade da poltrona), se cumprimentam com um beijinho e ela se vira para Heloísa. Suely, essa é a nossa editora da Guanabara Livros, diz Gilberto. A mulher sorri para Heloísa e lhe dá um aperto de mão vigoroso. É mestiça de japonesa, as maçãs salientes, olhos ligeiramente estreitos, cabelos negros e duros. Se desculpa pela demora e pede que a acompanhem. Sobem uma escada acarpetada estreita — Heloísa vê canelas grossas, pernas fortes num sapato preto de meio salto — ela diz lá do alto, no final dos degraus, que se tivessem ligado antes poderiam ter marcado algo com mais calma. Mas o Roberto não está?, pergunta ele, sem fôlego, seguindo-a para uma sala toda branca, de poltronas também vermelhas. Gilberto se afunda de novo, comenta que tentou falar no celular do Roberto, vieram do Rio justamente para vê-lo. É uma pena, diz Suely, com uma expressão desolada. Em vez de sentar-se atrás da mesa de vidro e metal cromado, ela puxa uma cadeira simples de madeira e se coloca de frente para eles. Mas me contem, o que os trouxe aqui, diz, voltando a sorrir. Pousa as mãos nas coxas, sentada muito corretamente, e os olha com atenção, um e outro. Gilberto reclama que havia pedido para a secretária marcar a reunião com antecedência, deve ter havido algum mal-entendido, e a mulher ergue de leve a sobrancelha, consternada, concorda e diz que é uma pena, de fato naquela manhã sua agenda está completamente tomada, não tem como adiar os compromissos, mas com certeza podem conversar um pouco antes da próxima reunião.

— Café? Água?

Sorri de novo para Gilberto, pergunta como estão as crianças, como vai a mulher. Muito bem, diz Gilberto, o mais velho adora estudar, estamos pensando em mandá-lo para um intercâmbio nos Estados Unidos — Que bom, que bom — A Isabel está retomando seus projetos depois do que aconteceu com o pai

— Claro, entendo, deve ser difícil. Ela pergunta a seguir como andam as coisas na Guanabara e meneia a cabeça, concentrada, enquanto ele explica que a Guanabara vai bem, aliás, muito bem, eles têm planos ousados para o futuro, em suma, o que pretendem, para resumir a história, é crescer cem por cento nos próximos dois anos e assumir a primeira posição no mercado — Nossa, Gilberto, é realmente muito bom, diz Suely, e como, que mal lhe pergunte, vocês pretendem realizar esse crescimento? — Ele não pode entrar em detalhes, diz, mas é por meio de metas ousadas, ousadia mesmo, mas também consistência, Já estamos preparando alguns projetos para o ano que vem, é por isso que quis falar primeiro com o Roberto; e com você, claro (Suely balança a cabeça, compreensiva), porque tenho carta branca para virar aquilo de cabeça para baixo — ela arregala os olhos, fingindo espanto — e gostaria de apresentar um plano consistente de publicação de todos os livros do Roberto pela Guanabara, pensando também num livro novo já para o ano que vem, resumindo (acho que posso te adiantar algumas coisas), estamos pensando em criar um selo dentro da Guanabara só para ele, a Horizontes Guanabara, ou algo assim — Heloísa o encara, um pouco perdida, depois se dá conta de que Suely cravou um olhar incisivo *nela* — e nossa ideia, como já disse, é não economizar, diz Gilberto, não economizar em verbas nem em ideias — ele sorri, Suely sorri — e abrir as portas da nossa casa para o Roberto.

— Mas você sabe, Gilberto, que o Roberto é publicado há anos pela Panorama, diz Suely, em tom professoral.

— Sei, claro, Su, eu inclusive editei um livro do Roberto lá na Panorama.

— Editou, sim, claro…, diz ela, com um meio sorriso que a Heloísa parece pesaroso.

Gilberto fala então da importância de criar um novo selo, a Horizontes Guanabara — ou ainda melhor, a Conhecimento

Guanabara — e de como iriam comprar exposição em livrarias, anunciar em bus-doors, fazer inserções no cinema, *book trailers* no YouTube, displays de chão nas principais redes e preparar uma turnê do autor pelo país com tudo custeado pela Guanabara, Eu vejo aí um potencial mal aproveitado, podemos estourar as vendas do Roberto fora do eixo Rio-São Paulo — Suely dá uma olhada discreta no relógio de pulso — E por fim, diz Gilberto, o ideal mesmo seria uma reunião com o próprio Roberto, para podermos explicar nosso projeto em detalhes e já adiantar algumas questões financeiras — Entendo, diz Suely, mas acontece que o Roberto agora tem uma viagem marcada e — Eu sei, claro, não precisamos agendar nada agora, mas temos um adiantamento potente a lhe oferecer — É praxe dele, você sabe, permanecer na mesma editora, mas posso falar com o Roberto para o caso de ele ter algum projeto alternativo para propor à Guanabara — Os projetos alternativos nos interessam também, diz Gilberto, claro que interessam, mas nossa ideia é concentrar a obra completa do Roberto na Guanabara — Além disso, diz Suely, os professores do nosso Centro de Conhecimento têm ideias muito boas para livros — Claro, claro, vamos falar sobre cada um deles, tenho certeza de que os projetos devem ser vibrantes, vão enriquecer nosso catálogo, mas talvez num segundo momento, talvez como a leva seguinte de lançamentos da Conhecimento Guanabara (gosto do nome!) — Sim, sim, diz Suely, então mais para a frente me mande uma mensagem — Aliás, fala Gilberto, no mês que vem eu devo vir de novo a São Paulo e — Olha, Gilberto, o final do ano está um pouco complicado para o Roberto, acho melhor marcarmos mais adiante — Sim, entendo, então poderíamos conversar logo no início de janeiro — Em janeiro ele costuma viajar com a família, Gilberto, depois ele foca nos projetos do ano — Um novo livro, por acaso? — Talvez, ele prefere ainda não chamar de livro — Então podemos já fazer uma proposta de publicação por esse novo livro, uma proposta *irrecusável* — Sim, não, olha, ainda não há nada muito definido nesse momento — Vou então te enviar um e-mail, diz Gilberto, e a gente vai batendo uma bola — Ótimo, Gilberto, nos mantemos em contato, diz Suely, já se erguendo da cadeira. Heloísa a segue no mesmo momento, Gilberto ainda demora um pouco para sair da poltrona, em poucos minutos estão de volta à rua em frente ao sobrado à espera de um táxi.

Ele põe de novo os óculos escuros, se joga num canto do carro e puxa o celular do bolso do paletó. Está vibrando, ele vê quem é com uma risadinha e atende. E aí, tá inteiro?... (risadinhas)... Caralho, meu irmão... O quê?... (risadinhas)... Não, não posso falar agora... Não... Que reunião o quê, caralho... Não, eu te ligo... (risadinhas) Pegando os cacos, é... Puta merda, meu irmão...

Enfia de novo o aparelho no paletó, olha a paisagem ainda risonho. Heloísa sente uma pontada no coração, como se tivesse sido traída. Está com os olhos cheios de lágrimas, não consegue controlar essas sensações, tem medo de chorar e crava os olhos nele com tanta força que ele se vira e pergunta o que achou da reunião. Eu?, diz ela, sem saber o que responder. Foi boa, não foi?, diz ele. Você vai ver; foi só mencionar a criação de um selo exclusivo para o Roberto que a Suely ficou toda interessada. Esses autores são todos iguais. E ela sabe que a Guanabara é um grupo forte. Se a gente entrar de sola no mercado, o mercado de livros vai mudar. Escreva o que eu digo. Vai mudar. Pode ver. Ela vai ligar, vai escrever, agora mesmo deve estar falando com o Roberto, na semana que vem estaremos aqui de novo para fechar o negócio.

O pai não estava à vista quando o jardineiro negro num macacão folgado lhe abriu o portãozinho. O barulho dos cachorros do vizinho a incomodava e ela mal respondeu sua saudação; como era possível viver assim? O pai não estava na varanda aramada nem no refeitório ou na sala de televisão. Saiu rapidamente para um pátio nos fundos, não suportava o cheiro de urina misturado a fritura. O pátio era cimentado com um jardinzinho de inverno quadrangular no centro. A terra havia sido ocupada de sacos e tábuas rachadas, dois pedreiros construíam uma rampa de acesso aos andares superiores, e apenas uma amoreira negra, de galhos nus espetados para o alto, ainda resistia. Perguntou a uma enfermeira onde estava o pai. O seu Mário?, disse a mulher. Ah, acho que está ali atrás, é uma gracinha ele e a dona Irene, parecem dois jovenzinhos.

Não entendeu muito bem o que a enfermeira havia dito, mas deu a volta pelo quadrado de terra. A rampa incompleta estava apoiada por sarrafos e parecia tudo, menos segura. O pai estava ali debaixo, chapéu de lã e agasalho, com uma manta sobre as pernas, estirado numa espreguiçadeira colorida de praia. Ao seu lado havia outra espreguiçadeira com uma velha pequena de cabelos cheios e brancos, as pernas tortas de lado escapando de outra manta, canelas finas enfiadas em tênis brancos esportivos. Estavam de mãos dadas, sorridentes, eram dois viajantes num cruzeiro.

Tentou sorrir para o pai, mas não conseguiu. Passou a mão pela mureta para ver se estava suja e sentou-se de frente para o casal. Não conseguia nem parecer alegre. Perguntou o que ele achava que estava fazendo ali. Dona Irene a olhou e sorriu. Que menina bonita, disse. Heloísa respondeu que era a filha do seu Mário. Com a mão livre, a velha deu três tapinhas no antebraço do pai. Que menina bonita, disse ela de novo. O pai sorriu de um jeito estranho para Heloísa, ela não sabia dizer se era embaraço ou contrariedade. É a minha namorada, disse ele. Heloísa olhou ao redor, para certificar-se de que ninguém os observava. Os pedreiros estavam sentados num canto e queriam arrancar sua roupa com a força do pensamento. Ela se ajeitou na mureta e perguntou ao pai, num sussurro, que maluquice era aquela.

— É a minha namorada.

— Pare com essa brincadeira, pai. Eu já ouvi. Pare com essa criancice.

— É a *minha namorada*, gritou ele. Heloísa pediu que falasse baixo, o velho apertou com força a mão de dona Irene, dedos frágeis de gravetos, e gritou de novo. A velha continuava sorrindo. A enfermeira veio devagar até eles. Esse homem é muito assanhado, disse dona Irene. Seu Mário, falou a enfermeira, se o senhor não se comportar, vou ter de contar tudo ao doutor. Depois, para Heloísa: Ele às vezes não para quieto.

Está nervosa, não consegue comer. Diz que sua reunião com Jaiminho, o menino-dono, é agora logo depois do almoço. Bruno espeta o supremo de frango com a ponta do garfo, olha para ela com pena. Diz que a dele foi tenebrosa. Estela lhe diz que ninguém será demitido por causa de uma reunião ruim; ele está fazendo muito bem o seu trabalho na *Motores Possantes*, todo mundo vê isso. Heloísa pergunta por que foi tão mal assim. Bruno a olha cansado e sorri. Para começar, diz ele, o Gilberto muda totalmente o tom quando está com o menino. Deu para falar grosso, disse que nossos números eram péssimos, e veio com uma série de pesquisas de opinião — não sei de onde ele tirou essas merdas — dizendo que as pessoas queriam algo mais jovem, menos *careta* — destruiu nossa seção de classificados, disse que ninguém aguentava ficar folheando páginas e mais páginas de fotos de carros usados e um texto todo apertado, e aí eu também engrossei a voz (Heloísa duvida), falei que o nosso público era justamente esse, *mais maduro*, que reclamava sempre que a gente tentava fazer alguma mudança, eles estão *acostumados* à revista, ela virou um benchmark, se nós perdêssemos esse leitor iríamos voltar à estaca zero. E eles?, pergunta Raissa. O Gilberto Filho disse que a gente precisa de um público mais jovem, de classe média alta, que consome, que sonha com máquinas — alegou que a gente precisa de matérias sobre, sobre, sobre os carros do Christiano Ronaldo, sobre os carros do, do Eike Batista, reportagens sobre as novas Maserattis, Ferraris, McLarens, nem de carro ele entende e veio cagando regra; e o Ted *concordava*, o que é pior, disse que era um absurdo termos uma revista sobre carros que não consegue atrair anunciantes.

— E o menino? E o menino?, pergunta Estela.

Bruno esfrega o olho, corta um pedaço do frango sem levá-lo à boca.

— O menino?, diz ele. O menino perguntou por que, em vez de texto, não podíamos ter uma revista só com fotos e tabelas, e desenhos dos carros vistos por dentro.

Marcilio chega por último à sala de reuniões no sexto andar. Silvano o cumprimenta, ele acena e senta a uma das pontas da mesa, suspira e entrelaça os dedos. A sala é apertada, de divisórias cinzentas, o chão é forrado de carpete cinza-escuro. O display perto da janela tem revistas de anos atrás. Heloísa olha as próprias mãos sobre a mesa de fórmica cinza, olha as planilhas grampeadas ao seu lado. Emerson e Oscar também têm um calhamaço de anotações. Entre eles há um laptop ligado, sua tela é projetada no telão instalado num tripé numa das pontas da sala. Projeto Londres — Unidade de Livros. Gastaram um tempo considerável para acertar esse primeiro slide. Nas suas reuniões nas semanas anteriores, criaram, por ideia de Oscar, uma classificação dos lançamentos, A, B, C, D, E, em função da expectativa de vendas de cada título. Os códigos estão atrelados a uma cor; do A, um azul festivo, ao E, cor de sangue. Querem mostrar, por meio de uma profusão de azuis, verdes e, vá lá, amarelos, que terão dois anos excepcionais pela frente. Marcilio funga. Carlos olha as horas. Silvano se balança na cadeira de braços cruzados. É... diz ele. Marcilio dá um sorrisinho. É... diz de novo Silvano.

Pela mesa estão espalhados alguns lançamentos recentes. *O filósofo e o cocker spaniel*, *Os maiores genocídios da humanidade*, *Pense e emagreça*. Emerson quer falar de *Memórias de sangue*, a reedição de crônicas de um ex-guerrilheiro; ele aposta muito nesse livro. No centro há um pote de balas de hortelã. Marcilio pega uma. Silvano se estica e pega uma. Oscar pede para ver o jogo de planilhas de Emerson. Você colocou o livro de orações aí? Está lá em setembro, diz Emerson, girando o plástico da bala; é a minha aposta para o segundo semestre. Mas eu também coloquei na minha grade, diz Oscar; em dezembro. Discutem quem poderia cortá-lo sem prejuízo para os próprios números. Heloísa pergunta, com a voz tensa, se há livros repetidos nas planilhas.

— Avance aí na apresentação para darmos uma checada, fala Oscar.

Heloísa passa nervosa a mão na barriga redonda, de pele esticada. Tecla no laptop, os slides avançam no telão, diz que não está acreditando nisso. Vejam, ali está o livro, *Orações de toda hora*. Ali também. Puta merda. Estala a língua, reclama. Oscar diz que é simples; é só darem uma alteradinha antes de o pessoal chegar. Heloísa diz que não é possível; foi Marlon quem as fez, as planilhas estão em outro programa, Se eu mexer, vou ter de colar tudo de novo no PowerPoint e vai desorganizar tudo.

— Mas a gente vai ter de mexer, diz Oscar.

— Mas vai bagunçar *todos* os números, diz ela.

— Mexa, manda Marcilio, estalando a bala de hortelã nos dentes.

Ela abre as planilhas no Excel. Não sabe se são as mais atualizadas. Passa de novo a mão na barriga, sente-se injustiçada. Pronto, me diga o que você quer tirar.

Agora estão na dúvida. Encontraram outro livro repetido. Emerson acha que poderiam incluir um projeto que ele pensou em fazer, sobre a língua portuguesa (vai vender muito para o governo, diz), mas ainda não pensou nos autores. Oscar acha que daria para dar uma aumentadinha nas vendas de *Os cem maiores ditadores da história*. Analisam por um momento a planilha projetada na tela.

— Esses números estão baixos, diz Marcilio por fim.

— Estão, né?, diz Oscar. Eu também acho que esse livro dos ditadores vai vender muito.

— *Todos* os números estão baixos. De todos os livros. Aumentem.

Oscar processa a informação por um momento, depois tenta explicar que discutiram aquilo juntos, vai ser difícil mexer agora. Estão baixos, repete Marcilio. Os editores se entreolham. Emerson comenta que podem aumentar a projeção de venda de alguns deles. Então mexa, diz Marcilio. Silvano sugere que, se forem mesmo mexer, que façam rápido, o pessoal deve entrar a qualquer momento.

— Você não acha que estão baixos?, diz Marcilio para ele.

Silvano franze o queixo. É, bicho, não estão lá aquela maravilha.

Heloísa pede então que lhe passem as alterações. Suas mãos estão suadas sobre o teclado.

— Aliás, queria comentar que essa tabela é muito estranha, diz Oscar, um pouco indignado. Aumentamos o número de lançamentos a cada ano, e o resultado piora.

— Ah, não, diz Heloísa, a gente já discutiu isso antes.

Ela se lembra de Marlon ter lhes explicado algo sobre break-even, de um livro que não vende acumular no estoque, e o espaço para mais livros no estoque diminuir, ela acha que é isso mas não sabe exatamente qual é a lógica. Não vai admitir isso agora, na frente de todo mundo. Cadê o Marlon?, diz ela.

— Qual é o ramal do Marlon?, diz Silvano, com o fone na orelha e dedo nos botões do aparelho.

— Mexa aí você mesma, é pouca coisa, diz Oscar.

— Acho que a gente poderia aumentar o nível de vendas de todos, diz Emerson. Colocar uns dois mil a mais em cada um.

— Ponha cinco mil, diz Marcilio.

— Se algum chegar a vinte mil, podemos chamar de livros AAA, diz Oscar.

— Coloque aí, diz Marcilio. Dez mil e vinte mil. O que você acha?, diz, olhando para Silvano.

— Se um livro vende, ele vende, diz Silvano.

Marcilio solta um grunhido, que pode ser um riso. Mas você vai conseguir pôr esses livros na rua?

— Se forem um sucesso, claro, diz Silvano.

Seguem alterando os números. Ficam em silêncio, ouvem o zumbido do par de lâmpadas fluorescentes acima deles e o farfalhar de papéis, que Oscar e Emerson não param de reler e rasurar. Na tela, Heloísa vê os slides perderem a forma enquanto cola parte das planilhas na apresentação. Tenta alterar as cores. Alguém grita que ela apagou uns números. Cadê aquele livro de culinária vegana? Acho que você está com a planilha errada, diz Oscar. Ela não sabe mais o que está fazendo e a porta se abre. Primeiro vem Ted, alto e musculoso, num terno cinza-claro sob medida. Cumprimenta a todos com um aceno de cabeça e deixa a porta aberta, vira-se com os olhos baixos (todos baixam os olhos) e vê o menino surgir com seus cabelos brilhantes e pele clara; usa nesse dia uma gravata listrada azul e vermelha, terno azul-escuro. Atrás dele vem a mãe num vestido fechado negro, os cabelos num coque, parece não usar maquiagem mas Heloísa sabe quantas camadas de pós e cremes deve ter passado para soar natural.

A porta é quase fechada, volta a se abrir com um baque e eles veem primeiro a ponta de uma bengala de madeira clara, depois o olhar morto de Maria Lucia. Oscar e Emerson se entreolham.

— Olá, Marcilio, diz ela, se arrastando para uma das cadeiras.

— Olá, Maria Lucia, diz ele para dentro.

Todos se acomodam. Ted está olhando o celular. Maria Lucia pergunta se devem esperar Gilberto Filho. Ele está em São Paulo com o PC, diz Ted, sem tirar os olhos do aparelho. Maria Lucia pergunta se ele quer fazer a introdução. Faça você, diz Ted. Pois bem, diz ela, o Paulo Coelho está em São Paulo, negociando um projeto novo, e me pediu para conduzir essa reunião de metas. Explica, a seguir, que Jaime Neto não está assumindo oficialmente nenhum cargo, que seu Jaime ainda é o presidente da empresa, sua saúde tem melhorado sensivelmente e até o final do ano deve reocupar sua posição na Guanabara. Mas a família (acena para Mariane Moraes) julgou por bem deixar o menino a par dos negócios para que, quando for mais velho, ajude o avô na tomada de decisões. A unidade de livros olha o menino. Ele pegou uma balinha de hortelã do pote e brinca com o papel. Maria Lucia pergunta se alguém tem alguma dúvida (ninguém tem dúvida nenhuma) e passa a palavra a Ted, que explica mais uma vez, em linhas gerais, no que consiste o Projeto Londres. Comenta que já conversaram com as revistas, tiveram boas ideias, outras nem tanto, precisam ainda fazer alguns ajustes, mas ele sente que há um empenho genuíno em superar as metas e quer ouvir o que a unidade de livros tem a apresentar.

O que vem a seguir é como um navio de madeirame podre cruzando o cabo Horn num dia ruim. Marcilio afirma, em duas ou três frases curtas, que a unidade não só vai atingir a meta, como vai crescer cento e cinquenta por cento em dois anos. Ted para de mexer no celular e presta atenção ao que está sendo dito. Oscar transpira e, logo na primeira planilha, não encontra seu livro sobre os ditadores. Deve ter havido algum problema na montagem dessa planilha, diz ele severo a Heloísa, que fica vermelha e rebate que os dados foram recebidos muito em cima da hora e, de qualquer forma, fora Marlon quem fizera tudo aquilo. Ela vai cobrar o Marlon. Maria Lucia pergunta o que são aqueles números no alto da tabela. Ah, são os títulos AAA, diz Oscar, mas não consegue explicar que livros são aqueles. Emerson, na sua vez, gagueja e se enrola ao apresentar *Memórias de sangue* sobre a mesa. Silvano balança a cabeça e, quando questionado por Ted, diz não saber se consegue emplacar os livros programados no ano. Heloísa tampouco tem respostas para o alto custo dos investimentos de marketing e diz mais uma vez que foi Marlon quem fechou os números. Ted suspira. O menino, alheio ao que vem sendo discutido, faz menção de pegar outra bala. A mãe lhe diz, *Não*, o combinado é uma bala por reunião.

Ted observa atentamente a nova planilha no telão. Vejam ali, diz ele, vocês vão investir essa fortuna numa coleção chamada *O desafio da cidadania*, que vendeu, até agora, trezentos exemplares. O que são esses números na coluna amarela?

— São nossas metas de venda em um ano dos três volumes seguintes, diz Oscar. São títulos C, ou seja —

— Cinco mil? Vocês colocaram ali cinco mil de vendas para os novos livros dessa coleção? Se o anterior vendeu trezentos?

— Vendeu mais, diz Marcilio, esses números estão errados.

Ted olha Maria Lucia, ela sacode a cabeça. Olha a seguir Marcilio, que é uma estátua. Se os números estão errados, diz Ted, como foram parar aí na planilha de vocês?

— Estão errados, diz Marcilio novamente. Nossos livros vendem muito mais.

Heloísa diz atabalhoada que vai cobrar de Marlon. Oscar os interrompe para dizer que calcularam e pesquisaram tudo, esses números novos de venda foram muito bem fundamentados, mas ele não é a pessoa mais indicada para discutir o aumento de vendas que estão propondo. Silvano, diz ele, explique seu novo sistema de distribuição. Silvano se esparrama na cadeira, ri, faz cara séria. Comenta que ainda não pôs nada no papel mas tem umas ideias, tem conversado com uns distribuidores, o que pretende é espalhar os livros por todo o Brasil. Até na Amazônia vamos ter livros da Guanabara, diz ele. Vamos arrebentar.

Mariane, a mãe do menino, acena concordando. Heloísa está impressionada em como seus lábios são carnudos. O menino olha o gerente de vendas, pela primeira vez com alguma curiosidade.

— Como os livros chegam à Amazônia?

A sala em silêncio. O menino continua com os olhos negros fixos em Silvano. Ele pigarreia, começa a explicar o sistema de distribuição, iniciando pela estocagem. O menino o interrompe, olhando para Maria Lucia.

— Como seria interessante se pudéssemos atingir as pessoas na floresta, com balsas de livros, diz ele.

Ela meneia a cabeça. A mãe também. Diz que se lembra muito bem de como seu Jaime sempre deu importância a esse dever cívico da Guanabara.

— E por que nossos livros não são vendidos em bancas, junto com nossas revistas?, pergunta de novo o menino. As pessoas que vão a bancas não leem livros?

— É uma linda ideia, diz sua mãe.

— Sim, é uma ótima ideia, diz Maria Lucia. E depois, para Ted: É só criarmos uma sinergia com nosso departamento de vendas.

— Sim, pode ser feito, responde Ted, pensativo.

Silvano concorda com veemência. Sem dúvida, sem dúvida. É uma ideia muito interessante. Interessantíssima. Eu já vinha tentando implantá-la na Guanabara. A Panorama faz isso com muito sucesso.

Ted continua a olhar a planilha no telão. Aponta agora para uma área esverdeada. E que projeto é aquele ali, com vendas de dez mil exemplares cada um?

— Ah, diz Oscar. Você se refere à nossa coleção Passos Iniciais?

Explica, nervoso, que se trata de coletâneas de textos infantis de autores consagrados. Eles irão chamar um curador para fazer a seleção e —

— Textos infantis? Isso não deveria ser da sua área, Maria Lucia?

Ela coloca os óculos e observa os números. Mexe os lábios como se lesse em voz alta e olha para o gerente de livros. Estamos quase finalizando um projeto idêntico a esse, Marcilio. Chama-se Primeiros Passos. Vocês copiaram nossa ideia?

Marcilio responde que não. Maria Lucia ri, diz que é um absurdo, pelo que acabaram de explicar são a mesma coisa.

— Não são, diz Marcilio.

— Gente, pelo amor de Deus, diz Ted, se a gente for fazer a mesma coisa em unidades diferentes, isso aqui vai virar uma putaria.

Se dá conta do que disse e olha a mãe e o menino — a mãe de olhos arregalados — o menino virado para a mãe, prestes a formular uma pergunta — Quero dizer, diz Ted, vai virar uma bagunça. Uma bagunça.

— Os projetos não são a mesma coisa, insiste Marcilio. Todos olham para ele, à espera de algo, mas ele não acrescenta nada.

Maria Lucia o encara sem piscar. Marcilio também está imóvel. O menino:

— Por que nem todos os livros são coloridos? Eu gosto quando o livro traz fotos ou desenhos. Eu gosto quando traz jogos e desafios.

Ótima ideia, ótima.

No final daquele dia funesto, sozinha no apartamento vazio, Fátima lhe pergunta ao telefone. Mas vocês não usavam, tipo, camisinha?

Algumas vezes sim, pensa Heloísa. Outras não.

Pisca e abre os olhos no espelho do banheiro. A casa nova lhe é estranha, a pia em que apoia as mãos não é sua. São cinco e quinze da manhã. Pisca de novo — manchas negras ao redor dos olhos, tem a impressão de ver o reflexo de outra pessoa. Mais uma noite que não consegue dormir. A pressão na bexiga é irreal, quando senta no vaso não sai quase nada. Compraram um ar-condicionado, mas Matias não se deu conta de que era preciso abrir o buraco, o prédio é novo, não previram isso na construção. Péssimo momento para se mudarem, mas dona Inez não pensava em outra coisa. Heloísa sentiu uma dor na base da coluna que não a deixava encontrar posição nos lençóis úmidos, o ar não circulava. Gotas grossas de suor descendo pela barriga, a barriga inchada e pontuda, não era possível que Matias não sentisse esse calor; ele aliás estava coberto com um edredom. Ela não aguentou mais e se levantou.

As pernas estavam agitadas, uma aflição incansável e ao mesmo tempo exausta, ela não consegue parar com as pernas e ao sair do banheiro cruza o quarto, fecha a porta atrás de si, caminha pelo corredor, pela sala e pela cozinha. Passa um momento na frente da geladeira aberta, sentindo o frescor dos tupperwares. Fecha os olhos, inspira profundamente e os abre de novo. No congelador há meio pote do sorvete de chocolate de Matias, ela o leva consigo para a sala, uma colher, dane-se o regime, dane-se a dra. Jacqueline, sua obstetra, que aliás é gorda.

A sala ainda guarda o calor da tarde. O sol bate direto na vidraça da varanda, o Duarte, amigo de seu Nilo, só os levou lá pela manhã e o Matias não teve como notar isso antes, quis logo fechar o negócio apressado pela mãe. Ela volta pelo corredor e entra no futuro quarto do bebê, acende a luz e senta com dificuldade na poltrona que fora da mãe e acabou de chegar do estofador. Jesus, que dor é essa. Caixas de papelão, pastas antigas, roupas de cama. O estrado, as laterais e grades do berço ainda estão apoiadas na parede, Matias achou um absurdo pagar pela montagem, mas até o momento não se dignou a pegar a caixa de ferramentas. Reclamou das instruções, disse que não eram *precisas*. Ora, grande físico teórico.

Ela se inclina e puxa a caixa de papelão mais próxima — Meu Deus, que dor é essa, se lhe perfurassem a base lombar não iria doer tanto. Abre a caixa, vejam, são suas fotos antigas ainda nos álbuns plastificados dos laboratórios de revelação. Empilha alguns na coxa esquerda, o pote de sorvete na outra. Toma uma colherada e abre o primeiro álbum. O plástico farfalha ao passar pelas fotos de um churrasco na faculdade, olhe só a franja da Dinah, olhe o *meu* cabelo — abraçada à amiga, ambas com os olhos vermelhos do flash, à frente de uma mesa de plástico com pratos sujos, espetos e copos descartáveis. Será que encontra algum álbum da época do colégio? Foram às cidades históricas de Minas na oitava série, ela ainda deve ter as fotos que tirou naquela Love descartável. Lembra-se de amigas que nunca mais viu. Lembra-se de Tomás e Big. Ainda pensa neles de tempos em tempos, o que devem estar fazendo agora. Duas colheradas seguidas do sorvete. Como a gente podia usar uma roupa dessas? Em outro álbum, ela sorri de aparelho ao lado do irmão, o irmão com aqueles olhos saltados dele, o rosto sempre meio desconfiado, cabelo de cuia, óculos de armação de plástico (quebravam a todo momento, acho que já disse isso) presos com uma cordinha verde-limão ao redor do pescoço. Outro álbum: ambos com moletom do Mickey e rechonchudos; Disney, 1992. Ela tinha o quê? Treze. Seu irmão então devia ter acabado de fazer onze. Um menino tão novo e já com aquela cara de psicopata (nova colherada). Ele queria fazer naquela época engenharia aeronáutica no ITA porque alguém lhe dissera que era o curso mais difícil de entrar.

Outro álbum: ela de biquíni estampado, a barriguinha inchada, andando pela borda da piscina da casa que os avós alugaram por uma temporada em Teresópolis, lá estão seus pais, um pouco afastados, na imagem seguinte ela ajuda o pai a limpar a piscina. Ele já tinha os cabelos cinzentos e começava a perder a corpulência. Você é especial, Heloísa. Você é especial. *Nosso* presente dos céus. Lá está o irmão de novo em outra foto, ele chora e aponta para a câmera, Heloísa se lembra de que havia feito *algo* a ele na surdina, era boa em provocá-lo quando ninguém estava vendo. Ela era especial; o irmão nem tanto. Ela sussurrava, sozinhos no quarto à noite: O papai e a mamãe não queriam ter você. *Ninguém* quer você. O irmão chorava abafado no travesseiro e passava a manhã seguinte sob o impacto da revelação. Que saudades, meu Deus, fazia tempo que não olhava aquelas fotos — Ah, lá está sua mãe, sentada no sofá da varanda com um prato de salada e frango sobre as pernas, o pai ao lado com um copo de cerveja, peito peludo, sunga da Adidas. Ela raspa o sorvete e está chorando. O bebê acordou e se joga de um lado para o outro dentro da sua barriga, ela a acaricia e pergunta com voz de nenê se ele quer mais sorvete, se gosta de sorvete, lambe a colher e chora, sua mãe era linda, calma, inteligente, compreensiva. Nunca sentiu tanto a falta dela como agora. Puxa outro álbum, é um aniversário do Cláudio Mário no Clube dos Macacos, ele chora (de novo) porque caiu na corrida do saco, Heloísa não sabe o que as fotos *dele* estão fazendo ali.

Às sete da manhã a dor se tornou insuportável e decide que já pode ligar para a doutora. Não deve ser nada, não deve ser nada, mas tem de admitir que está um pouco insegura. Tanta coisa a fazer naquela manhã na Guanabara, meu Deus — um cansaço invencível. A doutora provavelmente não vai atender, deve estar dormindo ou quem sabe num parto, ou nas Bahamas, se atender não vai dar bola, as grávidas são assim mesmo, se preocupam com qualquer bobagem. A doutora não só atende no primeiro toque como, depois de ouvir atenta a descrição dos sintomas, ordena, numa voz de autoridade que Heloísa não conhece, que pegue imediatamente sua malinha e vá à maternidade. Mas eu nem fiz mala nenhuma, diz ela. Querida, você deve estar em trabalho de parto há pelo menos dois dias, lhe diz a doutora. Heloísa sente-se gelada; quer agora que o bebê se mexa, mostre que está bem, mas sua barriga entrou num silêncio monstruoso. Ela corre para acordar Matias, tem certeza de que as dores aumentaram. A mala está desfeita — Matias está ligando para a mãe — o berço desmontado na parede — algo vai mal, ela pressente, a respiração está descontrolada, ela se abana, Matias pede calma, o elevador não chega e nunca se sentiu tão só.

— Tira uma foto, tira uma foto, diz o anestesista por trás da máscara. Matias olha para Heloísa, que está com o tronco encoberto por um lençol azul. Eu não sabia que podia entrar aqui de celular, diz ele. O anestesista ri, balança a cabeça como se não acreditasse e some atrás do lençol. Matias não ficou bem com aquela touca e máscara descartáveis. Podia parecer um médico, lembra mais alguém da equipe de limpeza. Mas não é hora de ser injusta.

— Não passe desses lençóis azuis aqui, lhe diz o instrumentador. Ele concorda com a cabeça e olha incerto para Heloísa, não sabe se pode lhe dar a mão. Ela não sente mais nada; um ligeiro formigamento e a seguir cócegas. Movimentação atrás da cortina. A dra. Jacqueline sorrindo, depois um pouco nervosa. Matias olha por cima da cortina lívido, dali para Heloísa. O que foi? Quando passa a mão no cabelo dela sem responder nada, ela chora; ele mal dobra os dedos, nervoso. O instrumentador some atrás dos lençóis; Matias instintivamente recua um passo. A doutora pede ajuda. Um pediatra, que eles não tiveram a oportunidade de conhecer, acorre também para sua barriga escancarada. O que está acontecendo? Matias, o que está acontecendo? Tudo se revira dentro dela; olha as luzes fluorescentes no teto; sua barriga é espremida por diversas mãos como uma pasta de dentes. Ela ouve o som do vácuo da carne e da pele sendo separadas; puxam de um lado, de outro. A cabeça, pegue a cabeça. Ela fecha os olhos mas o silêncio não passa. A seguir, o choro fininho.

Pergunta onde está o bebê, quando pode abraçar de novo o bebê. Da última vez que Matias desceu para vê-lo, voltou com os olhos inchados, apertou com força suas mãos sem dizer nada, depois se trancou no banheiro, de onde ela o ouvia soluçar. O sedativo começa a passar e ela sente dores terríveis no ventre. Matias diria mais tarde que o parto fora como se três pessoas enfiassem os braços no fundo de um saco sem encontrar nada. Ela mal tivera tempo de pegá-lo, de beijar seu cabelinho negro empapado, o pediatra o tomou das suas mãos e não voltou mais. Seu Nilo e dona

Inez estão sentados no sofá-cama, Matias em pé ao lado dela. O pediatra, quando esteve ali, disse que o bebê reagia muito lentamente. Dona Inez não gostou do jeito do doutor, meio efeminado. Aliás, disse ela, é muito novinho para ser médico. Heloísa não a ouve; entendeu apenas que a parede do seu útero estava empedrada, o bebê nasceu vermelhinho, as unhas negras, teve de produzir muitos glóbulos vermelhos para puxar o ar da placenta. Ele é um vencedor, disse por fim o pediatra. Ela quase o sufocou no próprio ventre, meu Deus. A dra. Jacqueline não atende as ligações. Dona Inez não quer mais ouvir falar desse médico metido, que mal respondeu às perguntas, não deu nenhuma atenção a eles, ela vai ligar hoje mesmo para o dr. Israel, esse sim, foi o pediatra de Matias, ele sim era bom, um médico das antigas, que examina e conversa com o paciente antes de sair pedindo exames. Mãe, ele já deve ter morrido há pelo menos trinta anos, diz Matias. Ela insiste que não, o dr. Israel está ativo e a toda; não é como esses médicos medíocres dos planos de saúde. Matias parece irritado e no entanto não esboça reação, fica apenas ali, olhando para o nada. Exatamente como fez no casamento deles.

Além do mais se embebedou e arruinou a noite de núpcias. Um hotel quatro estrelas em Santa Tereza, com vista para o mar cinzento e a ponte Rio-Niterói, presente das editoras da Guanabara que se cotizaram para reservar uma suíte júnior. Hotel lindo, lindo, com seu próprio spa, e estava tudo arranjado. Matias havia passado ali mais cedo para deixar a mala, já um pouco nervoso. Sem conhecer direito as entranhas do bairro, com um taxista relutante que dirigia como uma velhinha, medo de estourar os pneus nos trilhos do bonde, se perderam e, ao contar posteriormente suas infelicidades a Heloísa, talvez tenha exagerado ao dizer que tomaram a quebrada errada e se enfiaram numa favela, onde não havia espaço para o carro manobrar — as pessoas olhavam desconfiadas de cima das casas, nas vielas — Puta merda, meu irmão, o taxista praguejava e só faltava chorar — deram cinquenta reais para um garoto ajudá-los a manobrar pelos casebres — Matias ficou com tanto medo de ser assaltado, de ser *morto*, de perder as alianças que trazia no bolso do fraque, que tudo o que aconteceu depois do incidente foi para ele um sonho de neblina, ele ainda estava com as pernas moles na festa, os amigos o abraçavam, ele queria apenas contar sua história — Bebe aí e relaxa um pouco!, disse um deles, um barulhento especialmente gordo do seu departamento no Dataprev — e lá estava ele, entre as pessoas, com aquele olhar perdido de novo. Heloísa atribuiu essa tensão ao evento funesto, e pôs na mesma conta o fato de ele ter começado a beber desde cedo, estimulado pelos supostos amigos. A juíza lhes chamou a atenção, com autoridade de tia do pré-primário; sabia que o noivo estava exultante (uma pontada percorreu o corpo de Heloísa), mas pedia que por favor começassem a comemorar só depois do ofício. Você está bem?, sussurrou ela antes da cerimônia. Ele sorriu mas seus olhos diziam outra coisa que ela não soube identificar. Seu vestido era creme, um pouco largo com rendas para atenuar as formas. Gilberto Filho não pôde ir, mas enviou um lindo bowl para saladas em formato de folha. Fátima deu um aparelho de fondue e ali estava ela, mais maquiada do que a noiva, cabelos negros para o alto numa cascata de flores e pérolas falsas, agarrada ao novo namorado, esse sim um bom partido, um chef baixinho que, disse ela num sussurro, Fez um jantar afrodisíaco inacreditável para mim outro dia. Cláudio Mário, seu irmão, também estava lá, impecável em calça de sarja muito passada e camisa azul dobrada com esmero nas mangas, aqueles olhos saltados, a mulher num vestido muito leve que devia ter custado uma fortuna, sentados num canto suados (se desacostumou com o calor do Rio, Cláudio Mário?) como um casal inglês entre selvagens do Congo. Mandaram um conjunto de vinte e quatro taças de cristal em três formatos diferentes, que Matias desdenhou ao puxar com violência uma delas (cuidado, Matias), não dava a mínima para vinho; bebida de boiola.

Ao vê-lo dançar com antigos amigos da faculdade, ela se perguntou o quanto, de fato, conhecia Matias. Parecia tão caloroso, fazendo agora uma roda na pista, gritando todos juntos. Os colegas do Dataprev se uniram para dar um faqueiro da Tramontina, de cabos de plástico, que não estava na lista; a unidade de livros, um processador de alimentos que não cabia na cozinha. Ana Mirelle e o noivo, um sujeito bombado de cabelo escovinha, experimentavam todos os salgados para seu próprio casamento, dali a alguns meses. A barriga de Heloísa já estava mais redonda, ela bebeu muito pouco nessa noite, apenas um golinho em cada brinde, foram muitos brindes, quando entrou no táxi estava um pouco bêbada e um pouco enjoada, comera duas fatias de bolo e roubara da própria festa uns docinhos no guardanapo, mas estava longe de se comparar a Matias, que desabou no assento do táxi e ficou ali meio desacordado, com a cabeça apertada entre a porta e o encosto. Você está bem, Matias? O motorista tinha uma tela enorme no painel e via no volume máximo a reprise de uma novela. Depois Matias começou a ter ideias (ela não se lembra de como entraram no quarto nem de como perdeu um dos saltos), queria pedir uma série de coisas do cardápio para ver se eram bons mesmo, queria pedir uma garrafa de champanhe, apesar de não beber champanhe, queria encontrar o cardápio e o telefone, parou bem no meio do cômodo como um coqueiro sacudido pelo vento e olhou todos aqueles móveis com desdém, a cama larga, o dossel, a chaise longue, o tapete felpudo, a escrivaninha francesa, a cesta de frutas sobre a mesa de centro, e quando Heloísa lhe pediu que a ajudasse com o zíper, ele já tinha partido para o banheiro como um morto-vivo de George Romero e continuou andando, ergueu uma perna depois da outra e entrou com o fraque alugado na banheira cheia de água até o topo, morna e perfumada, pétalas de rosas, velas apagadas voando para o chão. Um observador atento diria que tentava se afogar.

    Sentada numa poltrona reclinável de vinil, cercada de enfermeiras matronas, o bebê é finalmente levado até ela. Três dias inteiros se passaram naquele inferno, ela dorme mal, fica na fila para tirar leite em máquinas ciclópicas, não pode andar por causa da cirurgia e recebe o bebê nos braços, o seu bebê, a marca do esparadrapo logo abaixo do nariz, ele continua vermelhinho, a pele tão fina, mas seu menino é valente, vai crescer e respira, ele coça o rostinho ainda dormindo, com as unhas negras, as matronas sorriem. Acomodam o bebê colado aos seios dela e a ensinam como fazer para ele sugar. É um bichinho cego, que tateia e se guia pelo olfato, abre a boca rosa, tão frágil, a enfermeira mais velha aperta seu seio esquerdo e faz um movimento simples para cima, para a boca dele. Quando Heloísa se dá conta, ele suga, suga, ela chora e sorri. Tudo vai ser melhor agora.
    Não em casa, na poltrona reformada da mãe, no quarto preparado para o menino — Matias teve de recorrer ao porteiro para montar o berço —, é como se aquelas enfermeiras lhe tivessem pregado uma peça. Não encontra posição e, quando finalmente se ajeita com o bebê nos braços, ele escorrega de lado gritando, joga-se para trás num ímpeto suicida, os olhos enrugados de raiva, grita, grita, grita. Matias, em pânico, enfia sua mão entre eles, tenta escorar a criança mas não sabe exatamente o que fazer. Parecia tão simples. Heloísa se esforça de novo. Encaixa a boca do bebê no seio, conforme as velhas lhe ensinaram, e faz aquele movimento

de torção das carnes moles, o seio escorre como sabonete, ela quer que ele feche a boca no lugar certo mas o bebê urra, ela o pressiona contra o seio, seus gritos são abafados pelo mamilo escuro.

O bebê com certeza tem algum tipo de alergia. O bebê tem problemas gástricos; talvez seja refluxo. Pode ser alguma malformação (bate na madeira), não é possível que um bebê chore por horas seguidas e mesmo assim não mame. Matias liga para o dr. Israel mas não consegue conversar porque, primeiro, o dr. Israel é surdo e, segundo, Heloísa não para de falar ao seu lado explicando os sintomas, irritada porque Matias é incapaz de se expressar, de colocar as ideias em ordem.

— Então fale você, ora!

— Mas nem isso você consegue fazer, Matias!

Dona Inez diz que o leite dela deve ser fraco. Heloísa fala a Matias, assim que ela sai do quarto, que não quer mais aquela megera na casa deles. Matias fica parado, olhando com ódio para a parede. Mal consegue mover o pescoço. Ele fala com muita dificuldade, entre o maxilar duro e a raiva, que não consegue dormir, não consegue trabalhar, a mãe está tentando ser de alguma ajuda e bem que precisam de auxílio nesse momento, Esse é o jeito da mamãe, ela às vezes é um pouco rude mas quer o bem das pessoas e você, Heloísa, devia no mínimo ficar agradecida.

As manhãs de sol são claustrofóbicas, arrastam consigo os pesadelos das noites anteriores. Dois colegas do Dataprev vêm visitá-los, ela é obrigada a lhes fazer um café, mistura o pó na água com fúria.

— Com uma barbinha vai ficar idêntico a você, diz um deles a Matias, depois de escrutinar o bebê se debatendo no berço. Todos riem, até seu Nilo. O velho comenta que ela passou oito meses sofrendo para gerar um filho que é a cara do pai. Ela sabe que esse é o jeito de seu Nilo esboçar simpatia, mas não acha a menor graça.

O dr. Israel ao telefone é de pouco uso. Sim, ela deveria tentar amamentá-lo com uma mamadeira. Sim, é um processo normal, isso não quer dizer que depois o bebê irá parar de mamar no peito. Como, minha filha? Sim, existem umas bombinhas manuais, não são muito baratas, mas dá para tirar o leite dessa maneira. O dr. Israel ri quando ela diz, chorosa, que pensou em pagar para que uma das enfermeiras da maternidade passe algumas noites com ela. Ele diz que está tudo bem, isso acontece com toda mãe de primeira viagem, não precisa de uma babá, mas dona Inez é de opinião inversa e no dia seguinte colocam sentada num banco da cozinha uma mulatinha que mal parece ter chegado à puberdade, ela só olha o chão, nunca foi babá antes, chama-se Rose e tem alguma experiência porque cuida da irmã mais nova quando a mãe está fora. Continua a olhar o chão enquanto a família discute se é apta ao serviço. Conduzida ao quarto do bebê, parece intimidada com o móbile de ursinhos alados, depois observa o menino como se estivesse diante dos mistérios insondáveis do mar. Não sabe nem como pegar aquela criaturinha esperneante. Observa Heloísa tomar Robertinho no colo e levá-lo até a poltrona; observa o preparo da mamadeira. Acompanha o esforço que a criatura faz em não mamar. Heloísa acha que a menina irá chorar de nervoso, que não vai aparecer mais depois desse dia, mas a menina fica. Ela e Matias nunca dividiram a casa com ninguém; à noite Matias pede uma pizza portuguesa e não sabem o que fazer com Rose, no final a instalam entre eles, na mesa da sala, e a menina está tão mortalmente constrangida em pegar nos talheres, em mastigar e tomar sua Coca-Cola, que nenhum dos três consegue comer.

O choro do bebê ocupa todos os poros de Heloísa. Ela mal pode tomar banho. Quando abre os olhos, entre um leve suspiro e outro, sente-se agrilhoada a uma realidade da qual não poderá *nunca mais* fugir. O bebê faz cocô, Rose ainda não sabe colocar a fralda, estava ao contrário, e o líquido amarelado escorre no pijama de Heloísa. O bebê é posto no trocador com as pernas para cima, por um momento Heloísa se agacha para pegar um algodão que caiu e, ao se erguer, o bebê está fazendo xixi na cara, na própria boca, não chora porque está engasgando.

— Rose, você não viu?

Estão há três dias nessa toada, e a menina desenvolveu a capacidade de dormir em pé.

Fraldas sujas, bolinhos de lenço umedecido, roupas regurgitadas, mamadeiras grudentas, bombas entupidas, chupetas pelo chão e a espera insuportável de que o pediatra retorne o telefonema. Fora daquele quarto, daquela caverna úmida, o mundo não faz sentido. Ao final da segunda semana, o doutor finalmente sugere que ela tente leite de soja na mamadeira. Talvez o bebê, no final das contas, seja mesmo alérgico.

Heloísa gosta de se definir como uma mulher racional, uma executiva. Gosta da praticidade de resolver problemas. Mas se afunda no escuro do quarto depois de ver como o bebê grudou os lábios na borracha transparente da mamadeira, como mamou com avidez e depois dormiu tão pesado, afundado nos diversos travesseiros do berço, que Matias e Rose tiveram de entrar de tempos em tempos para se certificar de que ele ainda respirava.

Baixou as cortinas e se enfiou nos lençóis desarrumados, os seios inchados e doloridos, aquela descomunal produção de líquido venenoso dentro de si. Ela se pergunta por que todo o seu corpo parece querer matar o bebê se ela desde o início lhe devotou tanto amor. Abre os olhos e os fecha, não sabe se é dia ou noite. Acostumou-se a ouvir agora, entre os choros, o murmúrio contínuo da TV ligada na sala. É seu Nilo, vai passar algumas tardes ali a pedido do filho. Ele não faz outra coisa na sua aposentadoria a não ser ver TV; tem predileção por programas de viagem, porque ele mesmo planeja um dia sair pelo mundo. Heloísa acorda com aquele cheiro de final de expediente, Matias está ao pé da sua cama (não será a última vez). Ele lhe diz que precisa reagir. Ela diz que vai tentar. Mas, cá entre nós, não suporta ver a cara feliz de Rose transitando pela casa com as mamadeiras vazias.

— A Rose é muito verdinha, olhem, nem café ela sabe fazer, diz Heloísa para as meninas no sofá à sua frente. Rose, que estava passando pela sala, baixa os olhos. As meninas também. Heloísa está sentada na poltrona como a rainha-mãe, o menino no colo acabou de mamar no quarto, está satisfeito, tem o rosto sábio de um Menino Jesus. Raissa levou a irmã mais nova, é ainda menor e mais subnutrida, de dar pena. Se apertam no sofá com Ana Mirelle, roupinhas de verão, cabelos soltos, tão destoantes do dia a dia na Guanabara. Meu Deus, como é lindo! Que bebê calminho! Heloísa afasta um pouco as pernas e começa a niná-lo. Matias passa dos quartos para a sala com um shorts da Adidas e camiseta regata, mal as cumprimenta e some na cozinha. Ana Mirelle está muito feliz. Havia brigado com o noivo — ele estava com muitas dúvidas, questões pessoais, nada a ver com a relação — mas reataram, está tudo bem, ele agora ficou com pressa e quer até adiantar a data do casamento, depois tirar uma lua de mel em algum lugar paradisíaco, naquelas praias do Taiti e — Deve ser maravilhoso ser mãe, diz Raissa, a interrompendo. A irmã concorda e sorri. Heloísa acena muito de leve, abre um sorriso discreto, mas pleno. Espera Matias passar de volta da cozinha com uma tangerina (na cama *não*, por favor) e diz, Claro que é cansativo, a gente fica com os bicos rachados, não dorme quase nada, o bebê só quer sugar e sugar, como se a gente fosse uma vaca leiteira. Mas ao mesmo tempo é mágico, sabem? A gente se pergunta; como é possível que um serzinho desse tamanho tenha saído de dentro da gente? Sim, foi cesárea, não foi parto natural, achei até melhor assim, eu preferi; minha obstetra era excepcional, ela sabe de todas as novas pesquisas, falou que há vários estudos que alertam para os riscos do parto natural e fui desaconselhada. Sim, todo mundo ficou encantado no hospital. É, foi um pouco prematuro, nos deu um susto, mas no final terminou tudo bem, ele já começou a mamar na mesma hora, é impressionante como a natureza é sábia.

Nisso todas concordam; a natureza é muito sábia.

Contemplam em silêncio aquele menininho tão rosado, dá vontade de apertar! Raissa pergunta por fim quando ela volta ao trabalho. Ana Mirelle diz que não vai acreditar em como as coisas mudaram desde que ela saiu de licença. É mesmo?, diz Heloísa, sorrindo de volta. Não tem o menor interesse em saber e no entanto a assessora se anima: o PC quase não aparece, ninguém sabe o que está acontecendo. Parece que desta vez vendem a Guanabara. Que bobagem, diz Heloísa; já falavam isso muito antes de eu entrar. Não, agora é sério, diz Ana Mirelle. O Gilberto também tem viajado muito, a gente não sabe por quê, e no começo eu nem entendi quando anunciaram o novo autor na área de infantis, achei que era de propósito, contra a gente — Foi realmente um golpe de *mestre*, lhe diz Raissa, os olhos brilhando — Sim, prossegue Ana Mirelle, uma tacada incrível, no começo a gente achou que o Gilberto tinha abandonado nossa área de livros para trabalhar com a Maria Lucia, dona Selma até pensou que fossem extinguir a unidade, ficou todo mundo achando que ia ser demitido, depois descobrimos que não era nada disso.

— Nada disso o quê?, pergunta Heloísa, ninando o bebê com mais vigor.

— Claro que o Gilberto não ia fazer nada *contra* vocês, diz Raissa à outra.

— Mas parecia, responde Ana Mirelle, irritada.

Heloísa pede que pelo amor de Deus lhe expliquem. Como? Ninguém te contou?, dizem as duas, excitadas. Ana Mirelle comenta que achava que Gilberto poderia ter ligado para ela. Não, não ligou, diz Heloísa. Bom, diz Raissa, e as duas se entreolham. Ele até que ficou chateado com você, mas já passou.

— Chateado *comigo*? (Uma onda gelada lhe percorre o corpo.)

— Disseram que era você que estava em contato com a equipe do Roberto Yamato e que você tinha garantido que o negócio estava quase fechado.

— Negócio? Quem disse isso?

— Ah, Helô, você sabe como as pessoas gostam de falar por aí.

Elas explicam. A unidade de infantis contratou a obra de Roberto Yamato. Tiraram tudo da Panorama. Contratualmente ainda não podem republicar tudo de uma vez, mas já estão com uma edição pronta de um livro inédito, *O egoísmo positivo para crianças*, adaptação do seu maior clássico. Combinaram também que a unidade de passatempos é quem vai editar a obra adulta de Roberto Yamato. Heloísa passa a mão com força na cabeça do menino várias vezes, o menino começa a grunhir. Está de licença, pensa ela, tem de cuidar apenas do filho, o que não é pouco, está *fora* desse mercado corporativo, ao mesmo tempo sente uma onda de calor subir dentro de si, enquanto Ana Mirelle continua a dizer que a própria Maria Lucia está cuidando de uma versão especial de *O egoísmo positivo — edição comemorativa*, capa dura e papel cuchê, para celebrar os vinte anos da sua publicação. Terá um apêndice com cartas dos leitores, cujas vidas mudaram depois da leitura dos sete pilares de Roberto Yamato. O menino está pesado. Raissa diz que não é só isso; no final do ano vão lançar um livro com as melhores frases dele, *Felicidade de A a Z*, um ótimo presente de Natal. São citações retiradas de toda a sua obra. Heloísa pergunta, num tom mais alto do que gostaria, quem andou falando dela. As meninas se entreolham, hesi-

tam, dizem que não sabem. Heloísa insiste. Raissa diz que o boato veio dos editores de revistas, que tinham ouvido a história.
— Editor homem?
— Não.
— Que editora?
— Helô...
— A Claudinha?
— Não. Helô...
— A Estela?
— Eu nem me lembro direito, eu —
— A Mônica Filgueiras?
— Heloísa, a pessoa só *ouviu* dizer...
— Eu sabia que era ela!, diz Heloísa. Eu sabia. Toda amiguinha do Oscar e do Emerson.
— Helô...
— *Vaca*.
Grita para Rose, pergunta onde estava, por que demorou, Toma aqui o menino. Vida miserável, ela vai destilar nas próximas horas todo o veneno naquele bando de energúmenos da área de passatempos, e em Maria Lucia, que vai perder rapidinho aquele autor, nem importante ele é mais, está em franca decadência e —

O leite de soja na mamadeira não resolve mais, nem com müsli. O menino grita e tem fome. O dr. Israel sugere que passem às papinhas e comecem com algo fácil, como banana amassada. Heloísa esmaga com esmero a pasta amarelada no pratinho estampado de aviões sorridentes e ajeita Robertinho no cadeirão novo. Ele aprende a bater as mãos gordas na mesa de plástico — que esperto! — e fica uma graça com babador de cachorrinho marinheiro. Recusa a primeira colherada, a segunda e a terceira, na quarta dá um grito, bate na colher e emborca o potinho. Tentam maçã raspada. Ele dá um tapa na comida e a papa escorre para dentro da camiseta de Heloísa. Ela e a babá riem, que bonitinho, parece gente grande, mas o bebê não está achando a menor graça e da segunda vez cospe a maçã, lambuza-se com ela, bate na borda do prato e a pasta escorre pela parede. Tentem antes um suco de laranja na mamadeira, diz o dr. Israel ao telefone, no terceiro dia. O bebê chora como se tentassem envenená-lo. Mamão, pera, creme de manga. Heloísa recorre às papinhas prontas. Testadas amplamente pelas mães, ela lê, são a opção saudável para diferentes ocasiões de consumo e dispensam refrigeração. Frutas tropicais, goiaba com leite, uva com aveia. O bebê fica muito vermelho, Heloísa diria que até ofendido, e dá um tapa no potinho.

Quatro meses nunca são o bastante.

O Caribe para ela é um sonho recorrente, suas praias brancas e a água translúcida. Gostaria de pelo menos estar em casa e dormir um pouco, sozinha. Mas está pregada à cadeira do trabalho, claustrofóbica. Oscar chega do almoço cantarolando. O telefone toca. Ana Mirelle ri e grita com o noivo. Marcilio pigarreia e engasga na sua sala. Silvano gargalha através da divisória. Silêncio, meu Deus, um pouco de silêncio. Não tem dormido e se esqueceu de comer bem nessa semana — o bandejão tem lhe dado engulhos.

Rose atende de novo, é a sexta vez que Heloísa liga e pergunta se está tudo bem. Está sim senhora. Que barulho é esse? O Robertinho mamou mas já acordou de novo. Mamou quando? Silêncio; Rose não sabe dizer, mas não foi há muito tempo, não. Você tentou aquela papinha que eu deixei na geladeira? Tentei sim senhora. Ele comeu? Não senhora (choros mais fortes entram distorcidos pelo telefone). Veja lá o que ele quer, diz Heloísa.

Não podem esperar que ela resolva em apenas alguns dias tudo o que se acumulou ao longo de meses. Diz que vai levar o filho ao pediatra, joga as coisas na bolsa e deixa a unidade. Na rampa de saída, apressada, de óculos escuros, cruza com Gilberto Filho. Ele também está de óculos de sol, marca esportiva, por um momento parece desconcertado e depois sorri. Pergunta se está tudo bem, quer saber há quanto tempo ela voltou da licença. Essa semana, diz Heloísa; ainda estou pondo as coisas em dia. Ele diz que vai chamá-la qualquer hora dessas, precisam discutir os projetos em andamento. Sim, com certeza, diz ela, não tenho nada marcado na próxima semana. Ótimo, ótimo. Ficam ainda um momento parados, sorridentes. Ela diz, um pouco sem jeito, que soube o que aconteceu com o Roberto Yamato — Boa notícia, não?, diz ele. Sim, sim, Heloísa responde, nervosa, mas achei que seríamos nós que — O grupo estava precisando de um autor desse peso, diz Gilberto Filho. Sim, com certeza, diz Heloísa. Olhe, diz ele, se aproximando, estou aqui com um projeto muito interessante, vou passá-lo a você. Claro, pode passar, diz ela. Sorriem de novo. Ela finalmente diz, Andam falando por aí que eu estava negociando a obra do Roberto Yamato e a perdi, mas eu na verdade — Não se preocupe com boatos, diz ele. Você vai gostar dos meus planos.

O menino continua a berrar quando ela chega em casa; é como se não tivesse parado desde o momento em que Heloísa saiu para o trabalho. O dr. Israel acha agora que não está ganhando peso suficiente, altura suficiente. Dormir é crucial para o crescimento da criança, lê ela na seção O Doutor Explica, da *Revista do Neném*. O pediatra sugere que tentem papinhas salgadas.

Feijão na parede, abóbora batidinha no sofá da sala, purê de batata-baroa na camiseta estampada de Rose. Voltam com o leite de soja a qualquer hora do dia, a criança berra uma noite inteira e Matias diz, às quatro da madrugada de uma quinta-feira, que Heloísa é insegura demais para ser mãe, é por isso que o bebê chora desse jeito. As crianças sentem o medo dos adultos, diz ele; são como os cavalos. Ela pergunta então o que o menino deve estar sentindo a respeito *dele*, um pai sistemático com medo de fazer qualquer coisa para ajudar, porque isso vai atrapalhar seu dia *tão importante*. Não grite assim na frente da criança, diz ele. É você que está gritando, diz Heloísa.

Quando o bebê parece finalmente se acalmar, perto das seis da manhã, Heloísa desaba na cama e não consegue mais levantar. Ouve Matias fazendo barulho dentro e fora do banheiro, a luz filtrada pela persiana metálica, cobre a cabeça com o edredom. Ouve o barulho de pratos batendo e, mais tarde, o choro de Robertinho, que despertou de uma soneca. Passos apressados de Rose no corredor.

Fecha de novo os olhos e não sabe dizer por quanto tempo dormiu. O sol está numa posição diferente, a casa num estranho silêncio. Há alguém do lado de fora. Ela tenta ouvir, naquele quarto quente. Fecha os olhos, abre-os e mais tempo se passou. Há um leve murmurejar da televisão. Seu Nilo já chegou. Os passos voltam a ecoar no corredor. Ouve uma respiração e a sombra das pernas debaixo da porta, olha o relógio e é quase meio-dia.

— Pode entrar, Rose.

A babá pede desculpas e pergunta o que podem fazer de almoço para o menino. O que tem na geladeira?, pergunta Heloísa. Beterraba cozida. Espinafre. Duas papinhas que a senhora comprou. Batata. Vamos fazer batata, diz ela, sentando-se com esforço na beira da cama. Fica um bom momento ali, ouvindo o som das panelas, a TV ligada. Quase pode imaginar a cena: seu Nilo num canto do sofá, o menino no carrinho. Ela sente um calafrio e se tranca no banheiro. Está mais magra, com olheiras. O cabelo ainda mais rebelde. Amontoa o pijama na bancada da pia, entra na ducha quente e se deixa ficar ali, oscilando debaixo do jato. Ainda tem metade do dia pela frente, uma reunião editorial (não preparou nada), deve reunir forças para sair de debaixo d'água. Tanta coisa para fazer. Antigamente com certeza as pessoas não deviam trabalhar tanto. Gira a torneira, abre a porta do box e puxa a toalha. Se afunda no tecido felpudo, algo a preocupa, não sabe o que é. Seca o cabelo com calma, sai para o quarto, escolhe a roupa e se olha várias vezes no espelho; vai chegar por volta das duas, ótimo, pegará todo mundo voltando do almoço. Depois pode dar um jeito de comer algo no meio da tarde. Há ruído na sala. Ela para e tenta ouvir. Onde deviam haver gritos do menino, há essa falação e... choro? Ela sai desabalada do quarto.

Rose tem os olhos inchados; seu Nilo está em pé ao lado dela, braços cruzados e expressão séria. Rose puxa a colher da boca do menino, não só está vazia, como lustrosa. O menino sacode os bracinhos e grita, quer mais. Veja, dona Heloísa, ele está comendo!, diz ela, que chora de felicidade. Robertinho grunhe e bate as mãos no tampo. A babá enche outra colherada de purê. Seu Nilo olha nervoso o prato quase vazio, a aposentadoria não lhe rende tantos momentos de ação, pergunta se não é o caso de descascar mais batatas, ferver a água, fazer purê, mais purê! Heloísa está feliz, é claro, e aliviada, mas tem receio de pegar a colher que Rose lhe estende. Não, não, pode continuar a dar você, diz ela. Acha que já lhe ofereceu purê de batata antes, agora não tem certeza. Ou talvez não saiba fazer um purê como o de Rose (dor, dor no coração).

Elas se atrasam buscando vaga para o carro. As ruas estão cheias e Heloísa não conhece um estacionamento ali, devia ter vindo de táxi. Gilberto lhe dissera que o apartamento ficava no Leblon, quase na esquina com a Dias Ferreira, mas os números não batem. Ana Mirelle está nervosa e se confunde com o mapa do celular.

O 550 está mais adiante. É um prédio baixo de esquina, cercado de uma grade de ferro verde. Ela aperta o interfone, um porteiro baixinho de camisa azul-bebê sai da casamata de vidro fumê e pergunta o que elas querem. Queremos falar com Sérgio Vianna, temos horário marcado. Sérgio Vianna é o mais velho dos três filhos, ainda tem parte nos empreendimentos do pai, mas foi afastado depois de quase falir a empresa em uso próprio. É o que Ana Mirelle leu na internet e resumiu a Heloísa; Gilberto Filho, como era de se esperar, não lhe passou nenhum detalhe. O portão verde se abre num estalo, elas avançam entre vasos de cimento, sobem três degraus, entram no hall e apertam o botão do elevador. Olham-se brevemente num espelho oval manchado. Flores de plástico murcham no vaso, ela não teve tempo de ler a pesquisa de Ana Mirelle. Além disso, Gilberto Filho não foi claro sobre como deveriam fazer a oferta; teriam de sentir o autor e Pá!, propor algo.

— Mas isso não vai criar um problema com a Maria Lucia?

— Com ela eu me entendo, disse Gilberto Filho. Ela não dá conta de publicar *todos* os projetos da Xica & Seus Amigos.

Olham as paredes revestidas de madeira escura do elevador, respiram aquele ar de capacho fechado. O elevador estanca num salto, Ana Mirelle empurra com força a porta. Está escuro, é difícil encontrar a campainha. Uma gorda negra abre a porta de supetão, Heloísa pisca os olhos na claridade da sala, a mulher vira o rosto para dentro e grita, *Serrrginhooo, visita*, e as deixa ali, na sala apertada, sem nem ao menos oferecer um copo d'água. Sala claustrofóbica, atulhada de móveis escuros e quadros, muitos quadros, elas não têm tempo de olhar ao redor, uma voz rouca masculina pergunta quem é. Heloísa não sabe de onde veio e finalmente repara numa escada de ferro em caracol, que começa a sacudir e a ranger, pés peludos de Havaianas aparecem no topo, pernas magras, depois a ponta de um roupão goiaba atoalhado. Mãos de veias saltadas seguram firme o corrimão, ele finalmente aparece, dando a volta no caracol, meu Deus, como parece velho. Tem os mesmos cabelos brancos cacheados, as mesmas olheiras negras do pai. Só que está nu por baixo do roupão, quero dizer, apenas com uma sunga azul sem elástico, não dá para saber o que é pior, se ia à praia ou se é sua roupa de ficar em casa. Funga quando chega ao pé da escada e as observa por um momento sem dizer nada, depois avança até uma poltrona de couro rachado. Senta com as pernas um pouco abertas, um volume mole atravessado na sunga, joelhos pontudos e frágeis, o peito recoberto de pelos grisalhos.

Elas sentam lado a lado num sofá de dois lugares de frente para ele. Ana Mirelle está nervosa e ri como uma boba; o batom é vermelho demais. Serginho olha para elas e pergunta quem as mandou ali. Na sua última reunião, Gilberto Filho pediu a Heloísa que não mencionasse seu nome. Sabe como é, disse ele, depois essas coisas vazam, vão achar que tive a ideia de propósito, como uma espécie de, uma espécie de… Revide?, emendou Heloísa. Eu não diria revide, disse ele sorrindo, mas é algo nessa linha. De toda forma, completou ele, uma coisa não tem nada a ver com a outra. Não, disse Heloísa, claro que não. Ela sorri para o herdeiro sem ter o que dizer. Ana Mirelle está ansiosa e se adianta, diz que a ideia de visitá-lo partiu do chefe delas. Ele se chama Gilberto Filho, diretor da Guanabara, o senhor o conhece? Serginho Vianna não faz ideia de quem seja; nunca ouviu falar dessa pessoa. Heloísa começa a sentir calor, olha uma tela atrás dele, sem moldura, com cores fortes, riscos toscos de um lado para o outro, figuras de mulheres nuas com seios caídos como jacas, vaginas abertas rasgadas até acima do umbigo. Ao lado, uma prateleira de madeira acaju cheia de DVDs e uma reprodução dos relógios derretidos de Dalí. Como o silêncio pesa, ela fala do prazer que é estar ali, em frente ao Sérgio Vianna em pessoa, e de como deve ter sido estimulante crescer com o pai e participar de uma criação tão rica quanto a Xica & Seus Amigos. Ana Mirelle diz que é realmente incrível. Ele franze o rosto enrugado e concorda, um pouco de enfado, resto de ironia. Deve fazer aquele movimento uma centena de vezes ao ano. Na mesinha de centro, uma torre Eiffel de ferro, uma Virgem Maria de vidro jateado, um cinzeiro do Vasco. O copo com água pela metade deve estar ali há dias. Ela se vira para trás, na parede há mais daqueles quadros. Uma mulher com os dentes saltados e os mesmos seios pendentes, a vagina escancarada. Em outro, pessoas espremidas umas contra as outras, nuas, rabiscadas sobre um fundo escuro, fendas, pés e mãos gigantes, pintos eretos batendo no topo. Sua assinatura demente.

— Muito impressionantes esses quadros, diz ela.

Serginho Vianna se detém neles por um momento, como se fossem novidade. Balança muito uma das pernas enquanto pondera. Esboça um leve sorriso. Eu não sabia que o senhor pintava, diz Ana Mirelle. Eles têm uma leveza, né? Ele ri com alguma modéstia. Leveza não é a palavra.

— Sim, não é a palavra, diz Heloísa. Mas eles são... (ela estala os dedos algumas vezes) a palavra me foge.

— Soturnos, diz ele, com o sorriso irônico.

— Sim, agora que você diz, talvez sejam mesmo um pouco soturnos, mas também... impressionantes. Marcantes. Transmitem uma força... não sei explicar.

Ana Mirelle concorda com desespero. Ele se reacomoda na cadeira e cruza as pernas, ainda as olhando. Heloísa diz que esses dons artísticos devem ser uma coisa genética, porque dá para ver que ele é um artista muito bom, um artista nato. Ana Mirelle pergunta se nunca pensou em fazer uma exposição.

— Não, não... é só uma coisa minha.

— Pois deveria expor, diz ela.

— Com certeza, diz Heloísa.

Ele concorda e faz cara de dúvida. Já está mais soltinho. Diz que sempre pintou e desenhou. Tem seus próprios projetos, mas são muito diferentes dos da família — aqui ele para de novo, ressabiado.

Heloísa diz que a Guanabara tem todo o interesse em conhecer esses projetos dele. Serginho se irrita, diz que não são coisas para crianças, muito menos comerciais. Ela responde que a unidade de livros trata justamente da produção de obras para um público mais maduro. Diz que poderiam avaliar os desenhos dele, poderiam — por que não? — criar uma coleção própria dentro da Guanabara Livros. Ana Mirelle a olha assustada. Ele coça o joelho nu, as unhas fazem o ruído de lixa. Não são desenhos para qualquer um, diz. São... como eu posso dizer...

Não completa a frase e as olha com certa malícia, os molares cinzentos no canto dos lábios. Heloísa insiste, um artista como ele não pode permanecer desconhecido. Veja o sucesso do Manara, diz ela. Veja o Millôr. Como Serginho a está ouvindo atentamente, ela aproveita para mostrar o que as levou até ali. Acena para Ana Mirelle, que tira da bolsa uma pasta com papéis impressos coloridos, afasta os bibelôs da mesa e espalha o material. Serginho se inclina na poltrona para vê-los melhor. Figuras da Xica, do Tio Tutuco, do Barbosinha, recortados e digitalizados em páginas diagramadas com texto.

Ele fecha de novo a cara, diz que isso tem de ser resolvido com os irmãos dele. Heloísa diz rapidamente que esse projeto é diferente. É um livro sobre matemática, diz ela. Muito saboroso, para ser adotado em escolas de todo o país. Se chama *Os maiores matemáticos da história*, é superdidático, com diagramas incríveis. Serginho Vianna volta a se debruçar sobre eles, remexe no bolso do roupão e tira um par de óculos sujos. Notou algo diferente nos desenhos?, diz ela, com um sorriso. Ele a observa por cima da armação, provavelmente notou mas não vai dizer nada.

— São os desenhos da Turma na sua época da Vianna Produções, diz ela.

Comenta que decidiram falar com ele, Sérgio, e não com os irmãos, porque gostariam de recuperar os desenhos *antigos*, que têm um sabor nostálgico, além de (cá entre nós) serem muito mais bem-feitos. Ana Mirelle concorda; são mesmo muito realistas. Ele se acomoda de novo na poltrona.

— Além disso, diz Heloísa, você criou naquela época personagens incríveis, que depois a empresa decidiu abandonar, não sei por quê. Como o Ronalducho, por exemplo, que era sensacional.

— Romarito, diz Serginho.

— Sim, claro, o Romarito, personagem sensacional. Além do Fantasmito.

— Fantasmucho.
— Fantasmucho e tantos outros, diz Heloísa. Achamos que deveríamos recuperar parte dessa história e dar um novo fôlego às publicações da Xica & Seus Amigos na Guanabara. Sair do piloto automático, sabe?
Sérgio as avalia e diz, com um brilho no olhar (ela não sabe dizer se é ganância ou nostalgia).
— Papai adorava ensinar matemática para mim...
— Está vendo?, diz Heloísa, trocando um olhar exultante com Ana Mirelle. E você fica livre para desenhar suas próprias coisas para nós.

Descem a rampa para o almoço, crachás balançando ao vento. As Olimpíadas estão a menos de um ano e a unidade de livros não conseguiu emplacar um título sequer; já O *egoísmo positivo para crianças* está nas principais listas de mais vendidos. Marcilio deve ser chamado a qualquer momento para uma reunião na diretoria, é o que se comenta entre as baias da unidade.
Bruno e Raissa caminham à frente, muito juntos, Heloísa diria que têm um caso, pela forma como estão sempre aos sussurros, com sorrisinhos. Pergunta a Claudinha se ela sabe de algo, a mulher ri surpresa, depois fica em dúvida. Mônica Filgueiras vem logo atrás, Heloísa não aguenta mais olhar na cara dessa mulher. Se for se juntar a elas no almoço, Heloísa não vai lhe dirigir uma palavra sequer; fofoqueira filha da puta, inventando boatos, quase acabou com a vida dela.
A edição de agosto de *Motores Possantes* acabou de sair e Bruno está desgostoso. Ele olha a revista no display da lojinha e vira o rosto, não sente prazer nem em abrir a primeira página e ver sua foto na carta ao leitor. Por determinação da diretoria, ex-

tinguiram a seção de usados; extinguiram o comparativo de populares e a seção Meu Companheiro, onde os leitores fotografavam e falavam dos seus carros. Reduziram, reclama ele, os textos de *todas* as matérias e contrataram um idiota para fazer os infográficos, o sujeito veio de uma agência de publicidade e, claro, não entende coisa nenhuma de nada, custa uma fortuna para a revista — dizem por aí que seu salário é maior que o do Bruno. Querem colocar na próxima capa o jatinho do Michel Teló, diz ele, mas só por cima do meu cadáver.

Elas ficam um momento sem dizer nada. Claudinha pergunta se ele tentou argumentar. Ele diz que tentou, brigou, não adiantou nada; com certeza o publicitário é amigo de alguém da diretoria.

— Pois eu acho isso um absurdo, diz Mônica Filgueiras. Você tem de se impor, senão eles montam em cima.

Heloísa olha o céu, com um sorriso irônico; se fizessem isso com Mônica Filgueiras, ela com certeza obedeceria feliz, iria lamber os sapatos do PC. Vaca falsa. Bruno no entanto está inflamado, queria que *alguém* tomasse seu partido, e diz que sim, ela tem razão. Ele vai dar um ultimato, não está nem aí. Na *Motores Possantes*, diz ele, não há lugar para os dois.

— É muita pressão, diz Claudinha. Muitas mudanças.

Ah, Mônica Filgueiras estava quase se esquecendo: soube de mais uma história, desta vez na unidade de livros (Heloísa não vai falar com ela, não *vai*). É verdade que vocês vão ficar subordinados à Silvia Montenegro, da área de passatempos?

— Não tem nada disso, diz Heloísa, sentindo o pescoço duro; não há nenhuma discussão a esse respeito.

— Pois foi o que eu ouvi, diz ela com um sorriso.

Os outros encaram Heloísa, como se tivesse sido ofendida na honra e fosse obrigada a reagir. Ela sente a barriga formigar; diz que seria a primeira a saber. Tem coisas secretas, que não pode contar, essa *não* é uma delas. Ademais, Silvia Montenegro é uma moloide, não sabe nem preencher os jogos dos sete erros que ela mesma publica. Imaginem.

Prezados colegas,
Chegou a hora de dizer adeus, depois de tantos anos juntos. Venho por meio desta agradecer as oportunidades e o aprendizado que tive na empresa durante esses dezesseis anos, muitos deles à frente da Motores Possantes. Gostaria de agradecer pelos anos de convivência e aprendizagem, e sei que cada momento passado com vocês foi sempre de grandes oportunidades de crescimento profissional e pessoal. Acredito que a vida é rica de mudanças. Que estamos sempre aprendendo ao longo da nossa jornada, e a partir de agora sinto que devo percorrer um novo caminho. Decidi que é chegado o momento de partir para novos desafios profissionais e pessoais. Estou deixando a Motores Possantes, uma revista que ajudei a criar e a fazer crescer, tenho certeza de que levarei comigo muitas saudades, mas também a sensação do dever cumprido, blá-blá-blá, blá-blá-blá, Heloísa nunca viu tanta bobagem em tão pouco espaço. Bruno estava realmente fazendo o que podia para ser demitido, diz ela, foi até um pouco incompetente, bateu cabeça, não adianta agora vir falar de dever cumprido.

— Ele agiu certo, diz Estela. Eu teria feito o mesmo, até me demitirem. E o fundo de garantia?

Paz e tranquilidade. Como Heloísa gostaria de receber uma bolada e ficar um pouco em casa, dando um reboot na máquina, como se diz. Cíntia está muito agitada e diz que, quando Bruno foi informado da demissão, passou o braço pela mesa e derrubou tudo no piso, até o monitor. O pessoal do RH disse que a empresa vai processá-lo por danos materiais, falaram até de justa causa. Ele gritou, foi chorar no banheiro, começou a socar as baias das privadas e o segurança teve de removê-lo de lá. Ele voltou para a sala, com tudo ainda espalhado pelo chão, e um estagiário o ajudou a recolher as coisas pessoais. Teve de ser acompanhado por dois seguranças até a rampa de saída e voltou a gritar no hall, ameaçou quebrar a cara do tal publicitário, do Ted (Rá-rá, quero ver, o Ted é todo bombado), chamou todo mundo ali de paus-mandados, de fascistas, disse que iria processar a empresa por assédio moral. Armaram para ele, parece que não tiveram coragem de demiti-lo cara a cara, chamaram uma assistente — isso, aquela ruiva com cara de desinfetante, qual é mesmo o nome dela? —, ela saiu correndo da sala do Bruno quando as coisas começaram a cair, muito assustada, a ruiva disse para todo mundo que achava que ele *já tinha* sido demitido, que ela estava indo lá só para formalizar os detalhes do processo, ele ainda ficou no estacionamento chorando no carro, parece que os seguranças não saíram de perto enquanto não deixou a editora, o que só foi acontecer no início da noite.

Marcilio não apareceu no trabalho hoje. Dizem que foi internado, falam em licença médica, a pressão subiu muito depois da última reunião com a diretoria, ninguém sabe os detalhes.

Ana Mirelle tampouco está passando bem. Em primeiro lugar, deve ter mudado a medicação, porque as espinhas estouraram em vulcões de pus e sangue, o rosto inchado e vermelho, ela passa mais tempo ligando para a secretária da dermatologista do que cuidando da divulgação dos livros. Em segundo lugar, está agitada, diz que não conseguiu pregar o olho na noite anterior, seu estômago está terrível, não segura nada, teme que seja uma virose. O casamento será em cinco dias, ela começa a chorar só de pensar. E se o Bruno aparecer? Que Bruno?, diz Heloísa. Depois se espanta de como se esqueceu dele tão rapidamente. É como se jogassem um pozinho mágico, pensa. Pois bem, diz Ana Mirelle, ela o convidou para o casamento, claro, porque era um dos editores da Guanabara e os convites foram enviados dois meses antes. Mas agora... tinha certeza de que ele não iria, depois de tudo o que *aconteceu*, mas ontem recebeu um aparelho de fondue dele e da mulher. Isso significa que ele vai?, pergunta ela, olhos molhados, boca num ângulo grotesco. Heloísa, será que ele *vai*? Se for, não sabe o que os outros vão pensar. Como se não bastasse, as flores dobraram de preço de um dia para o outro e seu vestido, que ficou apertado na última prova, deveria ter ficado pronto dois dias atrás, mas a estilista não atende a nenhuma das suas ligações, é como se tivesse fugido.

Ninguém pensou em enviar a Marcilio um cartão no hospital. Heloísa, pessoalmente, sempre achou que fosse um encostado, um zero à esquerda, um peso morto com salário garantido, mas é impressionante como sua ausência mudou a dinâmica da unidade. Agrupados na salinha de reunião diante de números funestos — não haviam emplacado nenhum livro relevante no Projeto Londres, tinham vendido *menos* no último trimestre — eram um bando de formigas histéricas nas ruínas de terra — Silvano e Oscar foram chamados para uma reunião no sexto andar e suas expressões ainda refletiam o choque — falavam todos ao mesmo tempo na ilusão de arrumar uma solução de última hora.

— Você não acredita o que propuseram, diz ela, calcinha e sutiã, maquiando-se no banheiro enquanto Matias coloca as meias sentado na cama.

Não parece ouvir, ela relata assim mesmo. Emerson insistia num livro sobre comida orgânica; Oscar queria comprar algo do exterior e havia imprimido as listas americanas de mais vendidos. Ela, Heloísa, tinha seu livro com Sérgio Vianna em andamento, já havia cumprido seu papel, não era sua função pensar em mais projetos para os outros fazerem. Eu só olhava o pessoal se desesperar, diz ela a Matias, com uma risada. Dona Selma, que ficara calada até aquele momento, esperou então uma brecha para comentar que um amigo publicitário tinha voltado recentemente de uma viagem à Inglaterra e comprara livros de colorir para adultos, onde as pessoas pintavam uma série de quadrinhos, disse ela, com uma carinha plácida, meio de maluca, que ela às vezes tem. Não é possível, né, Matias?

— Hum.

— Eu disse então que ela estava louca, que a gente fazia livros, era uma empresa de livros.

— Sei.

— Até o Silvano riu.

— Onde está aquela minha camisa branca?

— O Silvano falou então de fazer uma agenda e dar uma caneta de brinde; Oscar sugeriu uma agenda poética, com um verso por dia. Enfim, todo mundo louco, precisei chamá-los à razão.

— Hum.

— Não vai pôr uma gravata, Matias?

Tomam o túnel Santa Bárbara em direção à Tijuca. A cerimônia na igreja é quente e lotada, eles mal veem o penteado da noiva, depois pagam uma grana para o guardador, pegam de novo o carro e seguem o cortejo. Os primeiros a chegar ao tênis clube ocuparam as melhores mesas e eles ficam numa de canto, perto dos banheiros, onde encontram Claudinha e o marido. Um senhor de nariz venoso cutuca Matias e diz sorridente que deu cinquenta pratas para que o garçom sirva mais uísque naquele canto.

Matias chocalha o gelo no copo. É fraco para bebida e está numa conversa entrosada com um sujeito idoso de colete colorido, Heloísa não é preconceituosa, mas pelo jeitinho desconfia ser o marido de Oscar. Ela tomou uma, duas, três taças de espumante, está sentindo certa leveza e euforia. Conta para Estela que na segunda terá uma reunião só com o PC, não sabe ainda por que foi chamada, parece algo importante. Para Claudinha e o marido, diz que o PC deve ter ficado tão chocado com Oscar e Silvano que decidiu chamá-la, sozinha, para uma reunião, ela ainda não sabe a pauta, deve ser secreta. Será que ele vai te promover a gerente?, pergunta Claudinha. Heloísa faz cara de mistério, diz que não tem certeza, a gente nunca pode dar essas coisas como certas. Ana Mirelle está muito suada, falante, quase não lhes dá atenção. Eu sou a chefe dessa aí!, Heloísa grita para Matias, em pé com um prato de rondelli — está tonto, achou melhor forrar o estômago.

YMCA e perucas coloridas, estão numa roda na pista, a roda se abre — Meu Deus, ele veio! — Bruno aparece saltando e girando, calça de linho amassada e camisa branca — está mais gordo, mais corado — Estou muito melhor! — perdigotos voam no ouvido de Heloísa. Ganhando muito mais! Prestando consultoria a *várias* empresas. Fazendo meus próprios horários!

Ele se larga numa cadeira e enxuga a testa com um guardanapo usado. Sua mulher continua em pé ao seu lado, apertando a bolsinha. Heloísa procura Raissa com o olhar, adoraria pegá-los no flagra, mas a menina veio com o namorado, musculoso com orelhas de capeletti. Ela volta o olhar para a mesa de Bruno e, pasmem, ele está em pé e conversa com o seu Matias. O copo de uísque termina e é enchido novamente. Matias e Bruno balançam a cabeça compenetrados, parece que concordam com algo; estão há horas ali no mesmo lugar. Bruno se dirige cambaleante ao banheiro, Matias vai até onde está Heloísa, diz que não entende como um sujeito desses pode ter sido demitido da empresa dela.

— Porque é um *idiota*, Matias.

Isso não o abala, Matias nessa noite está leve e sorridente, sua estratégia é intercalar uísque com cerveja para hidratar, é simpático com as pessoas que vêm falar com Heloísa e, pasmem de novo, incendeia a pista numa sequência de Lulu Santos, Blitz, Kid Abelha — faz umas danças para a frente e para trás, uma daminha o imita, Oscar e Estela o seguem, batendo todos palmas no momento certo — pulam unidos numa roda, e Emerson, quem diria, abre espaço e entra também, até mesmo dona Selma mexe os pezinhos. A festa, como diria um amigo meu, não tem hora para acabar.

Em casa acendem todas as luzes, Matias quer fazer um ovo, tira a margarina da geladeira — o menino choraminga no quarto — Silêncio!, Rose deve ter acordado. Gargalham na cozinha, a camisa de Matias está empapada, ele fica apenas de cueca para não pegar um resfriado. Vem cá, meu gostosão — o ovo escorre pela lateral do fogão, a cama gira como o globo da morte, ele aperta suas gorduras — Não aperte minhas gorduras —, começa a lambê-la pelo pescoço, como acha que ela gosta, com a diferença de que, bêbados, costumam também se xingar, e na manhã de domingo têm uma vaga lembrança do que aconteceu, um pouco constrangidos, acordados com o choro do menino e o barulho da panela de pressão. Dia dos infernos, Heloísa conta os minutos irreversíveis do fim da tarde porque sabe que a segunda-feira a aguarda: às oito da manhã está sentada na sala do PC, muito maquiada, ele compenetrado na frente do computador como se Heloísa não existisse, começa seus dias bem cedo porque mora em São Conrado e assim evita o tráfego, exige que os funcionários o imitem — de manhã nossos pensamentos estão mais frescos — só que seus funcionários, é claro, não saem às cinco da tarde como ele.

Dizem que estava no México. Outros, em São Paulo, para fechar a venda da Guanabara a um grupo latino. As pessoas têm comentado muito sobre a situação de Heloísa, no casamento de Ana Mirelle só se falava nisso. Ela até que acharia natural ser elevada ao cargo de gerente, em vista do trabalho que vem desenvolvendo e de como sabe lidar com a equipe, tirando o melhor de cada um. É o que vai dizer a PC caso ele pergunte. Ele pigarreia, mexe nos cabelos. Vira a cadeira giratória para ela e diz que não tem conseguido localizar Marcilio.

— Ele está no hospital.

— Como?

— No hospital.

— No hospital? Como assim, no hospital?

— Precisou ser internado. Não sei por quanto tempo, nem se vai voltar.

— Meu Deus.

Ele vasculha alguns papéis na mesa, com expressão de contrariedade, puxa um maço grampeado e o atira na direção de Heloísa.

— Você consegue me explicar isso aqui?

Ela folheia os papéis. São o primeiro plano de crescimento que fizeram, ainda no ano anterior, posteriormente refeito para a reunião com Ted e Maria Lucia. Ela não sabe por onde começar. Diz que é um planejamento antigo de crescimento da unidade de livros.

— Isso eu sei, diz ele impaciente. Me conte um pouco dos projetos.

— De todos?

— Sim.

Sente-se confusa, fica vermelha com aqueles olhos fixos nela, não sabe onde ele quer chegar. Por que Gilberto Filho não está ali com ela? Dizem que teve uma briga; que foi desautorizado. Dizem que Maria Lucia está manobrando o menino. Dizem muitas coisas, mas aqueles olhos claros continuam a encará-la, ela vai falar e o celular dele toca, ele franze a testa para identificar o número, diz que precisa atender, Alô, alô, sim? Yes, yes… yeees, se levanta, caminha pela sala, circula entre Heloísa e o sofá. Ri enquanto fala, dá uma ajeitada no cabelo contra o reflexo da janela. Do lado de lá ela vê todas aquelas construções cinzentas e amarronzadas pela metade, mastigadas e cuspidas, umas apoiadas nas outras, entre elas o elevado com trânsito parado, morros dizimados por casebres, mais além uma chaminé de forno industrial desativada. Um avião passa em câmara lenta numa longa curva sobre a Cidade Maravilhosa.

Ele sentou-se de novo na cadeira giratória. Diz que não tem muito tempo. Pergunta se está bem familiarizada com todos os projetos de livros. Ela diz que sim, está preparada, conhece a área como ninguém e a equipe confia nela. PC a avalia por um momento, não é possível saber o que passa pela sua cabeça. Ele pergunta o que ela sabe dos livros digitais.

— Digitais?

PC fica irritado, estala a língua, diz que não é possível que a Guanabara não tenha um projeto digital, nos Estados Unidos a venda de e-books representa um quarto do mercado livreiro e deve crescer para a metade em questão de meses, ele leu isso numa revista, para enfim acabar com o livro físico em até dez anos, a mesma revolução deve se repetir no mundo todo, também no Brasil, e a Guanabara precisa liderar esse processo.

— Ah, sim, diz ela. Não tinha entendido. Não, claro, estamos digitalizando tudo.

— Tudo?

— Acho que sim. Quero dizer, estamos sim, com certeza.

Ele fica um momento em silêncio, encarando-a, tentando ler algum sinal.

— Muito bem, diz PC por fim. O importante é surfarmos a onda.

— Vamos surfar.

— Eu quero justamente falar com você sobre isso.

Um frio percorre o corpo de Heloísa. É agora. Eu preciso de alguém, diz PC. Sim, ela concorda gravemente com a cabeça. Eu preciso de alguém... e você... você...

— Heloísa, completa ela.

— Sim, Heloísa. Eu preciso de alguém da unidade de livros...

— Sim.

— Para fazer uma apresentação a um grupo de investidores.

— Entendo.

(O sentido de realidade parece estranho a ela.)

— Não posso ainda falar quem são os investidores, isso é segredo. Mas preciso de uma boa apresentação e infelizmente não posso contar com Gilberto neste momento. Uma apresentação sobre o futuro.

— O futuro.

— Sim, o futuro.

Ficam um momento em silêncio.

— Sobre os livros digitais, diz ele. Quero uma síntese. Está anotando? O futuro da Guanabara, as tendências mundiais, quais são os players do mercado, onde residem nossas próprias fraquezas e o que podemos fazer para convertê-las em forças. Como podemos aproveitar as oportunidades, no momento que o mercado ficar inteiramente digital. Eu, por exemplo, não abro um livro há mais de dez anos; está tudo aqui (balança o celular). Você poderia falar também sobre nosso share atual, e o negócio dos livros no âmbito continental, quero dizer: o que uma empresa de porte latino-americano pode ganhar, não apenas no Brasil, mas em outros países relevantes, como o México e... e...

— A Argentina?

Ele franze a boca em dúvida.

— Você pode falar dos países de língua castelhana como um todo, e até que ponto um grupo com vocação para livros didáticos pode nos ajudar e, no sentido inverso, o que nós, a Guanabara, uma empresa voltada essencialmente para o mercado trade, temos a oferecer a eles.

— Sim.

— Para onde iremos? Estamos vendo uma nova revolução da informação?

— Sim. (Ela pensa no Google.)

— Quais as tendências mundiais?

— Entendo.

— Quem são nossos maiores competidores? Não me refiro só às editoras, penso também na pressão do mercado, na precificação do produto, no poder das grandes redes, nas mudanças sociais.

— Sim.

(Ela passou do ponto de chorar.)

— E a ameaça que isso traz à diversidade.

— Sim, sim.

PC diz que no momento é só e agradece. Eu que agradeço, diz ela, ajustando o terninho ao se erguer. Fica um momento ali parada, ele não lhe dá mais atenção. Sem erguer o rosto do celular, ele diz, Feche a porta ao sair. Sim, sim. Não tem nem tempo de perguntar se é, afinal, a nova gerente de livros.

Está fumando à beira da Marginal em São Paulo, os carros passam velozes e barulhentos debaixo de um céu azul-petróleo carregado de fumaça, os postes emitem uma luz fraca cor de muco, é o segundo cigarro que ela engata na boca, não fumava desde a época da faculdade mas estava precisando, quando para de fumar pensa no que aconteceu consigo nos últimos dois dias. Primeiro, lhe disseram ao telefone que o pai não reagira bem aos medicamentos e tiveram de amarrá-lo à cama. Como? Eram onze da manhã de quarta-feira, Heloísa pediu licença e saiu por um momento da sala de reuniões. Como? A mulher no telefone parecia hesitante. Escute, disse Heloísa, eu não posso sair *agora*; estou no meio de um trabalho importante. Silêncio por alguns instantes; a mulher disse que estava só informando o que lhe haviam passado. Então me chame um superior, por gentileza. A mulher pediu um momento. Heloísa olhou a equipe através do vidro, todos quietos, mexendo no celular ou rabiscando seus próprios pensamentos, à espera dela. Não fariam *nada* sem ela. Havia convocado uma reunião naquela manhã para expurgar da planilha todos os projetos que ainda não tivessem sido iniciados, e refazê-la com livros que *realmente* fossem dar certo. Mas era difícil darem o salto de criatividade sem a ajuda de Gilberto Filho. Não respondia aos e-mails. Diziam que havia saído de férias. Cíntia jurava que cruzara com ele no prédio, usando as escadas de emergência para não ser visto. É verdade, dissera Estela, cortando um pedaço da coxa fibrosa. É verdade, eu o vi. Diziam que havia sido deslocado para uma diretoria fantasma que levava o nome de Projetos Especiais. Subiu para baixo, dissera Mônica Filgueiras. Diziam que havia sido deslocado para uma sala abandonada no quinto andar, onde antes operava a *Ponto de Vista*, e que nem computador tinha mais. Claudinha no entanto ouvira falar que ele havia recebido carta branca para pensar *de fato* em novos projetos, e que a sala no quinto andar não teria mesas nem cadeiras, apenas sofás e pufes, e uma mesa de pingue-pongue, e Powerbooks em vez de PCs, porque todo mundo ali pensava fora da caixa.

— Acho melhor a senhora vir aqui *hoje*, lhe disse outra enfermeira no celular.

Voltou bufando para a sala de reuniões. Ana Mirelle perguntou se estava tudo bem. Ela respondeu que eram problemas familiares, teria de sair naquele momento, não sabia quando voltava. Mas queria deixar algumas diretrizes para eles. Reclamou como seus chefes reclamariam; trabalho incipiente, as planilhas não faziam sentido, os projetos não pareciam convincentes. *Felicidade de A a Z*, o livro de frases de Roberto Yamato, havia entrado na lista de mais vendidos no Natal e não saíra mais. É desde já o maior sucesso da história da Guanabara. Pessoal, temos de reagir; nem eu mesma entendo essa classificação de letras para os livros, disse ela. Oscar e Emerson olharam os papéis, um pouco perdidos. Gastamos nosso tempo pensando em cores e letrinhas, deixamos de fazer o essencial, que é prospectar sucessos. Aliás, disse ela, se esses livros vendessem o que a gente está indicando aqui, poderíamos sair da Guanabara e ficar ricos montando nossa própria empresa. Oscar cruzou os braços e a encarou. Dona Selma e Emerson trocaram um olhar. Emerson finalmente falou: tinha pensado numa classificação um pouco diferente, com números em vez de letras. E as cores para mostrar apenas uma *tendência* de vendas. Heloísa achou que podia ser um bom ponto de partida. Por favor, comecem sem mim.

A casa verde e branca era a mesma, mas era também outra, como se um véu houvesse caído sobre ela, deixando as formas menos nítidas, os rostos indistintos. A faxineira gorda lhe abriu o portãozinho e não sorria; os velhos não tomavam sol na varanda gradeada. Estavam todos do lado de dentro e o cheiro de amônia era insuportável. TVs ligadas no volume máximo, uma em cada cômodo, exibiam diferentes programas de auditório. O pai já havia sido desamarrado e estava na copa, curvado em frente a um copo plástico com um líquido alaranjado, cercado por duas enfermeiras.

— Ele não queria comer nada, não é, seu Mário?, disse uma delas. Por isso fizemos esse suquinho para ele.

A outra enfermeira disse que na verdade ele havia ficado muito violento depois do que acontecera na semana anterior. Tinha dormido bem na noite de segunda, mas nesta se debateu e gritou, não é, seu Mário? Veja a mãozinha dele, toda marcada (o punho em carne viva; Heloísa reparou nas escoriações do rosto). O dr. Wagner vai pedir para a senhora uma autorização para medicamentos mais fortes.

— O que aconteceu aqui na semana passada?

As mulheres se entreolharam. Uma delas disse que o dr. Wagner havia ligado pessoalmente para os familiares, não havia telefonado para ela? Heloísa respondeu que não, indignada, mas a verdade era que não costumava atender ligações desconhecidas, havia sim uma chance, um número insistente nas chamadas, mas ela repetiu que não, ninguém havia ligado para ela, que história era aquela? A outra enfermeira disse que não tinham autorização para contar, o melhor seria ela telefonar para o doutor no horário comercial e —

— Mas eu vim até aqui, disse ela, chorosa.

— A senhora não diga nada ao dr. Wagner, mas a dona Irene sofreu um acidente, viu? Só estou contando porque o seu Mário gostava muito dela, não é, seu Mário?

Uma enfermeira negra de grande porte veio com um velho afundado na cadeira de rodas, passou por elas fazendo uma voz de menininha e ao mesmo tempo, Heloísa teve certeza, lançou um olhar horrível para onde estavam. As duas mulheres baixaram os olhos. O pai, curvado naquela mesa com toalha de plástico florido, tremia o queixo, olhava o nada com olhos remelentos, soltava o ar com dificuldade. Heloísa se inclinou e lhe perguntou o que havia acontecido. Um velho numa poltrona ao lado, que prestava atenção na conversa, gritou com esforço: Os rottweilers do vizinho! O portão tinha ficado aberto, é!

Uma das enfermeiras deu a volta na mesa e acariciou a cabeça do velho, talvez com demasiada força. Calma, seu Jorge, calma, não foi nada disso, viu?

— Olhe lá fora o sangue! O rastro de sangue!

— Seu Jorge, se o senhor continuar a falar essas coisas vou ter de chamar a Dalva e levar o senhor para o quartinho de pensamento.

— Todos eles juntos! Ninguém mais consegue limpar o rastro!

— Calma, seu Jorge, disse a outra enfermeira, e viu com receio a negra grande, que voltava empurrando a cadeira de rodas, olhar fixo para elas.

Buscou sinais pelo pátio, entre os canteiros mortos. Passou os dedos pelas grades verdes descascadas. Talvez o piso da entrada estivesse limpo demais, sem aquele limo habitual. Tentou reparar se era observada por alguém e se agachou, tentou ver alguma mancha na contraluz. Nada. Levantou-se de novo, esfregou as mãos, olhando ao redor. Nenhuma folha caída no cimento, nada entre os vãos do piso. A faxineira despontou da varanda gradeada, se apoiou na vassoura e a observou. Ela pegou automaticamente o celular da bolsa, como se alguém estivesse ligando, olhou a tela, abriu os e-mails, fingiu estar ocupada, cinquenta e duas mensagens não respondidas. A Terra girava e o dia já ia terminar. A faxineira se arrastou até ela, desconfiada, quando Heloísa tentou abrir sozinha o portãozinho da rua. Só então notou o que a vinha perturbando desde o início da visita. O silêncio, o silêncio absoluto dos cães do vizinho.

Ela se lembra do silêncio. Acomoda sua pasta nova cheia de compartimentos e zíperes sobre a muretinha do posto de gasolina e senta-se em cima dela, ajeitando as pernas de lado. Um caminhoneiro a olha fixamente, torcendo para que uma ponta da calcinha apareça. Agosto seco e quente, mesmo à noite, ela só trouxe roupas de frio porque pensou que em São Paulo ainda fosse inverno. Uma coisa está ligada à outra, pensa ela. Lembrou-se do silêncio na casa de repouso para recordar a apresentação que fez horas antes, e tenta se convencer de que não foi tão mal assim. Uma coisa leva a outra, ela fica agitada e tenta ligar para o irmão, mas o telefone está mudo. Tudo o que precisava mesmo era terminar a noite ali, naquele posto nojento, longe de casa, do filho, incomunicável — não vai chorar. Não é uma pessoa que chora à toa.

Não devia ter aceitado o convite do irmão. Não devia ter *ligado* para o irmão. Para contar vantagem, dizer que agora era uma executiva de sucesso, diretora de unidade, fora escalada especialmente para fazer uma apresentação de livros a um grupo de investidores estrangeiros, sim, porque agora deveria viajar a trabalho com mais frequência.

— Bom pra você, disse ele.

Ela poderia ter encerrado a conversa ali. Mas não se conteve e disse o dia em que iria a São Paulo. Agora em agosto?, quis saber o irmão. Sim, agosto; que outro mês poderia ser? Ora, já que ela estaria na cidade, podia finalmente visitá-los; a mulher, Ana Beatriz, daria uma festinha de aniversário para poucas pessoas, aí Heloísa aproveitava e conhecia a casa, via as crianças.

— Mas você mora longe, disse ela.

Cláudio riu de volta, ofendido. O condomínio ficava fora da cidade, mas o acesso era fácil. Alphaville é um ótimo lugar para criar os filhos (você verá), eles ficam soltos, sem medo de assalto ou violência. Uma série de amigos iria de carro, depois do expediente, alguém poderia lhe dar uma carona. Pode ser, disse Heloísa, mas para mim não é problema nenhum pegar um táxi. Não, eu providencio tudo, falou Cláudio Mário. Eu posso perfeitamente pagar do meu bolso, disse Heloísa. Eu sei, disse Cláudio Mário, mas faço questão — e a Ana vai ficar muito feliz com a sua presença; convide também seu marido. O Matias não vai comigo, disse Heloísa. Achou de repente aquela ideia engraçada; Matias, em São Paulo. Agora no entanto gostaria de estar com ele, de estar com *alguém*, as pessoas que descem dos carros olham invariavelmente para ela, postada ao lado da bomba de ar. Está sentindo um negócio no estômago. Pode ser nervoso, ou foi o cigarro que não caiu bem. Volta à loja de conveniência e pega uma barrinha de cereal de baixa caloria; como sente um tipo especial de vazio, compra também um chocolate crocante. Se Matias a visse com certeza ia soltar aquele risinho superior dele. Na fila, pensa se deveria ter comprado algo para a mulher do irmão, olha ao redor, as prateleiras com doces, batatas fritas, revistas e cerveja. Que cabeça a dela. Mas é que o trabalho mal a deixa respirar, esses últimos dias foram massacrantes.

Ninguém lhe disse o que devia ter preparado, não lhe explicaram nada, sentou-se sozinha numa das salas de reunião cinzentas do sexto andar e trouxera apenas um caderninho e uma caneta, sentia-se nua sem uma planilha. A secretária a chamou no momento em que finalmente começaria a montar a apresentação que PC lhe pedira. Era impressionante como não a deixavam em paz; se continuassem a interrompê-la assim não teria condições de concatenar uma ideia sequer. Cruzou e descruzou os dedos. Sacudiu as pernas, verificou as mensagens no celular. Quando a porta se abriu, não estava preparada e deu um salto na cadeira. Primeiro veio Ted, num terno azul impecável. Atrás dele surgiu Silvia Montenegro, a gerente de passatempos, uma mulher sem cintura e descabelada, fazendo muito barulho. A seguir a bengala bateu na porta e a escancarou, Maria Lucia entrou claudicante como um brinquedo quebrado.

Heloísa ficou muito vermelha antes mesmo que qualquer um deles dissesse uma palavra. Maria Lucia, à sua frente, colocou uns óculos estreitos de leitura, soltou um leve sorriso de escárnio ao olhar para ela (agora suava). O que foi, querida? Nada, respondeu Heloísa, tentando sorrir; é que toda a cúpula está aqui, só isso. Maria Lucia perguntou se Ted gostaria de falar primeiro. Ele fez cara de enfado, disse que ela podia começar. Estavam ali para lhe comunicar brevemente que tinham discutido muito e chegado à conclusão de que a unidade de livros necessitava de um novo projeto, a ser implantado nos próximos meses. Entendo, disse Heloísa. Pois bem, prosseguiu Maria Lucia, haviam se debruçado sobre os números, analisado os resultados do Projeto Londres (Ted fez uma careta) e conversado com Jaiminho, que está contribuindo muito para a Guanabara com ideias originais, não é, Ted? Sem dúvida, respondeu Ted, sem entusiasmo. Basicamente, disse Maria Lucia, a unidade vai se dedicar agora a produzir livros para bancas, atrelados às revistas de interesse geral e de passatempos. Heloísa sentia-se fora do próprio corpo. Perguntou o que deveriam fazer com os projetos em andamento. A princípio, disse Ted, serão congelados até segunda ordem. Heloísa perguntou a seguir que tipo de livros eles tinham em mente. Silvia, afoita, comentou que ainda não tivera tempo de detalhar essa parte, não podia pensar em tudo, contava com a unidade deles para propor projetos, mas que, por exemplo, poderiam lançar livrinhos com a vida de grandes figuras históricas, como Hitler, Gandhi, Che Guevara, Einstein. Sim, disse Ted, olhando o celular. Ela também pensava que, para as revistas de passatempo, deveriam fazer números especiais, como os grandes mistérios da história, os gladiadores, a verdade sobre Jesus, os segredos da Atlântida, as pessoas poderiam ganhar o livro na compra de três passatempos, algo assim, ainda não havia formatado o projeto.

Ted perguntou se estava claro. Sim, estava, disse Heloísa. Achava que tinham terminado, mas Maria Lucia tirou os óculos, respirou fundo e disse, encarando-a, que havia ficado muito chateada com um projeto que andava circulando por aí, na unidade de livros, e que ela só ficara sabendo por acidente.

— Querida, disse ela, quem está tocando esse livro com o Serginho Vianna?

Heloísa sentiu uma onda gelada se propagar pelo corpo, o coração batia tanto que mal ouvia as próprias explicações, de que tudo fora conduzido pelo Gilberto Filho, ela só tinha visto o projeto muito por cima, já formatado, a ideia fora totalmente do Gilberto, quem estava tocando na verdade era a assessora, não ela, a assessora de imprensa, ela não tinha nada a ver com aquilo, continuava a falar sem se dar conta de que Maria Lucia havia se virado para Ted, que finalmente mostrava algum interesse na conversa, e lhe dizia, Sim, Ted, você não acredita, eu só soube porque um dos nossos diagramadores recebeu um arquivo de um portador, deveria ter ido para a unidade de livros mas parou na nossa por ter o nome de Sérgio Vianna no remetente, senão ninguém aqui nos contaria — Ted balançava a cabeça, mãos nos lábios e expressão dura — e se ela (olhando de novo Heloísa) diz que é um projeto do Gilberto Filho, como está afirmando agora — É sim, é sim, disse Heloísa; a ideia foi toda do Gilberto Filho —, então eu acho que depois você deveria ter uma palavrinha com ele e o PC — Sem dúvida, disse Ted, e suspirou muito preocupado —, porque isso em algum momento vai chegar aos ouvidos da Neusa Vianna, e quando chegar a gente vai ter, me desculpe a expressão, uma baita de uma tempestade de merda pela frente — ele suspirou de novo, Sem dúvida, sem dúvida — e pelo que entendi esse projeto está avançando totalmente sem o conhecimento dela.

— Quais são os nomes das pessoas envolvidas nisso?, disse Ted, olhando para Heloísa pela primeira vez. Ela os recitou: Gilberto, Ana Mirelle, dona Selma. Incluiu, é claro, Marcilio, que imaginava perfurado de sondas, cravado de aparelhos respiratórios, vegetativo, inacessível.

Foi esse trânsito horrível, ele só conseguiu sair tarde do banco, deu uma passada rápida em casa para trocar de roupa, pede desculpas pelo atraso, E você deve ser Heloísa — Sim, sim — Eu sou o Carlos Alberto — Eu sei — Sou amigo há anos do seu irmão, amicíssimo, não sei se ele já falou de mim — Ah, sim, sim, falou sim, diz Heloísa. Ele esboça um sorriso mais amplo, ela se acomoda no assento de couro do carro, vedada da noite lá fora, apartada dos cheiros e da fumaça. Joga a pasta no banco de trás, vê um vaso de orquídeas brancas que não deve ter sido barato.

— Ai, que flores lindas.

Carlos Alberto ri, diz que podem dar o presente juntos. Não precisa, imagine! Problema nenhum! Foi o primeiro amigo de Cláudio Mário em São Paulo. Mas não trabalhamos mais no mesmo lugar, diz ele; eu preferi, depois de uns anos, me mudar para um banco de investimentos um pouco menor, com clientes selecionados. Sei, sei, diz Heloísa. Ela conta por sua vez que é diretora da unidade de livros da Guanabara, conhece? Ele faz cara de dúvida, diz que não tem certeza. Ela enumera alguns títulos publicados recentemente. Ele não conhece nenhum, mas não é que não leia. Leio de tudo, até bula de remédio, brinca. Gosta de biografias, como a de Churchill, por exemplo, mas nunca encontra tempo para saborear um livro. No entanto está sempre com uma revista semanal ou pesquisando na internet. Heloísa diz que sua empresa também publica revistas. Ele talvez conheça a *Motores Possantes*. Sim, ele conhece; é uma revista parecida com a *Quatro Rodas*, diz, e não demonstra interesse. Ele pergunta se veio a São Paulo apenas para a festa da Aninha.

— Claro que não! Olhe a minha roupa. Estava num evento.

É mais uma oportunidade para que Carlos Alberto olhe de relance o decote, as pernas muito brancas. Ela automaticamente ajusta a saia; diz que passou o dia inteiro nessa conferência e — flashes dos seus últimos dias passam diante dos seus olhos. O

246

pai de mãos arranhadas; cães; um bigodudo de nome González na primeira fileira da sala escura, olhando-a de forma sombria, sombria e *assustada*, ela nunca viu nada igual. Não foi nada grave; nada grave. A testa pontilhada de suor. Carlos Alberto pergunta sorrindo como ela consegue ser tão branca vivendo no Rio. Oi?, diz Heloísa. Ele repete a questão, ela não responde. Ele a olha e pergunta se está tudo bem. Heloísa não responde; sente-se um pouco enjoada, olha apenas a estrada. Quando se dá novamente conta, ele está falando da dinâmica da corretora onde trabalha, como a rotina de máxima eficiência pode ser massacrante. Está um pouco cansado de trabalhar para os outros e tem pensado muito nisso ultimamente. Quase três anos no mesmo lugar, sente que chegou o momento de mudar, ir em busca de novos desafios. Sei bem como é isso, diz Heloísa, olhando os muros altos de cimento que margeiam a estrada, como se estivessem no fundo de um vale. Carlos Alberto diz que tem uma série de projetos na cabeça, com a grana que acumulou poderia se unir a uns sócios e criar um celeiro de novas ideias, incentivar start-ups de uma garotada brilhante que está aí, a fim de trabalhar, mas não tem capital suficiente. Sinto que poderia fazer isso.

— Entendo, diz Heloísa.

— Estou repensando uma série de coisas, ele diz.

— É bom fazer isso de vez em quando, diz ela. Respira fundo, força um sorriso, tenta voltar à realidade imediata. Carlos Alberto não quer passar o resto da vida como um executivo estressado, trabalhando quinze horas por dia, pedalando nas férias, tomando vinhos caros, viajando — Está certo, dizendo assim parece muito legal, mas é uma competição permanente, a gente se torna escravo.

Ela o observa, depois olha suas mãos presas no volante em busca de uma aliança, tem curiosidade de perguntar mas não sabe como. Diz que ela também se sente uma escrava às vezes.

Mas no momento acho que estou numa fase importante do meu trabalho, estou fazendo coisas cruciais na Guanabara, e atuo com ênfase na área cultural, sinto que posso contribuir nesse campo, o trabalho também é massacrante, quinze, dezesseis horas por dia, mas há um certo espaço para a realização pessoal.

— Isso é raro nos dias de hoje, diz ele.

— Sim, diz ela. Sinto que preciso consolidar algumas coisas antes de buscar outros desafios.

Sobem um acesso guardado, holofotes em suas caras.

Paulo Coelho a deixou ali sentada olhando as coisas da sua mesa e a paisagem por cerca de cinco minutos até lhe perguntar, com a expressão de quem ainda estava fazendo alguma coisa, qual era a duração da palestra que ela havia preparado. Ficou paralisada, observando um peso de papel colorido. Duração? Acho que quinze minutos.

— Para falar tudo?

Ela disse que sim. Talvez vinte. PC a examinou, franziu as rugas dos lábios, disse que gostaria de aprovar o material antes da apresentação, queria ver o arquivo ainda naquele dia. Heloísa respondeu que estava quase tudo pronto, faltavam apenas alguns ajustes, mas ela tinha parado porque, numa reunião dois dias antes, Ted e Maria Lucia haviam lhe dito que a unidade de livros passaria por mudanças e ela ainda estava estudando como incorporar essas novas linhas na sua palestra.

— Quem lhe disse isso?

Heloísa repetiu; Ted e Maria Lucia, dois dias atrás. A unidade de livros iria ser submetida à área de passatempos e —

— Você é minha funcionária, Maria Lucia não sabe o que acontece aqui.

— Por isso mesmo eu estranhei, disse Heloísa. Até discuti com eles, falei que não fazia mesmo sentido interromper os projetos de uma hora para —

— Me surpreende que você dê ouvidos a ela quando a linha de comando é tão claramente estabelecida.

Pegou um iPad da pasta, digitou uma senha, Heloísa achou que fosse lhe mostrar algo, ele moveu algumas coisas na tela, abriu um arquivo, começou a ler. Ela não sabia se a reunião havia terminado. Ficou em pé, postou-se atrás da cadeira, passou o dedo pela borda antes de perguntar, numa voz incerta, se haveria algum tipo de mudança na unidade de livros, porque andavam dizendo muitas coisas por aí.

Ele ergueu de novo os olhos.

— Mas se houvesse você não teria de fazer essa apresentação, teria?

Ela acenou que não, claro que não, até riu. Estava tomando coragem para perguntar da sua promoção mas ele a interrompeu, Vamos, estou ouvindo, pode começar a apresentar para mim. Como? Apresentar, disse ele. Faça sua apresentação para mim. Estou aqui resolvendo uma emergência mas ouço perfeitamente.

O que ela se lembra a seguir é de estar no banheiro do quinto andar lavando o rosto, o rímel todo borrado, nariz e olhos vermelhos. A louça encardida, lâmpadas queimadas. Espelho com pintinhas negras. Tentou rir para si mesma, depois foi percorrida por um bafo gelado que escapou pela boca. Saiu para o hall mal iluminado, não podia descer daquele jeito. Não sabia que PC gritava quando contrariado, nem que seu grito fosse tão agudo. As secretárias todas deviam ter ouvido, seus olhares irônicos queimavam Heloísa ao sair da sala. Com um formigamento na barriga, empurrou uma das portas corta-fogo do quinto andar e desaguou num espaço vazio, revestido de linóleo cinza, suas irregularidades iluminadas pelo brilho opaco dos janelões. Haviam arrancado todas as cortinas, os caixilhos oxidados iam até o chão, vidros sujos de poeira e gotas antigas. Caminhou um pouco pela ala totalmente desabitada. (Nunca vai ser diretora.) Numa das extremidades o linóleo dava lugar ao cimento raspado, marcas de cola seca. Do outro lado, divisórias e vidros canelados bloqueavam sua visão. Seguiu numa onda de ansiedade por esse labirinto de fórmica, cada vez mais escuro, até chegar a uma clareira. (Esqueça o que seu pai dizia.) Ao redor, mesas e cadeiras manchadas, algumas sem braços. Aquela deveria ter sido a redação da *Ponto de Vista*, ou parte dela. Ali as pessoas tinham rido e gritado, ficado ansiosas ou eufóricas. Haviam discutido e quem sabe flertado. Sobre uma mesa, um calendário de espiral com o ano de 1998 e um porta-lápis com três canetas sem tampa. Numa divisória baixa, haviam colado páginas de uma planilha, suas células esmaecidas verdes, amarelas, vermelhas, algumas manchadas em gotas grandes. Sobre um gaveteiro órfão, uma impressora enorme de superfície bege encardida. Heloísa percorreu um corredor estreito. Algo roçou seus cabelos, ela olhou para cima. Os fios haviam crescido e envolvido totalmente as canaletas suspensas, pendiam como ervas daninhas que terminavam em flores exóticas. Mais adiante, avistou a sala de reunião sem vidros, a mesa redonda, um telefone com o fio arrancado, cadeiras dispostas ao redor, sem os encostos, a espuma para fora, paralisadas por encantamento naquele ato. Nas divisórias, dois quadros com o certificado de prêmios já extintos. Ela se perguntou se Gilberto Filho vagava perdido por ali, aprisionado com o mobiliário. Abriu uma porta encaixada numa moldura no meio do nada, deu em outro corredor com uma série de portas. Forçou uma e outra, todas trancadas. Avançou mais. Sentia que se aproximava do centro de um lugar onde não deveria estar. As divisórias passaram do cinza-escuro para o claro, pareciam ter sido instaladas havia menos tempo. Em outra sala, viu uma cadeira nova, de estofado vermelho e rodinhas, ainda no plástico transparente. No chão, um rolo fechado de fiação azul. A ala parecia mais quente, uma casinha com lareira, ou talvez fosse apenas sua pulsação. Saiu para um corredor perpendicular e iluminado, com divisórias mais baixas, uma nova clareira com ocupação recente. Um vaso de samambaia suspenso perto da janela; uma mesa clara com garrafa térmica e colherinha no copo plástico com água; adoçante, açúcar, palitinhos, uma pilha de copos. Calendário preso à parede — três cachorrinhos numa cesta de vime. Um computador de costas para ela, suas luzes traseiras piscavam, estava ligado. Um porta-retratos e uma cadeira, no seu espaldar um pulôver lilás com flores bordadas, cinzeiro com cigarro pela metade, a fumaça subia num filete sinuoso. Esfregou os braços arrepiada, não podia parar. Avançou à sala seguinte e vislumbrou pelo vidro um monitor brilhante, deu um passo tímido, a ponta da mesa revelou papéis grampeados. Na divisória logo atrás, o retrato oficial de seu Jaime, cabelos arroxeados contra o fundo azul, olhos de fogo, penetrando até o fundo do seu crânio e lhe mostrando, claramente lhe mostrando, pela forma como os olhos se mexiam, que não deveria estar ali, que — o toque do telefone foi tão forte que a fez pular; tocou de novo, uma revoada de corvos, um caldeirão fervente, uma princesa em perigo, uma flauta mágica, lá estava ela correndo entre as divisórias, entrando desavisada no centro da floresta, enroscando-se nos fios cerrados, perdendo-se em portas abrindo-se para novas portas, corredores e salas de reunião, perseguida a todo momento pelo toque agudo do telefone, colou o corpo contra a parede e viu ao seu lado a porta de ferro da escada de emergência, estava destrancada, empurrou-a e sentiu o cheiro de cimento úmido, os degraus pareciam menores do que um pé de adulto e por mais esforço que fizesse era como se não avançasse um palmo sequer. Estava ofegante no primeiro lance e desceu o segundo com mais calma. Chegou ao quarto andar, ajeitou a roupa, passou as mãos no rosto, desceu o próximo lance sentindo-se livre e quase se chocou com Gilberto Filho. Gritou, ele recuou mais assustado do que ela, era e não era Gilberto Filho, o bronze tinha ficado bege, parecia mais magro, cabelo sem gel, camisa azul com manchas de suor nas axilas, diretor de inovação ou novos projetos, quem se importa. Ambos tentaram sorrir, que coisa, quase trombaram, é, Você está descendo?, perguntou ele. É sim, estou, e você, está... Subindo, completou ele, riram, olharam o chão. Eu gosto de pegar a escada, disse ela. Sim, sim, é mais saudável, disse ele. E você está bem?, Gilberto perguntou a seguir. Estou, sim, e você? Tudo bem, também. A gente se fala. É, a gente se fala. Muita coisa, tenho de correr. Nem me diga! Heloísa abriu a porta do seu andar e respirou fundo, um pouco de ar fresco, abanou-se, as meninas não iriam acreditar quando contasse.

Parte da madrugada foi gasta na frente do computador, tentando montar a apresentação do dia seguinte. Primeiro, o menino se recusou a dormir e apontava para um livrinho pop-up de animais da fazenda que Matias comprara na semana anterior. Amava quando abriam na página do cavalo malhado e ele saltava das dobraduras, Robertinho ria e depois gargalhava quando o pai relinchava. Heloísa imitando égua não tinha tanta graça, mas vá lá, também o divertia, e no entanto ela estava muito cansada para aquilo. Robertinho gritou e chutou o berço, Heloísa relinchou sem vontade, agora não tinha mais volta e o menino só foi se acalmar lá pelas onze.

— Onde você estava?, disse ela ao entrar na cozinha, depois de ouvir o barulho de pratos e micro-ondas. Matias tinha preparado um pobre sanduíche mole e o comia em pé, apoiado na pia.

Reclamou que não aguentava mais chegar em casa para encontrar apenas frios e pão de forma. Ela disse que não tinha tempo para moleque mimado, queria ver como ele ia se virar quando ela estivesse em São Paulo.

— São Paulo? Você vai a São Paulo?

Ela reclamou que já tinha falado daquela viagem antes, ele nunca a ouvia, só prestava atenção nas coisas dele (Não é verdade), era uma viagem importante, crucial para a carreira dela, também lhe dissera aquilo antes. Você não me ouve, Matias.

— Mas como eu vou fazer com o Robertinho?

O menino urrou, tomou uma mamadeira inteira e dormiu de novo. Matias passou o tempo todo esparramado na frente da TV vendo primeiro um programa sobre as estradas mais perigosas do mundo, depois um concurso de mestres churrasqueiros. Heloísa foi à mesa de jantar com o laptop, pediu que ele abaixasse o som. Pediu de novo, como era possível ouvir TV àquela altura? Pediu mais uma vez, o som estava atrapalhando sua concentração. Ele se ergueu, desligou o aparelho e se fechou no quarto de casal. Também não é pra tanto, Matias! Só pedi pra baixar um pouquinho. Silêncio. Ela saiu da mesa e se acomodou com o laptop no sofá. Abriu o PowerPoint e, antes de escolher a cor de fundo dos slides, foi à cozinha, vasculhou a geladeira e voltou com um pote de iogurte light e granola. Decidiu ver o que havia na TV, só um pouquinho.

O homem de Neandertal viveu em partes da Europa ao mesmo tempo que os humanos. O homem de Neandertal, ao contrário do que se estimava, era capaz de fabricar ferramentas, e hoje os estudos mostram que eles também caçavam, como os humanos, mas em menor escala. O homem de Neandertal não conhecia o rito fúnebre, ou o conhecia de forma muito rudimentar. Vivia em simbiose perfeita com a natureza, ao contrário do ser humano, que em pouco tempo aprendeu a destruí-la. O homem de Neandertal foi o primeiro ser com consciência verdadeiramente ecológica, diz um sujeito de gravata-borboleta. Um crânio de Neandertal com a testa perfurada indica a ação violenta do *Homo sapiens*, e é muito possível, diz um velho gordo de óculos e cara de tarado, que o ser humano tenha perseguido o homem de Neandertal até sua completa extinção. Atores vestidos de pele encenam uma correria na frente de fogueiras e uma caverna, a câmera tremente não convence Heloísa. Hoje os cientistas acreditam ter encontrado vestígios do DNA do homem de Neandertal no genoma humano, e isso pode implicar uma interação mais íntima entre as espécies. Ou, diz o sujeito de gravata-borboleta, indica que os humanos estupraram, escravizaram e depois mataram as mulheres de Neandertal.

Heloísa não soube por quê, mas enxugou uma lágrima. As armas do *Homo sapiens* pareciam tão mais afiadas, tão mais *letais*, do que os rudimentos quase infantis do homem de Neandertal — um galho de espinheiro, um toco de árvore contra um arco e flecha, uma machadinha. O sílex. Os latidos. Varandas gradeadas, portões rangentes. Matias guardava um pacote de M&Ms no fundo do armário, ela pegou o banquinho para procurar. Tinha certeza de que estava ali em algum lugar. Empurrando latas de milho — não entende como Rose pode gostar tanto de comprar milho — ah, ali estava ele. Nem chocolate Robertinho comia, pensou ela, voltando para o sofá. Ela se perguntou, mastigando as bolinhas coloridas, se ele escolhia pela cor. Leite, purê, ambos amarelados, ela podia tentar algo com chocolate branco. Como já estava na frente do computador, procurou algumas receitas de tortas e sobremesas — mas vejam, encontrou uma boa de cheesecake, ela adorava cheesecake, fazia séculos que não comia — depois viu também um bolo de carne que parecia bem prático para fazer durante a semana. Matias veio do quarto de cueca e camiseta e ela abriu rapidamente o PowerPoint, fez cara de compenetrada. Ele sumiu na cozinha e Heloísa gritou do sofá, Fazendo uma boquinha? Ele voltou com um copo d'água, observou-a com aqueles olhos vermelhos, disse que passava da uma da manhã e perguntou se ela não ia dormir. É incrível como é mimado; só perguntou isso porque não suporta que acendam a luz do quarto enquanto está dormindo.

— Eu preciso terminar isso, Matias.

Visões e ações do futuro — Livro, previsões do futuro — O livro, versões do futuro — Livros — Livros, inovações e — Inovando e crescendo — Livros, inovando e crescendo — Guanabara Livros, uma visão de — O papel da Guanabara Livros no futuro do — Guanabara Livros. Como fazia para mudar a cor do próximo slide? Meu Deus, o tempo passa rápido.

— Você está dormindo?, ela gritou no escuro. Abriu mais a porta. Queria saber como fazia para inserir um texto mais longo debaixo de um tópico. Matias ressonava com aquele jeito pacífico de quem não está fingindo. Matias, meu bem, você está dormindo?

O bebê chorou. Ela entrou no quarto correndo com outra mamadeira, o menino em pé no berço — duas bolinhas pretas na penumbra fixadas nela com interesse — fazendo força para pular, Heloísa ainda insistiu que ficasse ali. Não, não, querido, está tarde, é hora de mimir. Como ele começou a gritar, pegou-o no colo, estava tão pesado, ela sentou e se apoiou como pôde no encosto do divã, meu Deus, que colchão duro, não sei como a Rose consegue dormir aqui, o menino se mexeu, via a luz da sala e queria sair, apontava, ela tentava contê-lo no abraço, sem posição, assim não vou terminar nunca, durma, durma, queridinho, ela encostou a cabeça na almofada, fez força numa trava greco-romana, o menino contra os seios, respirando fundo, ela se acomodou na diagonal, a respiração do menino foi ficando pesada, meu Deus, nem comecei a parte do futuro — estendeu uma perna, afundou-se no encosto — o futuro tão distante, o futuro, avenidas largas e vermelhas o céu futuro o futuro e quando abriu os olhos a manhã era cinzenta.

Da casa vem uma batida grave e elétrica. Que bom que Matias não está lá, com aquelas camisas polo horrorosas dele. Depois que passaram os muros altos de Alphaville 14, vejam só que incrível, eles agora podem deixar o carro destrancado na rua — Incrível mesmo, parece uma cidadezinha americana de cinema — palácios de cristal, casinhas de doces, trilhas de pedras iluminadas, árvores podadas como esferas perfeitas — Olhe lá uma na forma de alce! — chalés alemães de três andares, mansões de colunatas gregas — Aqui mora o Gugu — Carlos Alberto tem de dar algumas voltas até encontrar a casa certa. Faz tempo que não venho aqui, diz. Seu irmão mora numa construção térrea de estilo modernoso com muito concreto aparente e vidro. Estacionam à beira de um parquinho iluminado por dois postes potentes. Não está vazio àquela hora da noite. Seres troncudos e baixos, quase sem pescoço, estão aboletados no gira-gira, no trepa-trepa, nas gangorras. Há um de cabelos compridos no balanço. Adolescentes silenciosos, os olhares cravados neles, esperando como os humanos na floresta. Heloísa tem medo de lhes dar as costas e ficar vulnerável. Afastam-se e alguém ri, é um grito de hiena. Olham de novo e os adolescentes estão imóveis. Um deles, com espinhas no rosto e cabelo sujo, leva um cigarro à boca e o garoto ao lado, um pouco mais baixo, sorri com dentes pontudos. Parece carregar um pedaço de pau. Heloísa tem vontade de segurar a mão de Carlos Alberto, que segue calado, sem graça com as orquídeas na mão. Na frente da casa ele para, hesitante, e lhe dá o vaso. Pede um instantinho, volta apressado até o carro, ela espera, bip-bip, duas piscadas de luz, pronto, por via das dúvidas agora está tudo tranquilo.

Pega de volta as orquídeas e descem uns poucos degraus de pedra, entram por uma porta de vidro. A música eletrônica agora é bem mais forte. Perto da entrada há uma mesa de bebidas, dois garçons preparam caipirinhas, algumas meninas conversam, todas elas com vestidos curtos estampados, cabelos alisados e compridos, com luzes. Pernas torneadas que Heloísa nunca vai ter, muito magras, cinturas finas, esperem só se tornarem mães para ver. Duas delas se viram e a observam passar. A luz negra transformou Carlos Alberto num príncipe, ele sorri com as flores e dá um beijinho em cada uma delas. Já Heloísa não passou por transformação nenhuma, está de saia e terninho pretos, suada, provavelmente descabelada, o pó no terninho brilha no escuro — uma verdadeira constelação de poeira —, não teve tempo nem de se olhar no espelho.

A música reverbera pelo seu corpo, ela pega uma taça de champanhe, encoberta pela fumaça do gelo seco e pela luz estroboscópica, tiraram todos os móveis, o espaço é grande, no centro das luzes há um grupo de meninas dançando, todas com o mesmo vestidinho diáfano, as mesmas pernas e os mesmos saltos altíssimos, os mesmos cabelos alisados em diferentes tons. Heloísa fica à beira da pista, quando volta a enxergar não reconhece ninguém e se pergunta onde estão os adultos. Faz uma conta rápida, a mulher do irmão deve ter uns cinco anos a menos que ela, e as filhas... são pequenas, até onde pode se lembrar, e se chamam... se chamam... o DJ no canto da sala engata outra música, elas erguem os braços e gritam, dão passinhos muito parecidos. Duas observam Heloísa e cochicham. Ela passa a taça de uma mão para a outra; precisa de mais bebida. A que cochichava caminha até ela. Aos poucos vai deixando a fumaça, a luz negra, a música, são como camadas que se soltam e primeiro fica mais atarracada, depois o rosto se torna uma parede de argila, os braços se apertam flácidos no vestido e a metamorfose está completa, é uma menina envelhecida, todas ali o são, uma loura na entrada passou por ela com seu nariz empinado de plástica, conversava com uma senhora muito maquiada de saia curta. A garota à sua frente é nada menos que a aniversariante, que solta um gritinho e ergue os braços, dá um beijo em Heloísa, Você veio mesmo!, Heloísa está confusa, Ana Beatriz não tem mais de trinta anos e no entanto, debaixo da luz sóbria, aparenta quarenta e cinco.

A luz estroboscópica vibra de novo e Heloísa fica cega por um momento. Num segundo bar ela pega uma caipirinha de saquê com frutas vermelhas e cruza outra porta de vidro, que dá para uma piscina turquesa iluminada por dentro. Algumas pessoas conversam ali, se interrompem para vê-la passar desajeitada, muito próxima da borda. Os homens têm gel no cabelo, camiseta ou camisa justa para dentro da calça. Ela dá a volta na piscina, margeia o forno para pizzas e atravessa outra porta ao som de risadas. Termina a caipirinha num gole, em outra estação de bebidas pede uma de vodca com manga e pimenta rosa. Quatro sujeitos conversam animadamente, copos altos na mão, riem e dão-se socos. Um deles é seu irmão.

Não o reconheceu sem os óculos, com os cabelos para trás. Os homens se entreolham quando ela se aproxima, Cláudio Mário abre um sorriso que ela julga encabulado. Achou que eu não viesse?, ela diz, mais alto do que a música. Ele balbucia qualquer coisa, não faz menção de apresentá-la aos amigos, e ela diz, Isso aqui parece uma boate. Era um sonho da Ana, diz Cláudio Mário. Estava um pouco deprimida, não consegue lidar com a barreira dos trinta anos — coisa de mulher. Ficam sem assunto e olham a pista. Ana Beatriz está de fato se divertindo muito com as amigas. Gritam juntas no refrão, your heart, my love, listen now, hold my hands, Heloísa não comeu nada o dia inteiro e enche um prato de sushis. Carlos Alberto vem por trás do irmão e o ergue no ar, Cláudio se sacode como um boxeador, o rosto rígido, esperneia, e o amigo o coloca de novo no chão, não lhe dá tempo de reagir e o enlaça numa chave de braço, coitado do irmão, todo penteadinho, enfiado no sovaco do outro, ele distribui socos e é enfim liberado. Carlos Alberto ainda faz umas cócegas, dá tapas nas costas, Puta que o pariu, cara, que saudades! Cláudio Mário ajeita os cabelos a uma certa distância e não sorri. Heloísa sabe que ele odeia ser tocado, não é de hoje, mas nunca viu um serviço tão completo. Ela ri junto com os outros, pronto, ficou com aquela cara emburrada dele, olhos girando. Quando era mais novo, nesse momento começava a chorar.

Ela pega outro champanhe para não ficar com as mãos abanando. Circula de novo ao redor da piscina, está cansada de entrar e sair, procura a cozinha para pedir um copo d'água, atravessa um corredor e cai numa antessala com todos os móveis brancos. Anãs sentadas em pufes assistem compenetradas a um reality show, movem sua atenção para ela quando entra ali. Maquiadas como as mulheres, cabelos alisados, saltinhos. Ela se aproxima, as anãs se entreolham, parece que vão fugir para os lados se ela chegar mais perto. Finalmente se dá conta de que a gordinha no centro é a filha mais velha. Oi, diz ela. A menina come os lábios e fica vermelha, as outras começam a gargalhar. A mais espichada olha com repulsa as roupas de Heloísa, que ri, ajeita o terninho, diz que estava trabalhando, não teve tempo de passar no hotel nem de se olhar no espelho, não há nenhum pufe disponível e ela fica curvada, mãos entre as pernas, sentindo-se velha demais. Eu sou sua tia, diz ela. Três meninas ao fundo rolam de rir, ela se estica para vê-las melhor. Uma delas é familiar. Mariana?, diz Heloísa, e as risadas aumentam, mas a menina da ponta não está mais achando tanta graça. Estão rindo do quê? Os risos aumentam. O que é tão engraçado, podem me dizer? Falou com certa autoridade porque as meninas se calaram. Vou pegar uma água, vocês querem?, diz ela, e escapa para o corredor, fugindo daqueles olhares. Segue a música, desponta no salão principal, atravessa o jato de fumaça, tem a impressão de que a casa é circular, está de novo na estação de caipirinhas.

A sala de eventos do hotel não era muito grande, totalmente acarpetada de bege. Chegou atrasada, a série de apresentações já tinha começado, tivera de deixar a mala no hotel, erro de cálculo, Que trânsito horroroso é esse? Sexta-feira, madame. A secretária da diretoria ligou três vezes, o sr. Paulo Coelho queria saber onde ela estava. A mocinha da recepção demorou a entender qual evento ela procurava; Heloísa sabia que a sala tinha nome de árvore, mas não lembrava qual. Tampouco sabia o título do encontro nem quem eram os organizadores; o nome Guanabara não constava em nenhum dos agendamentos. Estavam no coffee break, ela ouviu vozes estrangeiras antes mesmo de abrir a porta dupla. Rostos desconhecidos, muitos deles com bigodes. Maria Lucia e a gerente de passatempos espremidas num canto, copos plásticos nas mãos. Suadas, a maquiagem a ponto de escorrer, uma de blusa de seda rubi, a outra estampada de flores tropicais, manchas escuras nas axilas, era como se tivessem acabado de malhar debaixo do sol. Piscaram diante de Heloísa, confusas com aquela miragem, cansadas demais para falar. Sou eu, disse ela, na falta de algo melhor. Pegou-se explicando o que fazia ali, Silvia Montenegro soltou o ar numa risadinha. Maria Lucia apresentou-a para um sujeito bronzeado e bigodudo de nome González — Mucho gusto — e Maria Lucia lhe disse, num português bem lento, A Heloísa Peinado trabalha conosco na Guanabara e vai falar sobre nossa área de livros de interesses gerais, não é, Heloísa? Sí, sí, disse Heloísa, balançando a cabeça num amplo sorriso, como se transmitisse os influxos positivos naquele gesto. O

González sorriu de volta e agradeceu Maria Lucia e Silvia pelos pontos apresentados, que Heloísa intuiu estarem ligados à distribuição em bancas e supermercados, e explicou como isso era operacionalizado no país dele, que não ficou claro qual era.

— Com licença, disse ela, saindo de lado. Pegou um café e um pão de queijo, circulou entre aqueles homens engravatados mas não encontrou Paulo Coelho. Avistou Ted, imponente numa roda com três sujeitos mais baixos. Ficou de frente para ele, olhando-o fixamente, Sí, pero que la competición está en este momento muy acirrada y além desso los descuentos son muitcho, muitcho agressívos, ele não a notou, ou fingiu não notar. Ela fez menção de voltar ao grupo de Maria Lucia, ficou ali plantada a pouca distância enquanto conversavam com outro estrangeiro, mas começou a se sentir estranha, não muito bem-vinda, e circulou mais uma vez.

De volta à cafeteira, interceptou Silvia Montenegro e perguntou se ela tinha visto o PC. Silvia a olhou com uma expressão de morte na família. Disse, enquanto enchia a xícara, que não o tinha visto. Heloísa colou o rosto no celular, tentou ligar para o Rio, tentou transferir a ligação para a secretária da diretoria, o sinal fraco, ligação que não completava, não ouvia nada, caminhou cada vez mais para longe, através do corredor acarpetado, de volta à recepção, circulou entre as poltronas com o celular na orelha, na frente da porta automática, lá fora os táxis, os movimentos da rua, podia simplesmente guardar o aparelho na bolsa e sair caminhando, ninguém a veria, O quê? O Paulo Coelho, sim, quero falar com o Paulo Coelho, não tenho o número dele, estou aqui em São Paulo e — O quê? — como num sonho, uma menina de uniforme circulava pelo saguão gritando por ela, os homens se viravam curiosos e a menina disse, severa: A senhora é esperada no Salão Pau-Brasil.

Passos pesados enquanto seguia a menina de volta pelo corredor escuro; os dedos tremeram numa última tentativa de ligar ao Rio. Ainda esperava vê-lo ali, mexendo nos cabelos dourados, primeiro na antessala vazia e suja do café, depois na sala escura, com todas as cadeiras ocupadas, Maria Lucia e Silvia em pé no fundo, olhando para ela de forma dura. À frente, uma tela iluminada azul com ícones laterais do Windows, uma mesinha com copos d'água, um laptop. Ela buscou o pendrive na pasta nova, cheia de zíperes, deu-o ao técnico de TI e descobriu, ao passar pelas páginas do arquivo, que havia gravado a versão anterior, incompleta, Mas eu jurava que tinha salvado, então devia ter ficado no computador do trabalho, ou no de casa. Ana Mirelle, Ana Mirelle, Ana Mirelle. Esse computador tem internet? O técnico de TI não entendeu a pergunta. O sinal aqui é superfraco. Alguém tossiu na plateia. González estava na primeira fila com as pernas cruzadas, ao lado de Ted. Está quente aqui, disse ela ao técnico. Um sujeito de cabelo engomado se aproximou e quis saber se podiam começar. Ela sorriu como se chorasse. Nova tosse. Indicaram uma cadeira vaga ao lado de González, ela obedeceu anestesiada, arrumou a saia e tentou passar tranquilidade num sorriso. O González retribuiu placidamente. O sujeito de cabelo engomado falava alguma coisa para a plateia atenta. Heloísa ouvia como se flutuasse. O segredo é falar bem a primeira frase. O segredo. É falar bem. A primeira frase. O segredo. O segredo é falar bem a primeira frase. A divisão de livros da Guanabara é um dos pilares centrais da Guanabara. A distribuição editorial — o grupo editorial Guanabara — a divisão de livros do Grupo Guanabara. A divisão — uma piada, fazer uma piada. Pra descontrair. Bem, vocês já devem estar cansados nesse momento, mas — bem (um sorriso), depois desse pão de queijo murcho, eu — vocês não devem mais aguentar falar disso — devem estar esgotados — vocês já devem estar. Eu sou a diretora — a gerente — eu sou a responsável — meu nome é Heloísa Peinado, para quem ainda não me conhece, eu sou — Paulo Coelho não pôde estar aqui conosco

262

esta tarde mas — eu não almocei — eu não tenho os charmes dele — o cabelo dele — proponho agora — eu — o sujeito na frente fez um comentário e todo mundo riu, o González descruzou a perna, cruzou para o outro lado, o sujeito acenou para ela, Heloísa olhou a tela iluminada — Ganabrara Livros, Desafios Futuros — burburinho na plateia, ela reconheceu o verde do slide como sendo seu.

V.

O vídeo que circula na internet mostra pessoas acima do peso, bochechas rosadas, casacos, suéteres e gorros, num ambiente fechado, mal iluminado, revestido de pinho. Motivos náuticos presos à parede permitem assumir que estejam num navio. Devem ter bebido além da conta e cantam, com mais ou menos fôlego, uma música natalina. O vídeo tem menos de cinquenta segundos e se denomina "Tripulação do *Akademik Shokalski* comemora o Natal na Antártida". Agitam os braços com canecas, ao ritmo da canção, alguns velhinhos sorriem nas mesas laterais, todos parecem se divertir, menos Heloísa.

Se *ela* estivesse presa no gelo, com certeza estaria sorrindo e cantando. Abre outro vídeo e vê um sujeito jovem muito magro, de aspecto insone e barba arruivada, sentado na cama do seu quarto desarrumado. Ele fixa os olhos na lente e diz, "Cada dia mais gelado". Suspira, olha para os lados e prossegue: "Qualquer coisa que acontece é motivo para Bob e Mike discutirem, eu não aguento mais isso. A comida está acabando e eu... diabos, eu sinto cada dia mais sua falta, Deb. Meu Deus, como eu sinto sua falta".

Garota de sorte, essa Deb. As temperaturas médias estão batendo nos trinta graus negativos, um sujeito sai para o convés com um capuz forrado de pele, gorro, óculos, cachecol até em cima, dá para ver a nuvem branca de vapor escapando do tecido quando ele diz *Fuck* para a câmera. Heloísa estala a língua; não é possível que esteja tão frio assim. Além do mais, o aquecimento global está ferrando com tudo, calotas derretem, ursos-polares morrem, golfinhos extintos, El Niño, tornados, inundações. E ela ali, na cozinha abafada, o split da sala quebrado, sentada na mesinha de fórmica com o laptop tentando encontrar uma maldita receita de tender, o suor escorre pelas costas. Matias cismou de fazer uma ceia de Natal, foi a forma que encontrou de tirar um pouco o pai de casa. Ela preferia comprar algo simples, pensou num rosbife com salada de batata, mas ele ainda mantinha aquela maldita promessa dele, de não comer carne vermelha. A família unida de novo, disse ele. Não precisamos de grandes presentes, disse, nem de grandes celebrações, mas tudo acabou mais uma vez nas costas dela. Que família linda, essa.

Sente-se amarrada. Sente os pés enfiados num balde de cimento, sente-se acorrentada numa armadilha submersa, sente falta de ar. Nesse final de ano, não tem pensado com clareza, pressão por todos os lados, exigem que a gente seja perfeita nos detalhes. Justamente nessa tarde Matias resolve chegar em casa mais cedo; a firma vai comemorar o final de ano na Cobal do Humaitá, saíram todos juntos, mas, como ele também cumpre a promessa de não beber uma gota sequer, decidiu que podia deixar a festa de lado e passar mais tempo com a família. Está bobo e risonho — diz que podem comprar os ingredientes da ceia juntos, os três juntos — ri para o menino brincando com seus cavalinhos — fica de repente lívido ao ver as caixas de presentes na sala. Sim, hoje ela comprou algumas coisas ao sair da Sonho Lúdico. Não, não vai lhe explicar com que dinheiro fez isso, porque sempre que vai falar dos seus problemas Matias se esquece de que ela *existe*, não dá a menor bola, então cansou de lhe dar satisfação.

— Com que *dinheiro*, Heloísa, ele insiste. O menino os observa com os cavalos na mão. É uma longa história, diz ela, está sufocada, tem a sensação de que a obra na Sonho Lúdico regrediu, a casa está toda esburacada, é angustiante. O marceneiro entregou os móveis errados, o arquiteto não aparece, Pelé deu um curto-circuito na casa, enfim, ela precisava espairecer e não tinha com quem se abrir, não tem mais amigas, terminou no Rio Sul, não dá para ficar um segundo na Sonho Lúdico com Fátima e Renan, ela se arrepende do dia em que chamou a amiga para ser sua sócia. Sabe que podia ter sobrevivido sozinha naquele momento mais crítico, sabe se virar e tomar decisões — na Guanabara sim era duro, uma máquina de moer carne, quem nunca trabalhou numa grande corporação não sabe como é. Mas ela foi burra, estava fragilizada e Fátima se aproveitou — a amiga nunca teve nada, dava pena, era uma pobre coitada — agora ela e o namorado escroto acham que podem ditar as regras na Sonho Lúdico só porque puseram dinheiro ali, essa merda de dinheiro, quem liga para o dinheiro dela?

Matias não fica apenas lívido, ele solta um gemido. Insiste em saber com que dinheiro ela comprou tudo aquilo, se estão endividados. Heloísa diz que o dinheiro não é *dele*, faz parte da Sonho Lúdico, é um acerto que —

— Você pegou o dinheiro da sua *amiga*?, grita ele desafinado. Ela explica pausadamente que não é o dinheiro de Fátima, como ele está insinuando —

— Insinuando não! Afirmando!

Pois não é o que ele está afirmando. É a parte *dela*, Heloísa, que ainda tem um dinheirinho, além disso todo mundo nessa época do ano ganha décimo terceiro e ela não, é uma injustiça, trabalhou o ano inteiro e achou que podia comprar umas coisinhas pra família no Natal e depois, quando a Sonho Lúdico começar a gerar caixa, é só repor o que ela tirou — Não estou acreditando, diz Matias — e além disso aquele é um dinheiro de ambas, Heloísa tem direito a ele, se levarem em conta o quanto de capital ela já investiu no negócio, e se considerarem que Fátima e aquele namorado dela acabaram de entrar e já se consideram *donos* — será que Matias não se dá conta de que ela teve de arcar com todas as contas no início? — o mínimo que podem fazer é dar sua contribuição por aqueles meses iniciais.

— Você vai devolver isso, Heloísa.

— Você está gaguejando, Matias.

Nem bem diz isso (não devia ter dito), ele abre a pasta, tira dali as chaves de casa, a carteira, o remédio de nariz — O que você está fazendo?, grita ela —, dá um beijo na cabeça do menino — Aonde você vai? —, vira as costas e sai pela porta da frente.

— Pensa que me assusta, Matias?, grita ela da sala, e espera ele voltar.

Pula por sobre o menino e escancara a porta, tarde demais; o elevador o deixou no térreo.

∿

Acorda dona Inez às onze e meia, a velha atende irritada, depois fica apreensiva, não, o Matias não passou por aqui, ele te disse que viria? Heloísa agradece e vai desligar, mas a velha quer saber o que aconteceu, está achando que o seu Matias foi sequestrado, meu Deus, você tentou o celular dele? Está desligado, diz Heloísa, deve ter acabado a bateria. Ao fundo, ouve o gemido de seu Nilo perguntando quem é.

Vê um filme inteiro na TV, ficção científica com Tom Cruise, ela não sabe o nome, toma banho, se deita e tenta ler o jornal do dia, mas não consegue se concentrar em nada. Liga mais uma vez para Matias antes de adormecer e só desperta de novo com coisas caindo no quarto, o colchão afundando ao lado dela, a seguir o ronco pesado, um volume morto, pedaço de tronco trazido do mar. Ela olha as horas, cinco e dezessete. Não adianta nem sacudi-lo que não acorda mais, tirou apenas os jeans antes de se jogar na cama, ainda está com a camisa do trabalho e as meias pretas, cueca sem elástico, pernas peludas e brancas sobre o edredom, aos poucos Heloísa sente um cheiro doce de cana e de suor. Matias, Matias — não adianta, ele não responde.

O arquiteto choraminga no telefone. Os móveis estão bambos porque o Renan, na ausência dela, mandou fazer tudo de aglomerado da pior espécie. Se você puxa a mesinha com força, diz Jairo, o tampo sai com os parafusos nas pontas; é até perigoso, pode furar os olhos das crianças. Entendo, responde Heloísa. Ele continua, diz que não quer entrar em detalhes sobre o recente bate-boca com Renan na frente dos pedreiros — Estou sabendo, diz Heloísa — ele odeia brigar, prefere esquecer toda a história, pede apenas que Heloísa tome cuidado. Não sou de falar mal das pessoas, diz ele, acredito que as coisas sempre voltam pra nós, mas só vou dizer uma coisa, Helô, porque é importante que você saiba: ali falta caráter, entende? Quando ela não está na Sonho, diz Jairo, Renan aproveita para desfazer *tudo* o que foi combinado, sem consultar ninguém, como se estivesse pensando em outra função para o espaço. Eu não falo mais nada, prossegue Jairo, mas esse Renan tem duas caras, pra mim ele age de má-fé, é um canalha, falso, se bobear deve estar também —

— Tá, tá, tá, diz Heloísa, preciso desligar agora, a gente se fala, isso, claro, vou conversar com o Renan, claro, claro, não tem mesmo cabimento, vou falar com ele, um beijo. Desliga o celular, estava numa posição incômoda, ajoelhada ao lado da cama. São onze da manhã, Matias jaz embolado nos lençóis, mais morto do que vivo, enquanto ela vasculha peças imundas; cada bolso da calça, tira canhotos amassados e os lê um por um, vê os horários. Puxa um lenço de papel empedrado, o remédio de nariz pela metade. Abre a carteira, examina cada cartão de crédito, desconto na farmácia, milhagem. Seguro-saúde, carteira de motorista, mais notinhas apagadas pelo tempo. Olha entre as cédulas. Tira a camisa do chão e a bate, cheira a gola. Cheira o peito, cheira de novo. Procura seu celular na mesinha, debaixo da cama, entre os lençóis. Ele grunhe.

Depois ele pergunta, largado no sofá: Salsicha pode ser considerada carne vermelha?

O helicóptero da embarcação chinesa *Xue Long* tenta, em 12 de janeiro, uma aproximação ao *Akademik Shokalski*. Sanjeev Chopra e seu cinegrafista da BBC estão na banquisa, perto de um grupo que resolveu se aventurar no gelo, e conseguem registrar os acontecimentos em meio à nevasca. O céu cor de chumbo é entrecortado de lascas brancas e rápidas. A câmera treme e vemos à esquerda a ponta do casco vermelho do *Shokalski*. O som do vento traz gritos das pessoas coloridas acenando para algo no horizonte, a câmera dá um zoom e vemos um pontinho negro que sobe e desce, se aproxima e depois some. Estão há praticamente dois meses presos no gelo e o mau tempo no mar de Weddell impossibilita qualquer missão de resgate. Em 28 de dezembro, o chileno *Vera Cruz* terminou ele mesmo preso na geleira — escapariam apenas dois dias mais tarde, num golpe de sorte. Logo após o Ano-Novo, o *Aurora Australis*, de bandeira australiana, também foi obrigado a recuar, a apenas cinquenta milhas náuticas do objetivo. Uma aeronave chilena lançou caixas de mantimentos que se perderam no *pack*.

    O blog da expedição não oferece novidades. A bióloga Janet Smith escreve algumas linhas sobre a "ferocidade do Ártico" e a moral "instável" da tripulação. Um post não assinado pede que as pessoas "rezem pelo resgate" e enviem medicamentos para pressão e diabetes aos mais idosos. O premiê australiano Tony Abbott faz um discurso contundente, a nação está conectada em corações e mentes à tripulação do *Shokalski*. A Marinha russa disponibiliza uma de suas corvetas da Frota do Pacífico.

    O cinegrafista da BBC segue o pontinho preto no horizonte. O pontinho some momentaneamente por trás do *Shokalski* e nesse instante podemos ver o navio por inteiro, uma sereia encalhada na neve. Acenos e gritos, é difícil ver o pontinho flutuando no céu. A câmera treme, alguém xinga, um grito agudo se eleva sobre os outros. Por uma fração de segundo é possível ver a forma avermelhada do helicóptero no zoom da câmera. "Ele está vindo? Está vindo?" As pessoas chamam e assobiam, uma delas ri. O helicóptero circula mais um pouco, parece realmente próximo, o vento estridente se sobrepõe aos gritos, então ele é mais uma vez um pontinho, e depois nada.

    Quando se dá conta está atrasada de novo, está sempre atrasada, é impressionante como o tempo prega peças na gente, a máquina de lavar não está centrifugando, ela não consegue manobrar o carro com o celular tocando essa música, vibrando e piscando ao mesmo tempo. Na garagem, o porteiro a observa entre assustado e divertido, está encalacrada entre duas vagas e o celular continua a rebolar e a cantar. Renan, o namorado de Fátima, instalou essa merda e ela não sabe tirar, não devia ter deixado, ele sorriu daquele jeito suado dele, lhe entregou o aparelho e disse que assim Heloísa passaria a atender suas ligações. Ela atende e encaixa o celular no pescoço, Renan diz que haviam combinado de se encontrar os três na Sonho Lúdico, por que ainda não apareceu? Ela tenta explicar que o menino acordou com uma tosse seca e conseguiu um encaixe com o pediatra, Renan faz o silêncio de quem duvida. Sim, é sério, diz ela, pensou até em levar ao pronto-socorro (o menino sorri no cadeirão), promete que estará lá em uma hora, não mais do que isso, aperta o controle do portão, pisa no acelerador e o carro derrapa na subida. Sabe que ele vai ligar a cada cinco minutos, até o momento em que ela aparecer na Sonho Lúdico. Sim, só uma hora, não mais do que isso, com saúde não se brinca, já é quase meio-dia, vai ter de deixar o menino atrasado na creche, ele ainda tem de comer alguma coisa, colocar o uniforme, volta a reclamar da velocidade das coisas, do excesso de trabalho, da sobrecarga, todo mundo exige muito dela, enquanto o dr. Israel ausculta calmamente as costas do menino. Porque às vezes, doutor, eu sinto como se uma onda viesse por cima de mim e me sufocasse. O dr. Israel guarda o estetoscópio na bandeja com o sorriso bondoso e diz que hoje em dia as pessoas trabalham demais, realmente. Pega uma varetinha colorida da mesma bandeja, rasga seu plástico protetor e tenta convencer o menino a abrir a boca para o titio Israel ver lá no fundo da garganta. Porque às vezes, doutor, eu vejo todos esses prédios, uns colados nos outros como um interminável paredão de concreto, esse ar que não circula, as ruas todas congestionadas, as pessoas se odiando, toda aquela fumaça, aquelas buzinas, quando me dou conta estou suando frio, como agora, olhe só minha mão, começo a tremer, fico com a respiração curta — veja, doutor, só de falar já estou ficando assim — e sinto que tudo está me escapando.

— Entendo, entendo, diz ele, examinando o peru de Robertinho. Seus dedos tremem, meu Deus, como está velhinho — seu menino talvez tenha de operar a fimose — o dr. Israel é muito meticuloso, não se apressa com nada — E meu pai, doutor, se o senhor o visse, eu queria tanto ter mais tempo livre para cuidar dele (enxuga uma lágrima), queria que ele morasse comigo, mas a gente está numa situação difícil, não é só no meu trabalho, em casa também, doutor, o Matias está distante, não fala direito comigo, deu até de voltar tarde do trabalho, logo ele, que sempre foi meio encostado, agora prefere ficar no Dataprev do que em casa, não sei o que vai ser de mim, quando tento conversar com ele me sinto ainda mais só, ele mal me olha, doutor, e quando vejo meu menino, tão pequeno ainda, tão desamparado —

Soluça alto recurvada na cadeira, treme o corpo inteiro e pede desculpas — Calma, calma, diz o dr. Israel, olhe o menino, e dá tapinhas nas costas dela — ela sabe que não deveria chorar assim na frente dele e chora mais, não sabe a quem recorrer, sente-se ridícula, miserável, miserável e ridícula, estaria perdida, totalmente perdida, se, se, se — perdeu o fio da meada. O dr. Israel senta-se à sua mesa de vidro, aperta a caneta entre os dedos trêmulos e preenche um receituário com três caixas de Neozine gotas, é um remedinho que a gente às vezes dá para crianças com cólica mas que serve também como calmante, uma gotinha, não passe de vinte antes de dormir. Obrigada, muito obrigada, doutor, o senhor é um anjo, e o doutor lhe estende o papel com certo constrangimento enquanto ela pergunta, enxugando as lágrimas, se pode misturar com bebida alcoólica. Agora nem acorda mais nas manhãs de sábado, mesmo com as portas batendo e os gritos, Matias leva invariavelmente o menino à hípica, Robertinho se apegou a Faísca, da última vez Matias deixou inclusive o quarto dela às escuras, quem se importa.

Suspeita que as mães da creche evitem falar com ela desde que distribuiu o folheto da Sonho Lúdico. Renan o desenhou e mandou imprimir, a comunicação é a alma do negócio. Robertinho demora para descer, Heloísa senta-se numa cadeira diminuta verde com a bolsa no colo. A diretora sorri para ela de trás do balcão com certa piedade. Heloísa sorri de volta, a diretora pergunta como vão as obras. Bem, diz Heloísa, sentindo a pele esquentar. A diretora folheia uns papéis, fingindo não prestar atenção em Heloísa, e pergunta de novo se está mesmo segura de tirar o menino da escola. Ele gosta tanto... está se desenvolvendo tão bem..., diz a diretora e a olha de novo. Heloísa fica mais vermelha conforme tenta explicar que no seu espaço recreativo, quando ficar pronto, o menino também vai aprender as coisas, pode ficar na Sonho pelo menos por um tempo, enquanto ela reorganiza suas contas, ainda tem uns gastos pela frente — Ih, reforma é uma tristeza, diz a diretora, fingindo compreendê-la —, sim, é uma tristeza, diz Heloísa, ainda faltam algumas coisas de acabamento, depois vai começar a escolher os professores, já lhe indicaram um bom de música, outro de capoeira — o pescoço de Heloísa está duro, quanto maior o sorriso da diretora, maior seu incômodo — ah, que alívio, lá vêm as crianças saindo pelo corredor, de mochila, as mães se agacham com os braços estendidos, felizes — Mamãe, mamãe, a gente aprendeu reciclagem, diz um ruivinho acelerado — Que lindo!, diz a mãe e o abraça com força — a menina seguinte parece uma princesa, o menino logo atrás tem jeito de esportista, Heloísa sai da cadeira e se agacha, os braços estendidos para receber seu filho, que vem saindo por último, atordoado pelos gritos e empurrões — Cada criança tem seu tempo, lhe dissera o dr. Israel — não era exatamente o que pensava a professora de Robertinho, deixou isso bem claro na última reunião de pais — chamaram-na para uma conversa em particular, estavam lá a professora e sua assistente, a diretora, a pedagoga, a nutricionista, sentadas nas cadeirinhas infantis, olhando para ela sérias, mãos entre as pernas, pretensamente compreensivas — Heloísa primeiro tentou conversar em tom racional, os olhos ficaram úmidos, tentou não chorar na frente delas e soluçou a ponto de não articular as palavras, mal conseguiu dar um gole no copo de água com açúcar que a assistente lhe trouxe — Heloísa abraça o menino com força, o aperta mais do que as outras mães, meu Deus, como a mochila é grande para ele, mas foi a que ele quis, do Homem-Aranha em alto-relevo, o celular está tocando, ela o ignora, pergunta o que Robertinho aprendeu hoje e o cobre de beijos, é seu menino, não precisa falar ainda, vai falar, vai se expressar, é só uma questão de tempo, apesar do que dizem aquelas megeras, ela vai ajudá-lo, o celular toca de novo. Ela sai de cabeça erguida e mãos dadas com o menino, sua mãozinha é suada e quente, o celular parou e recomeça, quanta insistência, meu Deus, ela o encontra na bolsa e é um número desconhecido, decide atender. É um colega de Matias do Dataprev, se apresenta, esteve no casamento deles anos antes, pois é, pergunta como vão as coisas, titubeia, está ligando porque seu marido está bem, está bem melhor, não precisa se preocupar, foi só um susto, ele teve um leve desmaio no meio do expediente, uma queda de pressão, está bem mas ainda não pode falar, meio zonzo, é, quem não está muito bem é o pai dele.

— O que tem o pai dele?, pergunta Heloísa.

— Hum, o pai está bem, quero dizer, o pai deu uma piorada, bom, na verdade piorou bastante, quero dizer, o pai morreu.

❧

O administrador do haras levou duas semanas para dar a notícia porque estava esperando Matias passar por lá, era tão assíduo. Ele teve um problema de família, diz Heloísa. Entendo, diz o administrador. Então provavelmente não soube, diz ele. Soube do quê?, fala Heloísa. Da égua. Égua? Sim, foi um baque grande. Era uma égua forte, todos gostavam dela aqui. É, às vezes acontece. De cólica. Meus sinceros sentimentos.

Ajusta os óculos escuros e se apoia no balcão da farmácia enquanto espera o atendimento. Tira da bolsa mais uma receita que o dr. Israel lhe passou e a balança entre os dedos. As mãos ainda tremem. Não ficou nem dez minutos na Sonho Lúdico; havia parado diante de um vão aberto na sala principal onde antes havia uma parede e ouviu o vozeirão de Renan gritando da rua. Chamara o mestre de obras para passar recomendações mais urgentes, parado em fila dupla, ia procurar uma vaga. Heloísa correu pela porta assim que viu seu carro dobrar a esquina, entrou numa ruela, vagou por dois quarteirões perdida, atravessou ruas sem ver os táxis buzinando. Um ônibus acelerou para passar por cima dela. Desaguou numa das pontas do largo do Machado e, tonta com o calor e os calafrios, se enfiou numa farmácia refrigerada, precisava tomar uma dose caprichada do remédio antes de voltar, só a expectativa de que o celular tocaria a qualquer momento deixava seu coração aflito. A mocinha pede que preencha com seus dados a receita especial, ela tem dificuldade de segurar a caneta. Mostrou ao dr. Israel aquelas mesmas mãos tremente na última consulta. Não conseguia tirar os lenços de papel da caixinha sem rasgá-los, passou os pedacinhos no nariz enquanto chorava, contou da pressão que sofrera na escolinha, falou também da licença médica que haviam dado ao Matias; Logo ele, doutor, que nunca faltou antes. Faz quase um mês que não fala comigo, desde que o pai... Ambos olharam o menino no chão, brincando com carrinhos lascados de uma caixa colorida. O pediatra franziu as rugas do rosto, muito sério, achou por bem deixar o menino um pouquinho na recepção com dona Marilze, sua secretária — Ela é muito boa com crianças, disse, pegando o telefone. Ficaram a sós, Heloísa teve medo da grave expressão do seu rosto. Ele falou que precisavam ter uma conversa franca. Heloísa sentiu-se gelar por dentro quando o doutor disse que às vezes tinha a impressão de estar falando com as paredes. Ela respondeu, alarmada, que sempre prestava atenção no que ele dizia, o doutor ergueu a mão, com autoridade, e ela se calou. Iria agora repetir e queria toda a sua atenção. Sim, doutor. Ele *não* discordava totalmente da avaliação da creche. O que o senhor quer dizer com isso, doutor? Ele respirou fundo e repetiu que a creche estava certa, faria bem ao menino ter um acompanhamento médico, ele já havia dito aquilo antes. Não é normal que ainda fale tão pouco nessa idade, disse o doutor. Continuou a encará-la enquanto ela voltava a chorar. Heloísa gaguejou que não se lembrava de ele ter falado aquilo. Ele respondeu que sim, havia dito que podiam esperar *um pouco*, para ver se o menino desabrochava sozinho, mas que agora ele preferia que ela se consultasse com um especialista. Vou lhe passar o contato de um neuropediatra, o melhor do Rio. O melhor do Rio, doutor? Sim, disse o dr. Israel; queria que ela marcasse uma consulta ainda naquela semana. Se não conseguisse, deveria avisá-lo, ele resolveria pessoalmente a questão.

— Eu nunca achei que o meu Robertinho, que o meu Robertinho, o meu menino querido... — voltou a chorar.

O dr. Israel disse que ela precisava ser forte; precisava cuidar do seu filho. O dr. Saraiva é de total confiança. Foi meu professor na faculdade, disse ele, sem sorrir. Dona Marilze vai lhe passar os contatos. Será que o plano cobre?, perguntou ela. Não sei se o plano cobre, respondeu ele, mal-humorado. Aproveitando que estavam falando disso, ele tampouco era a favor de que ela tirasse o menino da creche. Não, eu nunca disse isso, ele retrucou, ao ser interrompido por Heloísa. Qualquer mudança nesse estágio vai ser pior para ele, sim, é importante preservar o convívio com outras crianças, sim, sei que você está montando um espaço recreativo muito bonito, com profissionais qualificados, mas — não, não, a creche tem um acompanhamento mais próximo das crianças, as professoras estão mais *acostumadas* — entrelaçou os dedos sobre a mesa e se recostou na cadeira, sério, enquanto ela falava da pressão que vinha sofrendo na Sonho Lúdico, na creche, até mesmo em casa, o Matias está lá prostrado, tem passado uns dias na casa da mãe, o menino sente falta do cavalo, ele ainda não entende para onde o cavalo pode ter ido e ela — o doutor a interrompeu de novo para dizer que ela também devia se consultar com um profissional especializado. Profissional especializado? Sim, seria muito importante; ele podia passar o nome de uns bons psiquiatras. Sim, sim, duas a três sessões por semana. Sim, ele entendia que dinheiro não dava em árvore.

Heloísa abre e fecha as mãos, sente os dedos formigando, ansiosa enquanto o atendente caolho passa as caixas calmamente no leitor e digita um desconto. Ela sai um pouco tonta do balcão, segurando a cestinha dos medicamentos sem saber aonde ir, percorre um corredor aleatório, se perde nos xampus, se inclina e ergue os óculos escuros para ver os preços. Pega um desodorante, duas pastas — está sempre precisando de algo — e segue para a fila, assim que sair dali vai tomar suas gotas, uma dose reforçada, a fila é longa, há apenas um caixa operando e a mocinha, bem, é lenta. Sente um esbarrão da pessoa logo atrás, suspira fundo, tenta pensar em outra coisa. O ruído repetitivo da máquina imprimindo as notas é hipnótico, o papel amarelado sai vagarosamente na forma de caracol antes de a mocinha arrancá-lo, a máquina recomeça a imprimir, é enlouquecedor. Heloísa se impacienta, sente outro esbarrão e vira irritada. Mede o sujeito de alto a baixo; grande, camisa polo verde-bandeira com a gola disforme, calças jeans retas e largas, tênis esportivos brancos como pantufas gigantes. Um pobre coitado, enfim, está rindo como um bobo e pede desculpas. Ela faz cara feia e, antes de lhe dar as costas, vê que o sujeito retirou o sorriso, ficou muito sério, quase assustado.

— Heloísa?, diz ele.

Ela está de braços cruzados, a cestinha pendente, e finge não ouvi-lo.

— Heloísa?

Ela finalmente se vira e ergue os óculos escuros para observá-lo melhor. Suado, a barba por fazer, bochechas gordas, cabelo em cuia. Ela sorri perdida, como se fosse cega.

— É Heloísa, não é?

Ela diz que sim, ainda o encarando incerta, ele abre de novo o sorriso amplo. Eu sou o Arthur. Arthur?, diz ela; não conheço. O Arthur Henrique, diz ele, ansioso. Ela ainda mantém os óculos erguidos, olhos fixos nele. A boca caiu.

— O Big?

— Rá-rá-rá, todo mundo me chamava assim, né? Lembrou?

Ela pisca como se não acreditasse, baixa os óculos escuros e se escuda atrás deles. Meu Deus, a fila não anda, a impressora trabalha, ela quer se virar mas ele puxa assunto, quer saber das novidades, há quanto tempo, né? É, diz ela, olhando em outra direção. O que você tem feito? Trabalha aqui perto? Tem encontrado a galera? — Ele mostra as fotos dos filhos no celular — Tenho um casal, veja, Jonathan e Isabelle. Heloísa espia com sofrimento: duas crianças redondas, caras assustadas, debaixo da árvore de Natal de um shopping, o menino com peitinhos. Entre eles há uma mulher *estranha*, sem cintura, conjunto de moletom e cabelos... meu Deus, ressecados, sem corte, é quase um homem. Heloísa precisa dizer alguma coisa. São gêmeos? Rá-rá-rá, não, mas a Isabelle já está quase do tamanho dele, não é? A fila anda devagar, Big diz que tem feito muitas coisas, diversificado, ele e a mulher abriram uma loja ali na galeria ao lado, perto do árabe, conhece o árabe? Sim, sim, diz Heloísa. É uma loja de suplementos de material de informática, diz ele, cartuchos de impressoras, gabinetes, capas para iPhone, alto-falantes, microfones — Um amigo meu traz laptops de fora, se você precisar — pois é, a vida está difícil pra todo mundo, cada um se segura como pode, e você, o que tem feito?

— Eu?

Ela se detém para pensar, como se tivesse de novo dezesseis anos. Mastiga os lábios e olha o chão. Estou no ramo editorial, diz ela. Ele concorda e sorri. Que interessante; e você faz o quê, exatamente? Livros, diz ela. Livros e revistas. Ah... você escreve os livros? Não, diz ela, eu edito, eu penso como publicar. Ah... diz ele. Fica um pouco em silêncio, depois pergunta: mas se a pessoa escreve o livro, e o livro está pronto, você... faz o quê, exatamente? Eu *vendo* o livro, diz ela. Ah, diz ele, sorridente de novo. Entendi. Sabe que eu pensei em você alguns dias atrás?

— Pensou, é?, diz ela, pegando a notinha da compra. Olha para os lados, medo de encontrar um conhecido. Pensei mesmo, diz ele. No que você estaria fazendo, se tinha casado...

— Ah.

Na calçada, ele abre uma carteira gorda e tira dali um cartão. Passe por lá; o que você precisar. Seria bom se a gente pudesse se ver de novo, combinar algo. Sabe quem eu vi outro dia?, diz ele, sem querer se despedir. O Tomás. Você se lembra dele? (Ela faz que sim.) Rá-rá-rá, o Tomás virou dentista, tem três filhos, está totalmente careca. Você acredita? Ela está esgotada, sorri com esforço e diz que está sem cartão, que pena, estava numa reunião, tem de voltar agora, sim, claro, vamos nos falar, vamos mantendo contato, batendo uma bola, sim, com certeza, claro.

Quando se dá conta está de volta à Sonho Lúdico, desaba numa das cadeirinhas entregues por seu Ismael, à espera de que o remédio faça efeito, a cadeira bambeia e ameaça arriar. Olha o chão; os tacos foram todos removidos, alguém falou em cobrir tudo com um revestimento plástico, mais fácil de limpar. Pelé vem dos fundos, diz que seu Renan estava à procura dela. Heloísa sorri, coça a perna, diz, Que pena, quando eu chego ele já foi embora, parece até que a gente combinou. Pelé ri. Não, ele na verdade está no andar de cima vendo as rachaduras com seu Geraldo.

— Rachaduras?

Pelé ri de novo. Tinha apostado um engradado de cerveja como as novas caixas-d'água iam pesar demais no teto. Heloísa se levanta, bate o pó da saia, diz que se esqueceu de algo urgente e corre até a porta de entrada pensando em fugir. Está na metade do corredor externo e a porta da rua se abre, uma figura de cabelos encaracolados desponta por ali, ela recua desequilibrada, volta à sala, ouve a voz grossa de Renan do andar de cima e se sente confusa: jura que acabou de vê-lo entrar pelo corredor da rua. Foge para a cozinha improvisada, assusta o ajudante que dormia sobre sacos de cimento. O sujeito que veio da rua entra na sala e ela vislumbra sua barriga redonda, camisa justa com listras horizontais. É ele e não é ele, parece menor, talvez mais jovem, os cabelos cacheados não tão grisalhos, não está suado, lábios muito finos. Ele a encara da porta da cozinha e abre um sorriso sutil.

— Olá, Heloísa, diz ele.

— Olá, professor Hélvio.

— Ah, aqui está a nossa fugitiva, diz Renan, descendo com esforço os últimos degraus. Seu sorriso não é amistoso, ela sabe que o de Hélvio não é melhor: um sorriso frio, esboçado apenas nos lábios, porque os olhos são água parada com larvas do *Aedes*. As botas de Fátima reverberam nos degraus e seu Geraldo desce logo atrás; uma comitiva presidencial.

— E este é meu irmão, diz Renan a seu Geraldo. Ele veio prestar uma consultoria, tem algumas ideias para a adaptação que estou planejando.

Hélvio concorda, diz que estava lá fora dando uma espiada na fachada, talvez dê para pensar em algo reversível, que funcione como casa de festas e creche, se eles quebrarem essa parte da parede aqui —

— Como? Como?, diz Heloísa.

Pelé, que ouve a tudo, pergunta se não tem uma coluna ali. Hélvio apalpa a parede, como se a sentisse. Dá três soquinhos no cimento, franze o queixo, diz que o escorregador poderia vir *dali* (aponta para o alto), sem aumentar muito os custos da reforma.

— Escorregador?, diz Heloísa.

— E cai numa piscina de bolinhas aqui por dentro, continua Hélvio, sem ouvi-la. Se quebrarmos essa mureta da recepção, dá pra encaixar um minirrapel, olhem o pé-direito, não precisa ser muito mais alto, talvez seja o caso de criar um mezanino.

— E faria uma volta pelo lado de fora, é isso?, diz Renan.

— Vocês vão instalar um escorregador lá em cima?, insiste Heloísa.

— Dá pra quebrar por *ali*, diz Hélvio. Venham ver onde está a viga.

Os homens dirigem-se para fora, Heloísa continua a perguntar o que está havendo, é uma afronta, um absurdo, mas é como se estivesse acolchoada, sem reação, não se sente bem. A amiga aperta seu braço e a puxa de volta para a cozinha.

— Em que mundo você está?

Fátima a encara: os olhos verdes carregados de rímel, argolas douradas. A nova tintura de cabelo, negra demais, não ficou boa. Nunca teve tanta cara de bruxa. Como era mesmo o apelido dela na escola? Tenta sorrir, mas Fátima permanece irritada, os lábios franzidos. Heloísa fala num sussurro, abalada, Você não acredita quem eu acabei de encontrar na farmácia. Fátima não a ouve, diz que ela precisa focar no mundo *real*, o irmão de Renan só está tentando ajudar. Hélvio tem ótimas ideias. Acabou de ser injustiçado, teve umas brigas políticas e encerraram o curso dele de franquias, a crise está grave, todo mundo está começando a cortar, esse ano vai ser catastrófico, o Renan não dorme fazendo contas, logo ele, que não tem nada a ver com esse negócio, só está me ajudando, *nos* ajudando, me disse ontem que a gente não vai ter fôlego para sobreviver um mês se abrirmos assim, e foi quando o Hélvio teve a ideia, diversificar —

— Diversificar o quê?

— Você está me ouvindo? Heloísa, está me ouvindo? Se ele entrar de sócio não precisaremos pagar pelo projeto, nem pelos dados de mercado que ele está levantando. Ele *já nos adiantou* que o ramo de festas infantis é o único que deve crescer este ano —

— Sócio?, diz Heloísa, sente um tremor, pisca os olhos.

Fátima bufa, esfrega a testa, encara de novo Heloísa. Amiga, diz ela, você tem de ficar agradecida. Agradecida?, diz Heloísa. Sim, continua ela, quando o Renan propôs que o irmão entrasse de sócio —

— Mas a empresa é *minha*.

— Sua?

— Minha.

— *Sua?*

— *Minha.*

— Esse é o seu problema, diz Fátima. Você vive numa fantasia.

O menino abre os olhos e permanece deitado por um momento. O quarto clareou com a luz difusa do nascer do sol, os lençóis espalhados pelo calor, o ventilador giratório que a avó comprou para ele e o pai. O vento zunindo passa pelas suas pernas, roça seus braços, coça seus cabelos, ele sente um rápido alívio. A lateral da barriga formiga, às vezes dói. Está assim há horas, ele é muito pequeno para reconhecer o incômodo, mas finalmente senta-se no colchão fino, improvisado num canto do quarto, olha ao redor com os cabelos em pé, tateia entre os lençóis, encontra a chupeta e os travesseirinhos. A empregada da avó os costurou na primeira noite dele ali, travesseiros brancos, finos, com babados azuis e verdes, ele nunca mais se separou deles. Enfia a chupeta na boca e começa a sugar rápido. O ventilador volta até ele, afasta os cabelos da sua testa, ele pisca algumas vezes. O pai está na cama, ele o vê pelas formas cheias do lençol, o braço branco e peludo caído para fora, a cabeça enfiada no travesseiro. O menino vasculha de novo seu colchão e puxa o cavalinho de plástico que o incomodara a noite inteira. Aperta o cavalinho na mão e se levanta.

Firma os pés nos tacos frescos, vai até a cama do pai e se detém a centímetros da sua cabeça, olhando fixamente. O ventilador vibra, a borracha da chupeta range contra os dentes. Espera que ele acorde, fica imóvel por um momento (apenas a chupeta se move como um pistão), finalmente se vira e sai pela porta encostada. Atravessa o corredor, a porta entreaberta do quarto da avó. O sol baixo despontou entre a curva do morro e os prédios, queima a parede branca da sala, marca a sombra do menino conforme ele avança até a janela. Sente o calor no rosto, passa o tapete (desequilibrado como um pinguim), sobe no sofá contra a janela, se debruça no encosto e tenta alcançar o parapeito. A janela foi deixada escancarada por conta do calor, a casa da avó não tem redes de proteção. A empregada deve chegar dentro de uma hora ou mais. Só tem olhos para ele. Já a avó apaga com os calmantes receitados pelo doutor. O menino fica na ponta dos pés, quer enxergar lá fora, ergue uma perna gorda, tenta escalar, desiste, tenta de novo, o pé encontra uma almofada e ele toma impulso, firma as mãos — uma com o cavalo, outra com os travesseiros — no parapeito de granito. Os pés alcançam o topo do sofá, ele dá mais um impulso, apoia a barriga na lápide. Se inclina para a frente apoiado nos cotovelos, fascinado com os capôs coloridos dos carros estacionados sete andares abaixo. O menino ergue o joelho, quer ver mais, uma brisa fresca o convida, ele perde o equilíbrio, a cabeça pende para a frente, ele estica os braços e se escora na borda de fora com as mãos ocupadas, faz força para segurar o corpo mas os braços não o sustentam. Em sua luta o pé direito escorrega do encosto, ele cai e se afunda no sofá. Se ergue de novo e acomoda a cabeça nos travesseiros sobre o parapeito, solta o ar tranquilamente, inspira, olha o cavalinho na mão e depois o céu. Observa por alguns instantes as cores mudando do fogo para o azul-claro, azul-escuro. Ele diz, Sol. As nuvens passam devagar no céu, de formas distintas, ele espera e depois as nomeia. Elefante... Pato... Vaca... Cavalo. Pode passar o dia assim, sozinho, nomeando coisas.

Seu Ismael baixa a traseira da Saveirinho branca com seu ajudante. O garoto é filho da sua irmã, um pouco lento das ideias. Salta para a caçamba e procura um ponto de apoio para erguer a estante colorida que trouxeram da marcenaria em Petrópolis. Ali, diz seu Ismael, pegue por *lá*, o menino se agacha de um lado e de outro, os braços estendidos como se estivesse caçando um cachorrinho. Seu Ismael se irrita, está quase subindo para fazer o trabalho ele mesmo, chama sua atenção, pede que o menino o escute, nesse momento ouvem o barulho. Um barulho imenso, que abafa seus ouvidos. Depois gritos. Ele e o menino se viram, o dono da loja de bicicletas aparece para olhar, entregadores de refrigerante mais adiante despontam da lateral aberta do caminhão, dois ou três sujeitos no boteco saem com seus copos de café. Do outro lado da rua, uma bola de poeira bege foi expelida com violência da porta de entrada da Sonho Lúdico. Uma onda lenta escorre por cima do muro, desce pesada como uma cascata. Ouvem outro barulho, alguém grita da rua, e da nuvem da entrada sai um sujeito barrigudo, a calça caindo na bunda, cara branca de pó, dá para ver de longe seus olhos úmidos, esbugalhados.

— Ô, seu Geraldo!, acena seu Ismael, protegido atrás da Saveirinho.

O mestre de obras está confuso e não o ouve. Olha na direção da porta e grita para alguém lá dentro. Da poeira sai o ajudante magro, todo branco, lágrimas nos olhos.

— Epa!, diz o ajudante.

— Sai daí, meu filho!

O garoto acelera até o meio da rua, para e fica encarando a casa. Estão todos afastados ou protegidos. O dono da loja de bicicletas corre até o meio da rua e segura o ajudante pelo pulso, observa seu rosto, está perguntando algo. O garoto sacode a cabeça, aparentemente bem, seu Geraldo limpa o rosto, dá um riso forçado, mas algo estala lá dentro e os três cruzam a rua correndo, contornam os carros no meio-fio e só voltam a olhar quando se sentem de novo seguros, atrás da Saveiro. Um menino apoiado numa bicicleta filma com o celular. Um Fiesta vermelho parou no meio do caminho, o motorista também saca o telefone, o carro de trás buzina mas depois para. Outro estalo, gritos, estrondo de tremer a terra, nova lufada de poeira e seu Ismael agarra o sobrinho enquanto a fumaça se aproxima.

— Puta merda, diz seu Geraldo.

A poeira aos poucos baixa, e eles veem. Primeiro, o muro abaulado como um queixo pontudo. Depois, depois... não, o telhado ainda está lá, ou parte dele, mas a parede de tijolinhos não, nada, a casa está escura como uma boca podre, uma caricatura ridícula e triste, alguém ri, a atendente do boteco grita. O menino da bicicleta verifica se o filme está bom.

Abre os olhos, segura com ambas as mãos a xícara de chá. Toma um gole. Os empregados colocaram uma mesa de armar na borda da suíte principal, que dá para o jardim, é lá que ela passa boa parte do dia. As avencas estão morrendo, disse o jardineiro. Ela pensa que poderia se dedicar mais ao jardim; Carlos Alberto ficou olhando para o nada, preso a outros pensamentos, ela perguntou se estava prestando atenção, teve de repetir. Ele disse que não era tão simples chamar um paisagista. Era caro, acima de tudo. Heloísa tentou argumentar, disse que *ela* poderia ver isso, Carlos Alberto ficou nervoso e começou a gaguejar, como Matias às vezes faz (sente um calafrio).

Poderia abandonar tudo para cuidar desse jardim. As plantas percorrem o fundo da pousada, encobrem parcialmente o muro descascado. Depois do muro, há uma estrada esburacada de terra. A estrada faz uma curva à direita e passa por casas grandes, de muros altos e coqueiros, e uma trilha entre elas leva à praia cor de argila. Se o jardim fosse mais bem cuidado, não se veria o muro, a sensação seria menos claustrofóbica. Ela poderia comprar um desses manuais e entender um pouco mais de terra e adubagem, das plantas ideais para a sombra, as mais resistentes, quais combinam com o quê, quais não podem conviver de jeito nenhum (leu em algum lugar que as plantas *também* travam batalhas invisíveis pelo poder). O jardim se abre para cinco suítes no andar térreo, desocupadas nessa época do ano. Carlos Alberto disse que em janeiro chove muito, e de fato chove, mas não tanto quanto ela esperava. É que na minha infância chovia mais, disse ele. Foi todo esse desmatamento, essas construções de quinta categoria que ergueram por aqui, disse amargurado. Mas se em janeiro fica vazio, quando é que lota? Mais tarde ele disse que as pessoas em Ubatuba preferem alugar casas. Ou compraram esses apartamentos baratos. Depois disse que aquela praia talvez não fosse o melhor lugar para uma pousada. Disse, numa noite especialmente difícil, sentado na beira da cama, que talvez aquele casal que lhe vendera o imóvel não fosse assim tão bem-sucedido, realizado, tão feliz quanto aparentava.

— Mas nós podemos fazer funcionar, disse ela, ajoelhando-se na cama às suas costas, massageando seus ombros.

— É, respondeu ele, mas já pensava em outra coisa.

Ela respira fundo, pousa a xícara na mesa, alonga os braços de olhos fechados. Carlos Alberto saiu cedo esta manhã, foi à cidade e já voltou. A cozinheira disse, num sorriso indefinível, que estava na outra ala da pousada. É mulher do caseiro e mal fala com ela. Os sujeitos contratados para arrumar o muro de contenção finalmente apareceram, depois de cinco dias sem explicações. Heloísa está de bermuda jeans desfiada e curta, as pernas brancas, os joelhos saltados. Usa uma camisa social que roubou do armário dele. Não trouxe quase nada na mala, na pressa de enfiar tudo ali — disse a si mesma, afoita no carro, que precisava se desprender mais das coisas. Solta o ar, abre os olhos e pega a xícara. Chá; é a bebida que achou que iria tomar quando amadurecesse. O friso prateado apagou-se de tanto uso. Ela passa os dedos pela borda, sentindo o trecho lascado, acompanha o veio cinzento da rachadura antiga percorrendo a louça. Os lençóis, as toalhas, as xícaras, vieram todas com o imóvel, Carlos Alberto disse que a primeira coisa que faria era trocar a rouparia, mas até agora não se dispôs a fazê-lo. O antigo casal mandou bordar a sigla do hotel nos lençóis, restou apenas a marca pálida.

O jardineiro disse que as avencas estavam morrendo e encontrou seu celular. Ela jurava que o tinha jogado por cima do muro.

Fecha de novo os olhos, puxa a respiração e tenta esvaziar os pensamentos, como os hare krishnas fazem, mas não é mais possível imaginar que está sozinha numa floresta serena, porque lá está ele, o aparelho negro e grudento sobre a mesinha de cabeceira, ao lado do abajur, sem olhar para ela mas ao mesmo tempo *presente*, esperando apenas que alguém carregue sua bateria.

Do corredor ela ouve a arrumadeira, que também veio com o imóvel. Ela deveria estar limpando a sala de estar, mas se apoiou no janelão do corredor e conversa com o caseiro do lado de fora. O caseiro é albino e se chama Alemão. Mal trocou uma palavra com Heloísa até agora, há algo de sórdido na carranca dele, Heloísa reclamou uma noite a Carlos Alberto e ele soltou um grunhido, disse que não podia demitir ninguém só por causa da cara feia.

— Não estou pedindo para *demitir*, Carlos.

Coloca de novo a xícara sobre o pires, se levanta e sai para o corredor; não quer dar a impressão a essa gente de que ficou na cama até tarde. A arrumadeira a vê se aproximar e se cala, volta à sala com passos lentos e começa a espanar a TV de tela plana que Carlos Alberto trouxe da sua casa em São Paulo. Teve de trazer praticamente tudo. O aparelho de som é do pai; os sofás são do sítio de amigos da família. Heloísa atravessa a recepção vazia — a mocinha sumiu sem dar justificativa — e estreita os olhos ao descer os degraus da porta de entrada. O que aconteceu na noite anterior ainda é um espinho na sua nuca. Carlos Alberto estava encurvado atrás do balcão e falava ao telefone na surdina. Ela ia entrar na cozinha para pegar um iogurte quando o ouviu dizer, É enlouquecedor. Heloísa parou na soleira para escutar. Ele se queixava, fazia voz de choro e depois rosnava. Falava de um iPad perdido. De um canivete que não encontrava mais. Não *qualquer* canivete, aquele que o papai lhe dera, um Victorinox. Jurava que o cofre do quarto tinha sido aberto enquanto estivera fora — Heloísa deu dois passos mais para perto. Carlos Alberto havia se calado, o fone apertado na orelha. Não, eu entendo, não é bem assim — Não, não, não tenho como provar claramente — Não, eu *sei*, você não está entendendo — Não, *claro* que não vou falar com a mamãe, e se você cismar de — um rangido, Heloísa se deteve no meio do movimento, Carlos Alberto olhou por cima do balcão e ela acenou, disse que estava tarde, por que ele não vinha para a cama? Ele ficou rígido segurando o fone e mudou o tom, falou Sim, sim, sim, está certo, sim, e permaneceu como um autômato. Indicou a ela que já ia desligar.

Heloísa acendeu a luz da cozinha, abriu a geladeira. O resto do bolo do café da manhã continuava ali, tirou umas lascas com os dedos. Comeu um chocolate aberto. Três uvas. Voltou para a sala e Carlos Alberto havia se enfiado de novo no seu mundo, chiava e gemia, se exaltava, sussurrava. Não é nada *aberto*, disse ele, aqui ninguém faz nada aberto, é uma máfia — Não, eu vou lá e vou dizer o quê? — Você já viu a polícia de Caraguatatuba? Já viu? — Então não deveria opinar — Não é questão de ser macho — Não, não — Nem sei por que te liguei — Você é igual à mamãe — Não estou ofendido, cada um pode ter a opinião que quiser — Não, não, *olhe* — Tá, tá, tá, não quero mais falar nisso, tá, boa noite. Bateu o telefone, suspirou, passou a mão no rosto e ao se erguer a encontrou ali de novo, plantada na penumbra. Olhou-a como se não a conhecesse, depois um pouco incomodado, sem saber o que dizer. É minha irmã, disse ele. Ela que ligou, anda nervosa com umas coisas lá em casa.

— Ah.

Silêncio.

— É aquele menino que você mandou embora?, perguntou Heloísa.

Ele riu cansado e disse que não. Depois, deitados na cama úmida.

— Esse bando de caiçaras é foda. Pior do que qualquer ladrão de São Paulo.

Ela contorna a pousada pelo lado de fora. A parede se desfaz com limo e umidade. Descobriram alguns dias antes uma infiltração na suíte 12, no primeiro andar. A água desceu para o quarto de baixo, escorreu pelo armário, destruiu os cobertores, empenou o piso. Poderia ter sido evitada se a arrumadeira entrasse ali com mais frequência. Alemão disse que não podia subir no telhado por questões médicas, Carlos Alberto foi obrigado a chamar um pedreiro, o único que apareceu era conhecido do caseiro e pediu uma fortuna. Foi a Caraguá em busca de outro, combinou uma visita, três dias depois o sujeito ainda não havia dado as caras. Carlos Alberto interpelou o Alemão com violência, na frente da arrumadeira, da menina da recepção e de Heloísa. Disse que *ele* era o culpado por ninguém aparecer; não aceitaria chantagem. Disse que chamaria alguém de São Paulo, as pessoas aqui podem ter medo de você, mas eu não tenho. Vocês acham que sabem jogar duro, disse ele para os três, eu jogo *mais* duro. O albino permaneceu calado, sem focar os olhos nele, olhos opacos e difusos. Comigo é assim, disse Carlos Alberto, vendo o caseiro sair pelos fundos. Eu tento ajudar, sou um cara legal, mas tenho os meus limites. Suas mãos tremiam. Heloísa foi à cozinha pegar um copo de água com açúcar, a cozinheira a encarou abertamente, imóvel num banquinho ao lado do fogão.

Não chegou a conhecer o menino demitido. Na sua primeira noite ali, Carlos Alberto se gabava como se tivesse enfrentado uma gangue de motoqueiros. Ele o mandara embora, o Alemão em pessoa viera bater na porta do quarto para pedir o menino de volta. Não há a menor possibilidade, disse Carlos Alberto, reencenando com valentia seu embate com o caseiro. Era um garoto estranho, cara de retardado, chegava quando queria, incapaz de fazer qualquer coisa. Carlos tinha certeza de que vinha cometendo pequenos furtos, um casal de hóspedes reclamara de um brinco desaparecido, ameaçara chamar a polícia. A gente tem de demarcar uma linha, disse ele a Heloísa, com a voz ponderada. A gente tem de deixar claro quem manda aqui.

No estacionamento, ao lado do seu Logan azul-escuro e do Corolla negro dele, há um Santana velho cor de vinho com trechos cinzentos de massa, escada de madeira presa ao teto. O estacionamento é de lama, mato, pedrinhas e camadas antigas de cimento seco. À direita, materiais de construção abandonados à intempérie. A montanha de areia vai se dissolver aos poucos. Carlos Alberto não está ali.

Ela dá a volta. O silêncio é total. Ele está na outra ponta dos fundos com mais três sujeitos, encurralado entre o muro e o armário dos botijões. Está verde como uma parede infiltrada. Um deles é um velho compacto, barba branca de náufrago. Os outros dois exibem os músculos bronzeados, têm uma cara indefinível, um pouco cômica. Um deles arranca sem pressa lascas de um graveto com um canivete vermelho. É como se esperassem dele uma resposta.

Carlos Alberto está de novo ao telefone, onze da noite, escondido atrás da recepção: Mas ele disse um milhão de vezes que ia doar pra gente ainda *em vida* — Tá, tá certo, agora só eu me lembro do que ele disse — Não, não devia ter te ligado — É impressionante como você puxa o saco da mamãe e do Cortez — Eu *sei* que ele teria de dividir com os filhos do primeiro casamento, não é isso — Tá, tá, olha, se você não quer perguntar, se não quer ver isso para mim, então não pergunta — Tá, tá, eu não devia *mesmo* ter te ligado.

Seu celular permanece sobre a mesinha mas agora está conectado a um fio. Ela olha assustada ao redor, sente falta de ar, fecha as portas da varanda como se alguém fosse invadir o quarto. Sente-se vigiada, exposta, isso não pode ficar assim. Havia saído naquela manhã, precisava espairecer. Fora à cidade procurar um livro sobre plantas. Dirigiu a esmo pelas ruas da cidade, lojinhas de biquíni, farmácias e sorveterias, precisava de roupas mais adequadas mas não queria estacionar, nem encontraria uma vaga se tentasse, aquela cidade lhe parecia violenta e confusa, veranistas gordos, classe média baixa, trânsito até nas ruas secundárias, música alta, chuva e poças de lama. Ela se pergunta onde todos se hospedam.

O celular está imóvel, negro, consciente, ligado. Ela senta na cama ao lado da mesa de cabeceira, o colchão mole afunda, ela enfia as mãos entre as coxas e o observa submissa. Não pode sustentar o olhar por muito tempo e fita o chão, o estômago aperta. Hélvio e Renan. Seus rostos gêmeos se grudam à parede do cérebro como gordura fria no prato. Da última vez que se viram, ela não devia ter gritado nem chorado. Sentados num restaurante perto da Sonho Lúdico: Somos todos pessoas civilizadas, disse Renan, tome, pegue esse lenço de papel. Como as cotas dela não valiam mais nada, não iria mais assinar os cheques. Que ótimo. Renan queria rever todos os seus gastos, desde o início da sociedade dela com Fátima. Perfeito. É só uma praxe, disse Renan, mas Fátima a olhava com ódio. Sim, vá em frente; ela não tem nada a esconder. Fátima ficou vermelha, olhos saltados, voltou a perguntar com que dinheiro havia comprado aquele sistema de som da sala dela. É um home theater, disse Heloísa. Fátima comeu os lábios e apertou os punhos, ia saltar sobre a outra, mas Renan tocou seu antebraço, disse apenas, Querida, e Fátima recuou de volta ao encosto. Heloísa alheia àquela conversinha deles, o rosto erguido para a TV instalada no alto. Um cenário antártico, helicópteros, homens encasacados estudando um mapa aberto, abaixo a chamada: A tragédia do *Akademik Shokalski*. O tempo bom finalmente facilitava a aproximação, havia três operações de resgate em andamento, mas as placas de gelo se movem, todo mundo sabe disso, e até o momento haviam localizado apenas o que parecia ser um jipe anfíbio entalado no gelo. Autoridades descartavam a possibilidade de encontrar sobreviventes.

— Você viram isso?

— Heloísa, *olhe para mim.*

Ela não se lembrava do nome da pousada quando fugiu de casa. Perguntara no caminho feito louca. Cantinho do Luar, Sol e Mar, Lua no Mar, Cantinho do Sol, ninguém sabia lhe indicar. Não, não sabia que havia mais de uma praia Dura em Ubatuba. Não, não, ninguém havia lhe dito isso.

O celular piscava, gritava, esperneava num ataque epilético, era uma ligação da casa de repouso, que ela não atendeu, depois uma chamada do próprio dr. Wagner, e da casa de repouso novamente — ela teve de parar num bar de estrada no meio do caminho, ainda antes de chegar a Angra — a viagem mais longa que fez na vida — com duas horas de estrada começou a ter dúvidas, pensou em voltar, sentiu-se uma idiota, o posto de gasolina e a lanchonete ficavam num declive, eram como aqueles lugares impossíveis de pesadelo — a lanchonete pintada toda de verde-claro, fila no banheiro, pastéis de forno empilhados como intestinos, salsichas negras parecendo ossos saindo de pernas quebradas, a vitrine com grandes gotas de gordura e pedaços de milanesa escorrendo pelo vidro, miolos explodidos. Pediu um pão de queijo e tentou falar com Carlos Alberto, queria explicar sua atitude súbita, dizer que *não era* louca, avisar que iria fazer uma visita mas não tinha o endereço nem o nome da pousada, o celular dele estava fora de área, ela não tinha outro (não pediu ao irmão, nunca mais ia falar com ele). A ligação caiu de novo na caixa postal e a bateria apitou, estava no vermelho. Ela pediu um café, veio adoçado e sentiu enjoo, fez careta mas precisava daquilo para se manter alerta. Sim, seguiria seu ímpeto, resgatou o pouco de coragem que tinha e voltou ao carro. O celular tocou quando estava perto do Logan, ela olhou a tela um pouco frustrada — nada de Matias; era incapaz de notar o que acontecia à sua volta —, Fátima de novo, ela e Renan se revezavam nas tentativas, ela se perguntou como pôde ser amiga de uma desclassificada daquelas, morta de fome, gananciosa, o celular tocou mais três vezes e estertorou — ela ainda procurou o carregador no carro, embaixo do assento, na bolsa — burra, burra, burra — sabia exatamente onde o havia deixado: na tomada abaixo da mesa de cabeceira do seu lado da cama. O aparelho era apenas um pedaço de plástico e circuitos coloridos, inofensivo como uma peça de dominó e ela seguiu assim, sozinha naquela estrada mal sinalizada, subindo e descendo pelo asfalto irregular entre as montanhas e o mar. Prometia a si mesma que não faltava muito, tentou o rádio mas só encontrou rock evangélico, a estrada nublada do fim do dia desdobrava-se como o couro de uma cobra morta, teve de fazer mais duas paradas e se informar, iria pegá-lo de surpresa em Ubatuba, ele certamente ficaria impressionado e feliz. Ela havia, como se diz, queimado as pontes, e pensar em pontes queimadas a enchia de calafrios. Iria *sim* encontrar Carlos Alberto e sua maldita pousada, mas a verdade é que percorreu praticamente todo o trecho entre Ubatuba e Caraguatatuba para descobrir que havia passado sem saber por *duas* praias Duras. Pensar nisso ainda lhe enche de vergonha. Perguntou à caixa de um mercado à beira da estrada — a caixa não fazia ideia do que ela dizia — e foi interrompida por um idoso que comprava litros de leite e um rolo de sacos de lixo, *sim*, ele tinha ouvido falar de um paulista que reformava uma pousada numa praia perto dali.

O sorriso de Carlos Alberto estava diferente. Está certo, ela sentia-se desmantelada quando embicou o carro no estacionamento às escuras e deu duas buzinadas, as mãos trêmulas de cansaço. Olhos inchados, boca torta, fez a volta nos degraus da entrada, haviam acendido a luz e uma mulher de robe a examinou pela janela. Ele estava descabelado, de short e camiseta, devia estar dormindo. Mais pálido e magro, ficou ali parado, sem entender o que acontecia.

— Heloísa?

Ela disse que ia embora, não sabia o que estava fazendo ali, estava mesmo louca, era de madrugada e devia ter ligado, devia mesmo, não queria incomodar — Você poderia ao menos me arrumar um copo d'água antes de eu partir pra sempre? — A velha apertava as golas do robe, olhava um e outro com mal disfarçada curiosidade. Heloísa prometeu nunca mais incomodar e virou de costas para ele. No segundo degrau (ela descia devagar) Carlos Alberto a alcançou e a pegou pelo braço, puxou-a de volta e a apertou, beijou-a na noite abafada. Heloísa desfaleceu nos seus braços, de repente tão cansada, ele a segurou com algum esforço. Um chuvisco começava a cair e seus pés eram feitos de areia, ele a levou com muito cuidado até o quarto, Heloísa desabou entre os lençóis desarrumados, sob a luz âmbar do abajur fraco, quis dizer alguma coisa, mas o sono a tragou para o fundo.

Perde-se olhando o jardim descomposto lá fora. Volta a si e observa o celular na mesinha, o corpo todo queima. Deveria ter jogado o celular mais longe, para fora daqueles muros, mas à noite o jardim parecia maior. O celular não só está conectado no carregador, como está *ligado*, uma luzinha vermelha pisca de mensagens não atendidas. Ela quer saber quem foi, está sem ar, diz para si mesma que é um absurdo, a estão espionando, devem querer expulsá-la de todo jeito, quando vê calçou os chinelos, saiu do quarto e bateu a porta, cruza a entrada sob o olhar assustado da nova mocinha da recepção. Desce os degraus para o dia branco, ultrapassa o portão de ferro, atravessa apressada a ruazinha de lama com poças cor de laranja. Carrega no bolso o celular arrancado da fonte. Dobra à esquerda, contorna a pousada, pega outra rua enlameada entre casas de muros altos. A rua se estreita num caminho de grama pisada, há uma corrente no caminho que ela salta, pisa o cascalho entre duas mansões com piscinas e gramados impecáveis que dão diretamente na areia.

Sua camisa branca estala como uma vela quando é atingida pelo vento marinho, a faixa de areia é dura e cinzenta e comprida, ela cruza a mata rasteira e pisa na areia, deixa os chinelos no caminho e se desequilibra, parte acelerada, não quer que ninguém a siga, teme que algum funcionário da pousada possa vê-la e está correndo em direção à água, seus pés batem na areia cor de argila, o maxilar vibra a cada pisada, é por isso que a chamam de praia Dura. Correndo, correndo, marteladas diretamente no cérebro, vento nos ouvidos, a areia está molhada, a água tem uma coloração de metal queimado, as partículas de piche brilham em suspensão, a água é calma e gelada, dói nos tornozelos. Ela está arfante, faz bem uns vinte anos que não corre, passa a mão nos cabelos, na testa, arranca o celular do bolso da bermuda e avança mais, com dificuldade, a água está na altura da panturrilha, o celular é erguido no punho direito e dessa vez ninguém vai poder encontrá-lo, nunca mais. Toma posição de lançamento, puxa o ar e se estica num arco, aquela merda vai voar como um meteorito incandescente, ela jura que vai lançá-lo mas o aparelho começa a vibrar e a cantar, as luzes estroboscópicas escapam entre seus dedos, ela freia o movimento e geme, solta um grunhido de dor, respira fundo e se estica de novo para jogá-lo mas nesse momento pensa no menino e para. Seu menino querido. Se endireita e baixa o braço, olha o número na tela. Não o reconhece, faz uma leve menção de atirá-lo de novo, o celular toca outra música para convencê-la, ela recua cansada e volta à areia, a tela piscando na mão.

Não sabe por quanto tempo o observa. Tenta calcular as possibilidades daquele telefonema. Depois está com ele no ouvido.

Uma mulher mal-humorada com voz de fumante pergunta se aquele é o cclular de Heloísa Peinado. Ela responde que sim, é ela, Heloísa Peinado.

— Um momento, por favor, vou transferir a ligação.

Respiração irregular, musiquinha de espera. Ela faz um zigue-zague, abre uma trilha na areia. Momento de silêncio. Alô, alô, diz o homem. Sua voz é familiar. Pergunta por ela. Sim, sim, diz ela, ainda sem reconhecer a pessoa, Sou eu. Ajeita os cabelos, dá mais uma volta. Sim, sim, eu vou bem, eu vou —

Só então se dá conta. Gilberto Filho ri do outro lado da linha. Não me reconheceu?, diz ele.

— Sim, reconheci, é que... faz muito tempo, né?

Riem. Heloísa cruza os braços, celular colado ao ouvido, e olha o horizonte. Diz que está tudo bem com ela. Anda tocando uns negócios fora do mercado editorial, sim, é uma história complicada, pode lhe contar um dia em detalhes, tem a ver com o setor hoteleiro. Sim, sim, é bem cansativo, mas recompensador. Não quis se envolver no começo, teria de se reinventar, mas os investidores insistiram. No final topou porque seria um desafio muito interessante. E você?, pergunta ela.

Gilberto Filho ligou justamente por isso. Acho que você já soube das mudanças por aqui, diz ele. Heloísa ri, diz que sim, está a par da venda da Guanabara.

Ele gargalha do outro lado. Diz que não é nada disso, ela está *realmente por fora*. Assumiu há um mês como diretor de marketing da Panorama, está estruturando toda uma nova área, tem a ver com gestão e comunicação, mas engloba também uma ponta educacional. Escute, diz ele, tenho várias ideias embrionárias, alguns projetos em fase de implementação, venho conversando muito sobre isso com a Elena Redondo — conhece a Elena Redondo?, diz ele. Não? É uma pessoa ótima, de visão —, enfim, a Elena me deu carta branca para mexer em toda a área de divulgação e novas mídias na Panorama, estamos com diversas frentes de trabalho — Sim, sim, a crise está afetando todo mundo, tem gente achando que 2015 vai ser pior, por isso a receita é crescer, é *quebrar a arrebentação*, se é que você me entende; na minha avaliação esse vai ser um ano muito melhor. Sim, sim, sim, diz Heloísa, concordando com a cabeça.

— Escute, querida, vamos almoçar um dia desses?

Ela sente a pele esquentar, anda num círculo fechado, diz que está sem a agenda mas não pode no momento, está... fora do Rio. Quer dizer, continua no Rio, mas hoje foi ver uma unidade fora, tem viajado muito, não pode entrar em detalhes agora, é, é, claro, na semana que vem deve estar aí. Podemos almoçar, tomar um cafezinho, alguma coisa assim.

— Escute, diz ele, precisamos realmente conversar.

Responde que sim, irão conversar com certeza. Bater uma bola. Sua segunda está um pouco carregada, continua ela, tem uma reunião longa à tarde, mas a terça está mais tranquila, na terça com certeza é melhor, um almoço, minha agenda vai permitir. Ótimo, querida, que bom que conseguimos conversar, diz ele. Que bom que você conseguiu me pegar no celular, querido. Você é *difícil* de encontrar, Heloísa. Mas eu sempre estive aqui, diz ela, baixinho ao telefone. Eu *quero* você comigo, Heloísa. Ótimo, ótimo, diz ela, acho que podemos contribuir muito nesse projeto. Ótimo, Heloísa, eu sempre achei que a gente teria uma coisa juntos. Eu também tinha certeza, Gilberto. Acho que podemos construir uma coisa só nossa, diz ele. Mal posso esperar, Gilberto. Ótimo, ótimo; ótimo, Heloísa. Ótimo, Gilberto. Ótimo, Heloísa, Ótimo. Ótimo.

ESTA OBRA FOI COMPOSTA POR OSMANE GARCIA FILHO EM ELECTRA E IMPRESSA PELA RR DONNELLEY EM OFSETE SOBRE PAPEL PÓLEN SOFT DA SUZANO PAPEL E CELULOSE PARA A EDITORA SCHWARCZ EM SETEMBRO DE 2017

A marca FSC® é a garantia de que a madeira utilizada na fabricação do papel deste livro provém de florestas que foram gerenciadas de maneira ambientalmente correta, socialmente justa e economicamente viável, além de outras fontes de origem controlada.